這不是火箭科學，是青春啊

Ami亞海——著

目次

訪談 V	解體 1	解體 2	解體 3	解體 4	訪談 VI	修復 1	修復 2	修復 3	重組 1	重組 2	發射
219	221	231	247	259	269	271	278	285	293	308	317

訪談 VII	尾聲	後記
325	327	333

訪談 I

與大學裡其他教授的研究室並無不同，三面頂天立地書櫃放滿了中文及外文書籍及論文，進門後能立刻發現該研究室特色的東西，便是掛在教授座位後方的裱框火箭預備發射照片。

那張照片並非大家常見的ＮＡＳＡ（美國國家航空暨太空總署）太空梭發射，地點甚至不在美國，而是在臺灣的沙灘上，遠景還看得到蚵田與牛車，火箭本體也比太空梭還要小很多，約只有五公尺高，就算含發射架也不超過七公尺。

——這一支火箭是一切的原點。

「……謝謝教授撥空接受我們的訪談。」記者坐在研究室裡仍有一半被書本占領的舊沙發上，邊講話邊設置手機錄音。

「只要能推廣火箭科普知識，我都很樂意的，當然，也要我有空。」教授把咖啡放在茶几後，便將電腦椅推過來坐在一旁。

「教授真的是百忙之中抽空來接受訪談，聽說後天又要試射了。」

「是的，這次若成功，以衛星載具火箭為口標的路程又前進了一大步呢。」

「那先預祝你們發射成功！事不宜遲，想先詢問教授最早是為何會對火箭領域研究產生興趣呢？」

「這個嘛……。」

教授回望身後那張照片，過往的年少輕狂影像似乎就在眼前重播，讓他不禁輕笑出聲。

「我知道你們可能想要少年夢想之類的故事，但我不是那種突然大喊要做火箭發射到太空中的人，而且，現實也不像漫畫那麼誇張熱血……」教授話說到一半忽然頓住，「但我確實認識那樣的人。」

記者掩嘴輕笑，「教授您只要說您的實際狀況就可以了。」

「好吧，這說來還真有點尷尬，我會接觸到『火箭』，其實是因為一個女生。」

燃料 1

大學附近總有那麼一間鹽酥雞店，坐落在巷子口小小一個攤位，店名就是學生口中的「那間鹽酥雞」，即使從晚上六點開店到凌晨一點收攤前客人都絡繹不絕，學生們依然心甘情願地排隊。畢竟大學生什麼沒有，時間最多。

范姜豪不幸地在室友四人猜拳大賽中第三十五次落敗，成為浪費美好人生排隊買鹽酥雞的一員。

從攤頭走到隊伍尾巴，邊暗算著一個客人需要多少時間有幾個客人他要等待多久，只差最後一步就要得到答案時，卻在抬眼看到隊伍最後那個人的瞬間，腦中一片空白。

眼前的女大學生留著一頭烏黑長髮，穿著粉紫色雪紡連身裙，手裡拿著電子書閱讀器，在范姜豪眼中，她彷彿不食人間煙火般鶴立雞群。吵雜的聲音入不了她的耳，空氣中的油炸物味都沾不了她的身，還自帶微風屬性，長髮與裙襬輕輕搖曳。

她名叫譚雅筑，雖然外貌氣質很像文學院的學生，但她卻與機械系的范姜豪是貨真價實的同班同學。

不過，即使同班快一年，范姜豪仍對她了解不深。

可能是目光停留在對方的身上太久，譚雅筑似有察覺地從文字中抬起頭，兩人四目相對時，她輕輕地「啊」了一聲。

「也來買鹽酥雞嗎？」她客套而不失禮貌地問道。

「是啊，猜拳猜輸了。」

雖然在巧遇譚雅筑的這一刻，范姜豪覺得自己沒有輸，還贏了有史以來獎勵最大的一把。

范姜豪戰戰兢兢地開口，然而，人在緊張的時候總會說些自己事後都懊悔的廢話。

「可以排妳後面嗎？」

「可以啊，」她輕笑，「不然你要排哪裡？」

「呃，不，那個，想說有沒有人要解壓縮之類的——啊，我不是說妳插隊的意思，可能是妳的朋友，呃不那個……。」

譚雅筑好心地打斷他這段令人尷尬到想中途離席的脫口秀，「我就一個人，你放心排吧。」

范姜豪開心地走到她身後，保持一段自以為有點近又不會太近的距離，並繼續把剛剛未完成的算式算完。

前面有個十個人，一個人要等三到五分鐘的話，他就能近距離站在譚雅筑身旁至多五十分鐘，也許還能聊個天。

連小學生也懂的算式他不可能算錯，只是，他卻忘了自己是個讀了三年高中男校，又考進男女比例八比二的機械系，還加入只有男生的登山社；上次跟同齡女生說話已經是去年過年時，對象是好久不見的表妹，而且聊不到三句就句點的零異性社交經驗男大學生了。

兩人相處的前十分鐘，在沉默與後悔跟拚命滑手機找有趣話題卻找不到的空氣中度過。

最後，不知是譚雅筑受不了他那扭來扭去的巨大身軀與不自在感，還是不知道打哪來的好奇心想多認識沒講過幾句話的同班同學，主動開了金口。

「你住在附近嗎？」

「對啊，民享街妳知道嗎？進去右轉第二條巷子最底的公寓五樓跟頂加[1]。」

他手指方向詳細解說，彷彿只要讓對方清楚知道他住哪，就有迎接貴客的可能性。

「住外面好好喔，我住學校宿舍規矩很多，很麻煩。」

她蹙起眉的優美角度，讓他心臟如雷鼓動，不禁開始默背起三角函數公式。

「那、那妳今天……？」

「噢，我今天是出來找住外面的朋友透透氣，想說帶個吃的給她。你是自己一個人住嗎？」

1　頂加，頂樓加蓋，臺灣早年常見的房屋形式，在頂樓加蓋凸出原有建築之外的空間。依各縣市法規不同，有些為早期既存建築不追究違法。

「我跟兩個班上的同學一起，另一個是大我們兩屆的學長，四人分租公寓式套房。」
「正好四個人啊——怎麼這麼剛好……。」
「剛好？」
譚雅筑忽地朝他笑開，他從沒看過這麼燦爛而美好的畫面。
「這邊剛好缺四個人。」

■

范姜豪一手提著四杯手搖飲料，一手拎著鹽酥雞，踏著愉快的腳步上樓，絲毫不見出門跑腿的疲憊。

民享街右轉第二條巷子最底的五層樓建築是間老公寓，一到四樓是一般住家，五樓跟頂樓加蓋出租給學生。范姜豪原先大一上學期住在學校男宿舍裡，四人一房，理應可以住到大二，然而同房的他系室友生活習慣極差，包含但不限於不洗澡、堆放社團活動後廢棄物、不倒垃圾、不倒垃圾、不倒垃圾——因為很噁心，滋生了很多害蟲，所以要強調三次。

由於室友的行為嚴重影響到其他人，就算向本人抱怨或向舍監投訴都收效甚微，三人便決定下學期退宿外出找房子。恰好在社群網站上看到同系學長徵室友，四人便這樣一拍即合。

這幢公寓雖然老，但離學校或市區都近，附近生活機能也不錯，價位合理，范姜豪住了半年以來沒什麼怨言，除了有時候忘記拿東西回頭爬樓梯有點累。

他走到四樓往五樓樓梯間時，頭頂燈泡仍是一明一滅，跟房東講好幾次都沒換過，不知是真的忘記，還是小氣。

就在此時范姜豪急著回到住處，在黑暗處踏空一腳，還好拿著鹽酥雞的那一隻手扶住了牆，才不致跌倒，只損失了幾塊甜不辣。

范姜豪撿起甜不辣放進油紙袋與塑膠袋之間，這不是小氣也不是五秒法則[2]，就算不能吃了也不能亂丟垃圾，更不能惡作劇給室友吃。他的小學老師給他的評語便是誠實正直，而父母卻常因為他不懂變通的個性傷腦筋。

就在他快抵達頂樓加蓋的租屋處時，范姜豪聽見電視傳來球迷歡呼聲，打開沒上鎖的大門後就問道：

「現在幾比幾了？」

2 五秒規則或稱五秒鐘理論、五秒不沾菌、五秒鐘定律等，是一種世界範圍內廣泛存在的迷信說法。是一種判斷掉在地上的食物是否可以食用的方法。其核心理論闡述為：如果食物掉在地上後五秒內被撿起，則該食物可以安全地食用。根據說法，這是因為細菌或任何有害物質，在五秒內是很難對物質（食物）進行滲透。也有人認為這種說法單純只是為了減少人們對食物的浪費。

今天是中華職棒獅象決定上半季季冠軍的重要比賽，即使住在這裡的四人不算是全勤職棒迷，但如此熱血的賽況還是要參與的。

不過，客廳裡的兩名室友此時正懶洋洋地坐在沙發上，戰況緊張，他們兩人卻把注意力全放在手機上，一個在玩遊戲，一個在滑社群網站，沒人搭理他。

范姜豪倒也不在意，將兩大袋飲料食物放桌上，把剛剛掉到地上的甜不辣丟垃圾桶，回頭望向比數。

「哇，還是零比零喔？那剛剛是在歡呼什麼？」

「第四棒被三振啊，當然要歡呼。」李維修手機遊戲裡的角色剛好掛了，慵懶地抬起頭回答他。

「阿修，原來你有在看啊？」范姜豪笑道。

「棒球比賽又不用時時刻刻盯著畫面，還可以邊玩邊聽，人腦很早就學會多工處理了。」

范姜豪點點頭邊繼續幫大家布置桌面，飲料一杯杯拿出來分好，把鹽酥雞的紙袋撕半開，他在做這些事情的時候完全聽不進電視機裡的聲音。

如果這世界上只分成兩種人，一種是腦袋有多工處理元件，另一種則否，范姜豪覺得自己明顯是後者，李維修則是前者中還裝了加速處理器的那種。

李維修做什麼事都能輕易上手，早上去幫忙熱音社打爵士鼓，下午則穿上直排輪當助教，晚上還可以到推理研究社帶社課講阿加莎．克莉絲蒂的作品。他是各社團之間知名的救火隊，還因為名字叫作「維修」，而有「維修隊長」的美名，出事找維修隊長就會沒事。

「人腦的多工處理神話早就被戳破了。」

宋一新放下手機，邊拿著竹籤叉了塊米血　針見血地吐槽，「人腦才不像電腦一樣能在背景作業，看起來多工只是切換視窗而已，而且有研究說這比專注做一件事還要沒效率，因為人類切換視窗後需要一段時間才能重新回到專注狀態。」

李維修表面上笑著點點頭表示受教，接著就對范姜豪擺了個鬼臉，只用ㄇ型道：「新一又認真了。」

宋一新也是沒配備多工處理元件的人種，而且他還常常過度在意閒聊或玩笑話，鑽牛角尖把場子搞冷，就連當初有人替他反轉本名，取了名偵探柯南裡主角「工藤新一」當外號，他也能長篇大論地說明這有多幼稚搞得大家都尷尬。

不過，新一這個外號卻還是留了下來。

「我看得到喔。」宋一新冷冷地望向李維修。

李維修仍嘻皮笑臉地回嘴，「就是故意讓你看到的啊。」

正當范姜豪本能察覺氣氛要變得不對勁時，湯鈺齊打著大大呵欠，搔抓著頭髮從房裡走出。

「欸，鹽酥雞買回來了怎麼不叫我，還好我鼻子靈光。」湯鈺齊動了動鼻翼，拉出那張他習慣用的小板凳坐在電視機前，叉了塊鹽酥雞自顧自地吃起來。

湯鈺齊是當初在社群網站上找室友合租的學長，戴著黑框圓眼鏡，頂著一頭比電腦主機後方的排線還亂的自然捲頭髮，當初三人看到他這副模樣都有點擔心，會不會這次又「遇人不淑」。不過，隨後學長帶他們參觀了比想像中還整潔的公寓房間，再加上途中跟他們訴苦說，原本的室友一個說要跟女友住、一個說要跟男友住、另一個偷養小狗被房東趕出去，所以他才在下學期臨時找室友。

也許是類似的遭遇讓三人都萌生同理心，便決定租下。

「怎麼還是零比零啊。」湯鈺齊瞥了眼電視後，伸手要拿飲料，「哇，這杯誰的啊，『柑荔老絲G』[3]，這什麼跟什麼啊？」

「我的！」范姜豪朗聲道：「學長你不知道嗎？是這家手搖飲料店必喝的飲料耶。」

湯鈺齊聳聳肩，「我不管去哪家都只點無糖綠。」

「他對什麼『必點』、『必吃』、『必玩』最沒抵抗力了。」李維修說。

宋一新推了推方框眼鏡，歪頭思索半晌，「但我記得……你不是討厭荔枝嗎？那杯『柑荔老絲G』裡有荔枝吧？」

范姜豪表情一愣，連忙查看飲料標籤後又滑開手機查詢。

「真、真的耶……！那我還要喝嗎？」

「豪豪你是看到『必喝』就點了，連自己討厭什麼都忘了嗎？」湯鈺齊捧腹大笑。
「喝喝看啊，搞不好這杯你喜歡。」李維修慫恿道。
「我覺得不要，你連人工化學荔枝糖果都接受不了。」宋一新勸道。
范姜豪猶豫一陣，望向電視機裡剛站上打擊區的打者。
「如果他打安打的話……我就喝。」
此話一出，另外三人忽然認真地看起棒球來，打者追打了三顆壞球都變成界外球，最後不負眾望地在響亮的敲擊聲後，棒球落在球場草皮正中央。
「神預言耶！」
「我快笑死，棒球之神叫你喝。」
「那你也只能喝了。」
范姜豪守信地喝了一口後露出像不小心吃到蒼蠅的表情，在另外三人無情的嘲笑聲中，飛奔去找白開水。
灌了一大杯水才消除口中令他噁心的荔枝味，回到客廳時，那三人竟也邊吃鹽酥雞邊認真看起球來。

3 柑荔老絲G，台語髒話諧音。

李維修邊咬著米血邊道：「這些職棒選手都是從小就決定要打棒球的吧，那他們怎麼知道自己當得上職棒選手？」

「他們當然不知道啊，從國小就打的話大概什麼也不懂，只會聽教練或父母的話埋頭苦練吧。」宋一新說。

「你們的課都選完了嗎？」范姜豪插話道。

「也滿羨慕這種從小專注某件事的人耶，他們應該少了很多選擇困難吧。」湯鈺齊回頭對范姜豪道：「課的話還沒選啊，有沒有什麼輕鬆營養的？推薦一下啊。」

湯鈺齊雖然大四，但有兩門必修課沒過，已註定要延畢升大五，也因此顯得一派輕鬆。

「我是不知道那門課涼不涼啦，但剛好差四個人……不然會開不成。」范姜豪邊說邊偷偷瞥著其他三人的反應，深怕自己暗藏的心思被發現。

「我倒覺得把雞蛋放在同一個籃子裡很恐怖耶，要是從小到大只懂打棒球，卻沒當上職棒選手要怎麼辦？熱門課我都選好了，還剩幾學分不知道要選什麼。」李維修回道。

「豪豪，你是不是想叫我們去當人頭？不過，我不記得系上有什麼開不成的課……」宋一新毫秒間看穿范姜豪的心思，「還有，當不當得上選手的機率應該算得出來。」

「是我們機械系的，課名聽起來很有趣喔！『火箭推進理論設計與實作』。」范姜豪像個蹩腳的新業務，努力卻不得要領地推銷著。

「又不是小大一，還看課名選課咧。」李維修吐槽完後立刻上網搜尋該課程的評價，掃過三、四篇留言後，他訝道：「哇，這門課只開過一次，而且修過課的人都說很輕鬆，課名說實作最後也沒真的實作。」

「學長不來修嗎？你也還沒修滿吧？」范姜豪打算從看起來最好攻略的學長下手。

湯鈺齊懶洋洋地說：「等我吃完鹽酥雞……再看看。」

實事求是的宋一新仍沉浸在棒球話題之中，「每年職棒新進球員數量除以全國應屆棒球校隊的學生，我來算算……不知道哪些算校隊哪些是社團耶，先大概算黑豹旗[4]前六十四強好了，每隊算四－人的話除以中華職棒選秀數量……大概是百分之二的機率。」

「這機率算高還是算低啊？」李維修歪頭道。

「看你怎麼比了，跟現在大學錄取率比的話算很低，跟樂透中獎率比算高。」湯鈺齊說。

「如果是你們，會為了百分之二的機率，從小加入棒球隊，每天苦練求一個機會嗎？」宋一新問，「先說我的話不會，雖然球員的薪水不低，但這機率太低了，而且，雞蛋不該全部放在同個籃子裡，我才不想挑戰高風險高報酬，穩賺最重要。喜歡打棒球的話，當興趣就好了。」

「你真的很不熱血、很沒有夢想耶，大學還沒畢業講話就像工作了三十年的人一樣。」李

4 黑豹旗全國高中棒球大賽（簡稱黑豹旗）是二〇一三年起創立的臺灣青棒賽事。

維修笑道。

宋一新回了那句經典名言：「夢想能當飯吃嗎？」

「新一感覺就是腳踏實地派。」湯鈺齊雖然與他們三人認識不久，卻很了解三人的個性。

「打棒球每天練習什麼的，很腳踏實地吧？」李維修繼續辯解，「不過如果是我……也不會吧，感覺要幹掉隊友才能當上職棒球員，太現實了。」

宋一新微瞇著眼望向他，露出「你看吧」的表情。

「可是，如果真的很喜歡棒球的話，可能有人會想賭賭看吧？那種一頭栽進什麼東西的感覺其實還滿上癮的。」

李維修笑咪咪地說：「學長，想再體驗看看上癮的感覺嗎，我可以借你遊戲，帳號借你也可以喔。」

「我看你是想讓我直升大六吧。」湯鈺齊揮了揮手，「因為遊戲廢寢忘食的經驗我又不是沒有過……。」

「可以再來一次嘛。」

李維修如同惡魔向浮士德招手，湯鈺齊的意志力撐不了五秒，就跟對方討論要借什麼遊戲。

當兩人聊電玩聊得正開心時，差點在這話題裡缺席的范姜豪霍然高舉雙手，「我也會賭賭看，因為啦啦隊很正！」

「你北七喔！」

「萬年處男就是處男。」

「你知道球隊裡的隊員都是男的吧？你要忍到當上職業球員才看得到啦啦隊啦！」

三名室友皆嘲笑他，但是范姜豪總不介意，宿舍笑柄是他的人設，而且，他聽說女生都喜歡幽默的男生。

見氣氛熱絡，范姜豪乘勝追擊，「所以你們要不要選啊？『火箭推進理論設計與實作』，差四個人開課耶，拜託啦。」

「是為了女生吧。」

「萬年處男豪豪的話一定是。」

「不選，謝謝。」

范姜豪含怨瞪著他們的同時，回想起方才在鹽酥雞攤前譚雅筑與他的對話。

——我修了一門課，不過它很冷門……可能會開不成。

譚雅筑蹙起眉頭的表情讓范姜豪瞬間能理解為何有些人會在網路上被女生詐騙近百萬，甚至連女生的真面目都沒見過。因為捨不得、因為喜歡啊！只差一點點他就能成為解救她煩惱的英雄了，絕不能就此放棄。

「就差四個人開課，求你們幫幫忙嘛。」

「你先說那個女生是誰吧。」李維修蹺著二郎腿故意擺出高姿態。

「就算我們選了、課也開了，你追到那個女生的機率也遠低於成為職棒選手的機率好嗎？」宋一新說的也許是實話，但實話總是特別傷人。

湯鈺齊走過來拍拍范姜豪的肩，「你放棄吧，一廂情願不會有好結果的。」

范姜豪不甘心地回頭望向電視，恰巧九局下半，比數依然是零比零，兩出局，最後一名打者上場。

如果成為職棒選手的機率是百分之二，那麼，在此時此刻揮出全壘打的機率又是多少？

「你們敢不敢來賭一把？如果他可以揮出再見全壘打的話，你們就要選喔。」

■

租屋處的五樓有客廳、廚房與兩個房間，另兩個房間與一個房東用來放雜物的房間、洗曬衣處位於頂樓加蓋，五樓與頂樓加蓋各有一個浴廁。

頂樓加蓋的房間比起五樓的雖然大了一點五倍，不過缺點也很明顯，冬冷夏熱，下雨時鐵皮屋頂很吵，雖然房東有安裝冷氣，也直接按照電費單計費，但夏天剛打開房門尚未開冷氣時，那如海潮般撲面而來、悶晒了一整天的熱浪空氣，仍讓人退卻避之。

四人用抽籤分配房間，范姜豪跟李維修抽到頂樓加蓋，宋一新跟湯鈺齊則在五樓，並說好即使開冷氣也是四人平分電費，頂樓加蓋組使沒什麼怨言。范姜豪是四人裡唯一身高超過一百八十公分，暗自覺得房間大一點也好。

范姜豪回到房間關上門，即使房裡悶熱的空氣讓他額頭瞬間冒汗，他仍無聲地擺了個勝利拉弓姿勢。

靠他的口才根本比不過那三個室友，當下只是想賭一把。雖然那位打者沒打出再見全壘打，而是安打上壘，最後象隊補上盜壘跟另一支再見安打得分，但四人皆開心了一回，最後還熱血地敲打桌子、地板替象隊加油。

「好啦，就當作你的賭注四捨五入過了吧。」李維修爽快地答應。

「我沒有說要加入耶……」湯鈺齊哀道。

「機率上來說真的滿低的，剛剛那個打者的打擊率不到兩成五耶……我也選選看吧，反正不OK的話開學後還可以退選。」宋一新依然實事求是。

雖然還有學長沒搞定，雖然他跟譚雅筑的關係只是同班同學，連一釐米的距離都沒有拉近，但他還是興奮地在房間打轉，還不小心踢到啞鈴，跌倒在床鋪，臉上仍掛著傻愣的笑容。

范姜豪拿出手機打開社群網站，自己個人介面上有個置頂的照片，裡面是一張手寫的「大學必做的十件事情」列表，正版的就貼在他的天花板上。它原本貼在宿舍床邊，搬家也沒丟掉，跟著轉移到這裡來。

下滑社群網站，貼了幾張「夜衝」與「新生宿營」的活動照片，大一生活快結束了，必做的事項只完成這兩個。

他ＰＯ了一張剛剛排鹽酥雞時拍的人龍照片，下面寫「前進ing」的不知所云言論，只有他自己知道，離完成清單又近了一步。

范姜豪從小就不是個會主動設定目標的人，總是父母、師長為他設好目標，他就像隻勤奮的牛一樣，會一步步努力去達成。

雖然李維修老愛笑他，對「必玩」、「必吃」和「必買」等字眼沒有什麼抵抗力，他完全不否認，就連上了大學也去查什麼是「必做」的事情。

但是，像他這種沒有什麼夢想、隨波逐流的人，也能有努力就可以達成的事情，並從中得到成就感，不是很棒嗎？

即使被說跟風也好，或是「必吃」的東西自己不愛吃，至少他有機會與理由去嘗試一回。

說不定就還找到自己真正想要的東西。

——如果真的有那種東西的話。

燃料 2

對一個決定延畢的人來說，拍畢業照或參加畢業典禮都是有點尷尬的事情。不拍或是乾脆不參加的話，好像就少了一份回憶，而且，他跟同班同學們的關係也沒那麼差。可是參加了這些跟畢業有關的活動，又會覺得自己跟這些即將邁向人生下個階段的同學格格不入，即使同學們多少都有顧慮延畢的人的心情，但那道牆是自己打造出來的，非常堅硬。

大概是一時鬼迷心竅，畢業典禮結束後，有人高聲問說要不要一起吃個飯，一部分接下來沒安排的同學便跟著去了，他也身在其中，雖然答應的當下他就後悔了。

湯鈺齊跟大夥兒聊著些言不及義的話題，一邊在心裡從最左邊座位點名到最右邊。這個要讀同校研究所、那個當完兵要找工作、這個不用當兵好像要出國、那個要考公務員、這個免役說想回家玩一下但搞不好會繼承家業，他家是低調賺的中小企業，那個他自己不知道要做什麼……。

就算是不知道要做什麼的人，也被「畢業」這兩個字推著往前進，邊走邊發呆跟留在原地還是有一段距離。

「我還是覺得鈺齊你好可惜，你去求曾大刀的話他應該會放你一馬吧。聽說有人比你低分，去拜託他兩、三次最後繳份報告還是過了耶。」

其中一個同學哪壺不開提哪壺地挑起了這個話題，眾人隨即把目光射向他等待回答。

他心想，看來大家也好奇很久了吧，以後再見到面也要好一陣子了，他就大發慈悲替他們解答這個疑問吧。

「我跟你們說——」

湯鈺齊起了個頭之後，緊接著戲劇性地停頓留白，連長桌另一頭原本在聊別的話題的人都屏息以待。

他推了推眼鏡，語重心長地緩緩吐出——

「人可以延畢，但不能沒有志氣，下跪什麼的太難看了吧。」

「靠杯，共三小（在說什麼）。」

「我看是你忘了去求吧！」

「延畢仔很會嘴喔。」

在男生占多數的班級裡，像這種容易令人難堪的場面總是能輕易混過去，即使大家知道這不是他的真心話，也沒有人會去認真探究，這讓他十分安心。

然而，班上的女生卻沒有要放過他的意思，被私下叫作白目小公主的女同學坐在他的對角線方向，遠遠地用特殊的高頻音調朗聲說：

「是喔，我以為你是故意的耶。」

「妳是說鈺齊也『技術性延畢』嗎？他又沒有要考公務員。」某個同學替他發聲，在場那個要考公務員的同學也延畢，他想先考上再去當兵，因為傳聞當兵會變笨。

湯鈺齊不以為然地聳聳肩，「就是不小心延了，沒什麼理由啦。」

白目小公主之所以被冠上這個稱號不是沒有原因的，她鍥而不捨地追問。

「但是你之前的成績又不差，突然被當掉那兩科很奇怪耶。而且我忘了聽誰說，你是建中畢業的吧？還很厲害什麼的，比賽有得名的。」

其中一個同學舉手笑道：

「我也建中的，跟鈺齊不同班，他是奧數[1]代表隊，有得名的喔。」

雖然同班四年，不過個人往事不一定全部的人都知道，畢業後才第一次聽到這件事的同學，有人細聲議論，也有人大聲調侃。

湯鈺齊本人比較喜歡後者的態度，因為他們大都不會把這件事放在心上。

---

1 奧數，國際數學奧林匹亞簡稱（International Mathematical Olympiad，簡稱ＩＭＯ），是國際科學奧林匹亞歷史最長的賽事。相較於奧林匹亞比賽以運動競技為主，科學奧林匹亞以智力相關競賽為主，包含數學、物理、化學、資訊……十幾種項目。

「看不出來你這麼強耶。」

「那你大學怎麼不選數學系啊？覺得沒前途？」

「我可能是一生花在數學上的時間在高中時期用完了吧。」

「奧數得名喔，那真的滿厲害的，」小公主繼續逼宮，「可是沒延續下去，你不覺得很可惜嗎？」

「不會啊，上大學後忽然不想那麼認真讀書了，很多人都這樣吧。」湯鈺齊說完，在場也有幾個人隨聲附和。

恰巧這時飯後甜點上桌，打斷了白目小公主的追問，這個針對性的話題就這樣被帶過了。湯鈺齊覺得鬆了一大口氣，也是這時才發現自己看似無感，但其實很討厭面對這個問題。因為就連他自己，也沒有答案。

「我覺得，小公主講得沒錯，你是故意延畢的吧。」

回家時，班上跟他比較要好的勇仔順路走在一起，但沒想到他繼續打開這個話題，而且，國小時勇仔與他同班，得知更多內情。

「你不是高中才進奧數隊，你從國小就是數理資優。」

他們那時的數理資優並沒有像更早以前那樣集中一班，而是做了資優鑑定，確認是資優生後，打散資優生到各班級。像大學選修課一樣，資優生平常跟原班級一起上課，固定幾堂到資優班上課。

湯鈺齊記得自己還沒做鑑定前就被老師特別對待，那就像站在舞臺上有道聚光燈打在自己身上還噴了乾冰灑了亮粉，再怎麼平凡無奇的人，當下仍會閃閃發亮。

上數學課時，老師特別為他出的題目，說他的數學已經有高一程度，還說他絕對能挑戰國際數學奧林匹亞競賽。

沒有任何一個小朋友抵抗得了這種待遇，湯鈺齊那時覺得自己站在世界的頂點，走到哪都有股高高在上的優越感與成就感，後來即使到了資優班，他為了那份優越感，數學能力也保持著第一。

他真懷念那時候。

「我之前回去投票的時候，剛好投開票所設在國小，有遇到康老師，他也覺得你很可惜，竟然放棄保送臺大數學系的資格來讀機械。」勇仔逕自續道。

湯鈺齊已經很久沒回去找康老師了，拿到奧數冠軍向他報了喜訊之後就沒再回去了。

康老師覺得可惜嗎？那是理所當然的啊，任何人都會覺得他很可惜吧。

「然後你現在又故意延畢……。」

勇仔看他的眼神就像看著鄰居小孩，明明小時候還乖乖的，卻一步步墮落走歪。看來哪天湯鈺齊因故出事，他被記者訪問時八成也會說：「他小時候不是這樣的孩子……。」

「我才沒有故意延畢。」他口是心非地道，「我又沒有要考研究所或公務員，浪費這一年對我有什麼好處？」

勇仔抓了抓他那為了當兵預先剪短的頭髮，大家都說這顆頭不合格，去軍中一定會再被理一次。

「我就是不知道你為什麼故意延畢啊，搞不好你自己也不知道。」

湯鈺齊聞言先是愣怔，隨即朗聲大笑地拍了拍勇仔的肩。

「真的快被你笑死，你畢業了我怎麼辦。」

「那你就不要延畢啊……」勇仔話剛說出口，覺得自己說了句廢話，隨即補充道：「不然，你就趁這一年找點事來做吧。」

「說得也是，找點事情來做啊——」

湯鈺齊朝夜空伸了個大大的懶腰，朝上一望，在充滿光害的城市當中還能看到幾顆星星，彷彿也看到小時候志願立得遠大的自己。

「我跟學弟借了幾款遊戲，先把那些玩破關好了。」

「這叫耍廢，不叫找事情來做吧？」

「延畢既然已成事實，當然要好好利用這人生的傷停時間啊。」

勇仔竟然被這歪理給說服了，「也是，大學畢業後，可以每天打電動到早上的時間也越來越少了……那你要打就要好好打啊。」

「好！目標拿到所有白金成就！」

■

與勇仔話別後，湯鈺齊悠哉地散步回到住處。

走到四樓往五樓樓梯間時，看到頭頂的燈泡一明一滅，原本轉頭想說閒著也是閒著，剛經過附近的水電行還開著，就買燈泡回來自己換好了。

他才走到三樓忽地想起宋一新那副愛計較的臉，如果擅自換了，會不會被他碎碎念啊？他接著轉向走回四樓，中途卻又停下腳步，不對啊，我是學長，幹麼怕他？

湯鈺齊又往下走到三點五樓，他邊走邊想，等一下，買了燈泡也沒有梯子可以爬上去換啊，頂樓是不是有一個房東留下來的木梯？不過我一個人能換嗎，不小心摔死怎麼辦啊？那真的會丟臉死了，還會給大家帶來麻煩。

結果湯鈺齊在三、四樓中間走來走去，都走出一身汗了卻還沒決定要不要去買燈泡來換。

他拿出手機，見時間也超過十點，水電行也關了吧，便按著扶手走回公寓，無力地癱坐在沙發上。

「呵……根本就像延畢。」他自言自語地說。

也許勇仔說對了，連他自己也不知道為什麼要延畢。

寫考卷的時候，手指在明明會答的題目上猶豫了好久，就像猶豫他畢業後要做什麼事。他大可以像勇仔那樣，總之先當完兵再說，走一步算一步，或是繼續考研究所當學生，雖然研究生生活跟大學生天差地遠，眼前明明有好幾條規劃好的道路，但他就是做不了決定。

無力感像個怨靈一樣，抓住他的手，不讓他答題，不讓他移動，將他定在原地。

而在得知會被延畢、父母也無奈同意時，他竟鬆了口氣，覺得繼續待在學校裡很舒服，應證了「逃避雖然可恥，但很有用」這句話。

人生為什麼不能逃避？他沒有害到誰，也沒有妨礙到什麼，頂多就是有點對不起父母，雖然，他的家境也不差這個錢。

當然，他也知道人生不可能永遠逃避下去，只是……。

「太好了，學長你在啊！」

范姜豪提著一袋香噴噴的東西走進客廳，湯鈺齊不用猜就知道對方下一句會說什麼。

「這是那間要排隊的炸雞喔，剛炸好的，學長要不要吃？」

昨天是紅豆餅，前天是新開的手搖飲料，學弟的美食收買計畫過於明顯。

「不了，我才剛剛聚餐回來。」

「那我先幫你留一些，等下你想吃的時候再用烤箱烤一下——」

湯鈺齊打斷他的話，「學弟，你放棄吧，我不會修那門課的。」

范姜豪性情直率，聞言瞬間露出沮喪表情，肩膀也垂了下來，活像一隻吃不到肉的大狗，湯鈺齊看了還有點於心不忍。

「學長，為什麼……？」

「也沒有為什麼，就當作我懶吧。」

「我可以幫你點名，幫你寫報告，而且這門課不用考試！」

對方用直球的話，他也直球對決吧。

「你真的這麼喜歡那個女生啊？」

范姜豪抓了抓臉頰，「唔……覺得能幫她一個忙……總有個……機會吧？」

「你暗戀她多久了？」

湯鈺齊才被勾起點好奇心，想認真盤問時，卻被對方否認。

「暗戀？不，沒有啊。」

「我誤會了嗎？你不是因為暗戀她，所以想幫她嗎？」

「我的確想交女朋友，也算對她有好感，但這是暗戀嗎？我不知道；學長有女友嗎？」

湯鈺齊本來想訓訓學弟，這根本不算喜歡對方，只是精蟲衝腦，不過回想自己的經驗，好像也差不多。

「大一的時候有，外語系的，後來分了。」前女友是大一聯誼時覺得有好感就順勢交往，但分手後，現在連她的臉湯鈺齊都想不太起來了。

「好好喔，感覺大學就是至少要交一次女友。」

聽見關鍵字，湯鈺齊想起之前李維修常笑范姜豪的話，霍地用掌根按住眼睛。

「你該不會只是因為大學『必定』要交女友，才想追人家吧？」

范姜豪扯了扯嘴角，「呃……不可以嗎？」

「你的人生是不是一連串待辦列表構成的啊。」他用食指與姆指揉揉眉眼，「看看大家都做什麼，列在表上，有做到就打勾這樣。」

湯鈺齊話說出口，才覺得自己好像過分越界了點，想再說什麼緩頰時，卻看到范姜豪露出大大的笑容。

「對啊，至少這樣能體驗到大多數人體驗的東西嘛。」

「就算那件事或那個東西你不喜歡？」

范姜豪歪頭，「與其說是不喜歡，不如說是……我不知道我喜歡什麼，所以才去試。」

「原來如此……。」

范姜豪跟他的人生是完全不同的思考，他是立了目標後直衝終點，而范姜豪比較像是一臺列了許多停靠站的火車，雖然還不知道目的地在哪裡，但停靠的站卻都大致底定。

湯鈺齊轉念想想，這樣的人生好像也不差，只是不適合他。

不過，就跟勇仔講的一樣，延畢閒著也是閒著，找件事情來做吧，如果修個冷門課就能幫助范姜豪在「戀愛」這個停靠站下車的話……。

「學弟，你會幫我點名嘛？」

燃料 3

「阿修，真的謝謝你上次來救火！」

「大家對你的評價都很棒耶，你真的不加入熱音喔？」

「聽說你學鼓不到一年？真假？」

期末演出前熱音社的鼓手不幸在校門口出車禍，手腳骨折要三個月才會痊癒，又剛好社團裡就只有這麼一個能上臺的鼓手，眾人急得像熱鍋上的螞蟻時，李維修就像救世主般出現在熱音社辦裡。

「我聽管樂社長說，你們缺鼓手？」

管樂社也有打擊部，熱音社社長曾去求援，對方很想幫忙，無奈當天管樂社自己也有校外表演，事後管樂社社長向李維修提起此事，他便隨意晃到熱音社看看情況。

當李維修了解情況後在熱音社辦裡試著打起鼓時，熱音社全員都覺得他整個人發著光，差點跪了下來感謝神蹟，這才知道「維修隊長」的厲害之處。

隨後，在李維修的幫忙下，期末演出順利，這天熱音社在燒烤店的慶功宴，自然不會少他一席。

雖然熱音社的人邊吃邊勸誘他入社，他仍不為所動，不是轉移話題，就是顧左右言他，或是說自己想再吃一球冰淇淋，再怎麼神經大條的人也知道這是給軟釘子碰了。

李維修跟熱音社的人在燒烤店門口話別，由於這裡離住處不遠，他戴無線耳機聽音樂散步回家，也讓夜風吹散身上的烤肉味。

耳機裡放的是熱音社期末表演的曲目，他的手腳仍隨著節奏擺動，閉上眼就能看見那天的表演現場。

他喜歡這種集眾人之力，完成一件事情的感覺，那種興奮與成就感總能持續好一陣子，然而，如果加入某一個社團的話，就得全心投入，不能像現在一樣四處遊走當「救火隊」了。

李維修很明白自己的優點，對任何技巧都能快速上手，學習曲線比其他人還要陡峭，能快速讓一般人覺得自己好像很有那麼一回事。

然而，他也很明白自己的缺點，無法持續而長久地全心全意投入某件事情，他試過好幾次都失敗了。

快到住處門口時，熱音社期末表演的曲目也放完了，串流音樂ＡＰＰ的ＡＩ很聰明，自動找了一首「你可能會喜歡」的曲子播放。

當小提琴激昂的旋律在耳中響起時，李維修的右手一抖，鑰匙掉落在地上，他連忙摘下耳機塞進口袋裡，活像身後有喪屍大軍追趕似的進門。

ＡＩ不知是會通靈還是有意外巧合的bug，明明自己從七年級後就不聽小提琴曲了，怎麼會覺得他喜歡呢？

李維修憤憤地將過於聰明的ＡＰＰ滑掉，但就像螢幕上的指紋總是擦了又沾上，那首練習了幾百次的旋律也在他心中難以完全抹去。

■

為了轉換心情，李維修沒上樓，而是再次出門買手搖飲料。

不過，他有點後悔自己為什麼要順手打電話問室友要不要喝飲料，平常看范姜豪提著四杯飲料跟大包食物走到五樓都沒事，沒想到自己來的時候竟有點喘，可能是學長點了一千西西瓶裝綠茶的關係吧。

他走到四樓往五樓樓梯間時，頭頂的燈泡一明一滅，他更在意從上面走下來的宋一新。

「你要出門喔？」

「來幫你拿飲料。」

宋一新面無表情地拿過他右手那瓶一千西西，便轉身上樓。李維修平常雖然喜歡跟宋一新鬥嘴，但不得不承認四個人之中，宋一新意外地是最體貼、最會替人著想的那一個。

可能是因為他有妹妹的關係吧，任誰有了妹妹都會長出溫柔體貼。李維修的這個理論曾被宋一新強烈反駁，說這是沒有妹妹的人才會長出來的毫無根據宅男妄想。

「那你應該在樓下等啊。」他得了便宜又賣乖地說。

「飲料店就在巷子口，你的跑腿費只值得我走一層樓。」

兩人邊講著沒營養的垃圾話邊上樓，湯鈺齊跟范姜豪正在玩Switch，那是個在廚房做料理的遊戲，遊戲設計需與隊友協力才能通關，沒默契的話就會導致失誤，因此也有人說這是款「破壞友情」的遊戲。

「學長，給我生菜！不要一直丟肉給我！」

「豪豪，鍋子燒起來了！」

「飲料放桌上喔。」

「好！啊啊——右邊右邊，快上菜啦！」

李維修拿起飲料啜飲邊看著兩人玩遊戲，方才不愉快的回憶已他被拋到九霄雲外。

「聽說學長也修了『火箭』喔，應該會開課。」宋一新看著電玩戰況邊道。

李維修頓時瞪大眼，顯得有些意外，「食物戰術竟然成功了？我還以為對學長沒用耶。」

「我也以為……可能在這個爾虞我詐的現代社會裡，誠懇地拜託別人顯得特別珍貴吧。」

「也是，對你也有用啊。」李維修歪嘴壞笑，總是臭臉的宋一新也是他們四個人裡耳根子最軟的。

「我只是幫忙選修讓它開得成，反正開學後還可以加退選。」宋一新沒把對方的日常任務調侃放在眼裡，「對了，你什麼時候要走？豪豪說禮拜六他爸媽要來接他。」

這個學期已經結束，眾人都陸續返家過暑假，范姜豪與李維修的老家都在臺中，湯鈺齊家在臺北，但他似乎沒有要回去，說待在這裡比較自在，反正房租也是要繳。宋一新則說自己找好打工，也會繼續待著。

「星期日吧，我還沒訂車票，怎麼了？」

「確認一下，你跟豪豪都不在的話，頂樓的門晚上就要鎖起來比較好。」

「這麼小心？不過我回去幾天又會回來喔。」

「蛤？為什麼？」

「青輔社的暑期上山服務缺人，問我要不要去幫忙。」

「又是去救火喔。」

「我不是去救火，就是在救火的路上！」李維修得意地說。

「我真不懂，又沒錢賺。」

「這叫累積人脈——」

李維修話說到一半，口袋裡的手機震動，拿起來後發現是哥哥打來的，跟宋一新說了一聲便走到樓上頂樓加蓋外面的陽臺講電話。

頂樓除了頂樓加蓋建築物之外，還保留了約四坪大小的地方當晒衣處，李維修選了個遠離冷氣室外機的地方，按下通話鍵，但另一隻耳朵還是聽得到低頻噪音。

「媽問你什麼時候回來。」哥哥劈頭就切入重點。

「星期日，搭高鐵。」

李維修邊伸手玩弄著房東放在頂樓、半死不活的不明植物邊回應。

「你要先回爸那邊嗎？」

「我應該直接去找你們吃飯，一樣那間餐廳？」

「好，那我跟媽講一聲，星期日見。」

講求效率的哥哥說完就掛上電話，即使每次都是這樣，李維修還是很不習慣，不過想到哥哥現在在建築事務所上班，每天忙著加班可能也沒時間多講些話，他便釋懷了一些。

更不用說，這通電話還是哥哥被媽媽硬拗著打的。

李維修的父母在他四年級時離婚，過程和平理性，也約定共同扶養他們兄弟，他在七年級前與哥哥同住媽媽家。

媽媽是小提琴老師，所以他們兄弟都有學琴，哥哥很早就沒興趣了，李維修則一路學到六年級，甚至考慮進音樂班，媽媽曾誇獎他有天賦，說不定可以一路學到出國。然而，他卻在拿到全國音樂比賽第一名後，毅然決然把琴盒蓋上。

李維修坦然跟爸媽說不想讀音樂班，他們也都跟他說沒關係，他七年級時轉學到另一個在爸爸家附近的學校，拉開了與媽媽的物理距離與心理距離。

後來媽媽鮮少主動打電話聯絡他，都是委由哥哥轉告。

即使付出了母子關係產生裂痕的代價，李維修從來沒有後悔放棄小提琴這個決定，因為，就在他放下弓的那個瞬間，他才真切地體認到，自己真的沒有那麼愛拉琴。

媽媽並沒有逼他學琴，也沒有幫他設下目標，他也學得好，甚至因此交到了好友，學琴的過程也讓他學會很多事，但他就是沒辦法再繼續下去了。

不過，他後來才知道，放棄是會上癮的。

高中時期他嘗試各種活動與社團，沒有一個能堅持到最後，還因為途中退出或退社，因此友情破裂，惹得一身罵名。所以上大學後他改變策略，不參加任何社團，四處玩玩當救星，還能賺得好名聲。

他趴在牆邊，看著這附近被大學生撐起的商圈仍點點燈火，有時候也會懷疑自己這樣的習性真的好嗎？即使現在才念到機械系大二，他也從沒想過未來要靠本科過活，甚至還查過轉系考的規範，今年是來不及報名了，明年還有機會。

雖然也沒人說念什麼系就要靠什麼系吃飯，但他眼下就是連四年都撐不過，而且不是因為不會，而是不想。

人家都誇讚他什麼都會一點，很厲害。

他才想問那些從一而終的人、從小學音樂考音樂班上藝術大學出國留學的人、一直為了一個終極目標努力的人、即使遇到巨大痛苦也不放棄的人、即使拿掉這份努力就一無所有的人……。

——你們到底是怎麼辦到的？

燃料4

「這裡是兩份菜盤，請問梅花豬是哪位的？」

宋一新兩手端著三個盤子上菜，這是中午時段的最後一組客人。開始放暑假後，小火鍋店的打工也清閒許多，午班大概只有學期間一半客人。雖然老闆的臉色變得不太好看，但他還是忍不住竊喜，剛好可以當個薪水小偷，補足他之前一個人當兩個人用的工錢。

走回內場時，剛洗好碗盤的老闆娘正在擦手，「最後一桌還在吃？」

「剛上完菜，應該要等一下。」這組客人壓著午休前進來，老闆也不可能不接。

「那沒關係，小宋你先收拾下班吧，待會我收就好了。」老闆娘是越南新住民，雖然來臺灣很久了，講話還是有點越南口音，可是她對待工讀生很好，不像老闆急了就會開始罵人，人格羞辱的那種。

「可以嗎？」他嘴巴上雖這麼說，手卻早已忍不住解開圍裙了。

老闆娘看在眼裡也沒戳破他，笑道：「反正也沒事了，你不是還有其他打工，先去吧。」

「謝謝老闆娘，那我先走了！」

宋一新迅速收拾完畢，拿起外套與背包快步走出門，要是被老闆抓住就不好了。只是，才走沒幾步路，後方就傳來喊叫聲，他不悅地暗嘖了一聲後轉過頭。

「小宋，接好！」

一根黃澄澄的東西在空中劃出一道拋物線，他下意識地伸手接住。

「拿去路上吃吧。」

老闆娘說完便走回店裡，雖然關係、性別，甚至連水果都不一樣，宋一新卻還是想起了朱自清的〈背影〉，牢牢地把香蕉握在手中。

他的下一個打工是家教，家教學生家裡住得有點遠，住半山腰上，得坐半小時公車才會到，跟小火鍋打工卡在同一天，之前常常遲到，幸好家教學生很挺他，亦表現在成績上，家長才沒多說話。

今天可能是宋一新的幸運日，走到站牌時公車剛好來了，車上沒什麼人，他坐定後猶豫了半晌，即使午餐沒吃還是把香蕉放進背包裡，拿出手機打發時間。社群網站上大都是同學或朋友放暑假開始玩的照片，他一張張滑過去心如止水。

他早就已經學會不要跟人比較了，而且，這是比不完的。

他曾看過一個理論，乞丐只會跟旁邊的乞丐比今天得到的施捨有沒有比較多，卻不會跟施捨他的富人比較。

所以，比贏了同學朋友又如何，比得過他家教學生的家庭嗎？

「下一站，豪景山莊，The Next Station Rich Villa。」

宋一新伸手按了下車鈴，他每次聽到這個站名就想笑，特別是那英文譯名，過於直白引人發噱。只不過，他再細想，住在這裡的人才不會搭公車回家，他們可能永遠都不會聽到公車廣播，那可笑的迴力鏢便重重地回頭砸在自己身上。

下車後，他走到警衛室窗邊，警衛看到他連問都不用問，就按下通話鍵撥至某戶人家。

「郭太太，那個大學生來了喔，好。」

警衛隨即替他打開大門，宋一新點了點頭，熟門熟路地穿越中庭花園，走到某幢透天豪宅前，郭太太已經站在門口等他，她的妝容精緻穿著紫色連身裙，聽他的學生說，媽媽就是個像芭比娃娃一樣的貴婦，即使不用出門工作不用打掃煮飯，每天在家裡也會打扮得漂漂亮亮。

「弟弟在樓上等你了喔，直接上去吧。」她微笑道。

對方今天的笑容比平常少了點客套，應該是學生這次考試成績還不錯的關係吧。

敲門走進學生房間時，他正躺在床上玩手遊，那款手遊李維修也有玩，但是他堅持不課金，因此等級跟他的學生天差地遠。宋一新不玩手遊，他比較喜歡單機遊戲，因為大部分手遊的階層分明，花大把時間跟金錢的人就能稱霸其中，在現實社會裡被階級輾壓就算了，為何在遊戲裡也要討虐呢？

「上課囉。」宋一新在書桌旁坐定後開口。

學生還算聽話，把手機往床鋪一丟就懶洋洋地回到書桌前，兩人上了半小時的課後，學生的注意力也渙散得差不多，宋一新便說休息五分鐘，剛好郭太太也敲門送飲料進來。

家裡明明有請傭人，不過郭太太每次都不嫌辛苦地端飲料點心進房，而且總是抓準中場休息時刻打擾，宋一新也早已習慣這彷彿偵查敵情般的行為。

「老師辛苦了，今天準備了柚子氣泡飲還有手工餅乾。」郭太太把托盤放在茶几上，不忘多關心兒子幾句，直到兒子覺得彆扭把她趕出去。

「我媽煩死了。」學生幾乎每次都會說這句話，宋一新無聊時還會計算他今天講了幾次。

「她是為你好。」宋一新也每次都會回這句話。

「她叫我大學要讀金融相關的科系……但我沒興趣啊，她就假關心問我對什麼有興趣，我說Youtuber，她就不開心了。」學生喝了口飲料後問道：「老師你當初大學為什麼會選機械系啊？也是你爸媽叫你選的嗎？」

宋一新拿起那杯看起來很高級的氣泡飲，環視了一圈這個要什麼有什麼的偌大房間，手機、電腦、遊戲機、相機都是最頂級的，還有一整面學生不知道有沒有拿出來翻過幾本書的書牆，他每次都很想丟下學生去翻翻某幾本他很感興趣的書。

——因為我爸當年創業失敗。

——因為他們沒有選擇拿錢投資台積電。

——因為你有得選，我沒得選啊。

他不能這樣回答，他還想保有這份工作。

這些有錢人家的小孩看似白目、高傲、毫無煩惱，其實各個都是人精，他們從小就從高社會階級大人那裡學會了某些生存道理，也很會聽出話中有話暗藏的酸意。

這是宋一新在上一個家教裡學到的，他只因為多說了一句「你大概不懂一般人的煩惱吧」，隔天就被開除了。

「我對機械有興趣。」假的，他對機械系大學生畢業後的平均起薪更有興趣，也考慮過讀財金系，但以他們學校來說機械系比較有名，求職失敗機率也比較低。

「是喔。我不知道我對什麼系有興趣，」學生啜了口飲料後說：「我只想拍有趣的影片。」

學生接著跑去拿手機，點了幾個他覺得很有趣的影片給宋一新看。

宋一新好奇地看著，但正確地說，他只是做了一個類似好奇的表情。他心裡想著這學生做什麼都無所謂吧，想拍片也可以啊，又不用擔心還不起學貸、付不出生活費。

學生看著重播數次的影片發笑，亮出一口還戴著矯正器的牙齒，「我覺得看那些Youtuber玩遊戲或到處拍片很有趣耶，如果能當上Youtuber的話一定很棒。」

「有志向很好啊。都已經十分鐘了，來上課吧。」

「切～～老師都不給聊的。」

「聊天的話，我會對不起我的薪水。」

「又沒關係，我媽就是花錢請你來跟我聊天的啊。」

宋一新拉近椅子，實則附在學生耳邊輕聲說：

「你可以對著房間裡的監視器講得再大聲一點，我怕你媽沒聽到。」

■

當宋一新搭公車回到住處時天色已晚，手裡拎著郭太太在他離開前送給他的蛋糕，說是臺北排隊名店很難買到又限量云云，當下他只想著可以省一頓晚餐錢了，雖然蛋糕營養素不夠，但好養的大學生可不會想那麼多。

開門走到四樓往五樓樓梯間時，頭頂的燈泡一明一滅，他不禁皺起眉頭，這燈泡壞了許久也跟房東講過好幾次了，他就是不願意來修。

「又壞了啊。」

宋一新身後忽然有人冒出這麼一句，害他差點踉蹌，回頭看，是提著晚餐回家的湯鈺齊。

「嚇到你啦？抱歉抱歉，剛打完工？」

他微微搖頭表示沒事，指指上方燈泡道：「學長，我想要不要再打電話跟房東講一下。」

「算了啦，」湯鈺齊揮揮手，「我們自己買燈泡來換好了。」

「不行，房屋修理是他的責任耶。」

湯鈺齊知道一談到錢的事，宋一新就很敏感，當初這三個學弟來看房子時，也是宋一新把各種金錢事項問得清清楚楚。

「燈泡修理又沒多少錢，我出啦。」

「不是錢多錢少或誰出的問題，我明天再打給他。」

見宋一新頭也不回地往上走，湯鈺齊也只好摸摸鼻子跟在後面。

其他兩個人都暑假返家，公寓裡變得冷清許多，平常晚餐時間若湊得上的話，四人都會一起吃飯聊些垃圾話，但只剩他們兩個人時，就像是暗暗定下了潛規則似，各自回房間吃了。

其實，宋一新猶豫了半秒要不要開口問一起在客廳吃，因為對學長的口氣好像有點嗆，他知道自己有時候講話很不討喜，也常常為此苦惱卻又改不掉當下脫口而出的衝動。

見湯鈺齊也沒多停留就筆直地走向自己的房間，宋一新便也放棄似的回房。

他的房間很簡潔，床、書桌、衣櫃，這三樣甚至都是房東或前房客留下來的，自己搬家時只帶了生活用品、衣物、書跟筆電。

宋一新坐在書桌前，打開精緻的紙盒，裡面的蛋糕雖然經過路途搖晃，外貌有些擦撞但仍看得出剛做好時一定很美，小巧的鮮奶油擠花與新鮮水果，費工夫一層層疊起的蛋糕本體，像個手工精巧的藝術品，讓人捨不得吃破壞了它。

但他毫不猶豫地拿起附贈的叉子挖了一口，從早上到現在都沒吃，實在也餓壞了。

蛋糕本身甜而不膩很好吃，卻也止於這個評價，因為他吃蛋糕的機會不多，無從比較，也沒有那種高級舌頭與品味。

宋一新邊吃著蛋糕邊打開筆電，並連進Youtube網站上某個頻道，頻道訂閱人數不到一千人，影片也不到十個，主題是冷門的軍武與戰爭歷史。

他瞥了眼觀看人數，不用進後臺也知道這幾天沒增加多少觀看量，這也是理所當然的，他完全理解，無法固定更新又選題不蹭熱門話題不迎合大眾，就會得到這樣的結果，可是，這完全是照他的想法而做的影片，不是為了錢或為了誰。

忽然，今天學生說想當Youtuber時的表情躍然眼前，還有他的大房間跟各種高價奢侈品，而他卻連個好一點的麥克風也沒有，常被觀眾留言說內容不錯，但聲音聽不清楚，嘴裡的蛋糕忽然變得膩味噁心。

對了，他並不是沒得選啊。

宋一新拿出背包裡的香蕉，剝皮後吃得比蛋糕還美味。

訪談II

「所以，當初那門課還差點開不成嗎？」

「那時候學校不太推廣，大家看課名也不知道在做什麼，第一次開的時候也沒有實作出火箭，跟現在可以跨校選修，甚至列入航太學程的情況是天壤之別。」

「教授覺得現在會吸引同學想去選修的最大原因是什麼？」

「現在的話主要還是主流及話題性吧，跟我還是學生時相比，這些年臺灣對於航太的努力有展現給大家看，還有就是學校也會比較支持。」

「聽說現在教授的課都擠爆呢。」

「擠爆是不敢說，但跟當年相比情況真的不一樣。不過，妳可別以為當年吳教授沒有努力推廣所以學生少。先行者是孤獨的，他是我遇過最熱血的人。」

「因為吳教授的熱血，當時才點燃教授您心中的火箭嗎？」

他輕咳兩聲，「有沒有點燃我心中的火箭嗎？這個我不是很確定……。」

「這是適得其反的意思嗎？」記者永遠不會放過該追問的機會。

教授眼睛瞇起目光閃爍，像是注意到複雜的機械組合裡的bug般興奮。

「我不會掉進你的話術陷阱裡喔。」他想起前幾天跟大學時的室友提到今天要受訪，他們還提醒他要注意說話的藝術。

記者臉上一僵，連忙道：「怎麼會是陷阱呢，我只是想知道，教授您覺得現在的學生比較不適用熱情熱血的方式引導嗎？」

「每個老師都有自己的教學方式，而且，都已經到大學了，學生也可以自由選擇想學習的方向——」

見記者的眼神落寞，教授也停下無聊的官腔。

「妳如果不寫進去的話，我就老實說，因為吳教授也是我的恩師……。」

「好！這只是我的個人好奇心……」記者很機靈地暫時把手機錄音程式關掉。

「那我就老實說了……當年我們那幾個人，都最討厭熱血了。」

設計 1

暑假結束的速度總是比體感來得快，不過，范姜豪並非在家虛度光陰而讓時間一眨眼就過去，反而是因為安排了許多活動，覺得時間不夠用。

范姜豪的父母都是教師，寒暑假跟學生一樣都能放假，小時候范姜豪以為大家的爸爸媽媽都會放寒暑假，還因此在班上鬧過笑話。

寒暑假期間，媽媽總會安排返鄉時間，而爸爸會規畫國外旅行，如果時間不夠或是卡到返校日的話，則會改為國內旅行，總之就是要把每天都塞得滿滿當當，過得比平常還要忙碌。

曾有同學問他，不覺得這樣很煩很累嗎？放假就是要躺在床上耍廢啊。

「可能是因為我已經習慣了吧？如果不去的話，會被我爸媽罵……。」

媽媽總說，不要想著要躺在床上耍廢，會越安越廢。

當然，范姜豪也不是教科書般的乖小孩，到外地讀大學後，大一上學期只要沒回老家的假日，他都在宿舍耍廢。雖然起初覺得很爽，但廢久了得到的卻只有空虛。就算再怎麼不想承認，也只能在心底點頭，媽媽是對的。

滿滿的行程讓人沒空去思考人生的意義是什麼，可能真的比較幸福。
後排有兩個跟他差不多年紀的男生，范姜豪聽到幾個同校才知道的關鍵字，確認是同校的學生，他們正聊著暑假做了什麼跟沒做什麼的遺憾，最後以太早開學的怨懟作為收尾。
范姜豪與他們相反，他可能是少數期待著開學的人。
他下了高鐵後轉搭臺鐵進市區，走出車站時遠遠就看到李維修趴在機車龍頭上，那怨懟的眼神彷彿范姜豪跟他有什麼血海深仇。
「好慢！超慢，無敵慢！我快熱死了！」
「抱歉抱歉，臺鐵誤點。」
「所以叫你快到再打給我啊。」
同住公寓的四人裡，只有湯鈺齊跟李維修有車，總不可能叫學長來載自己，他只好拜託李維修了。
范姜豪自顧自地把一袋行李放在機車腳踏墊上，坐上後座搭著他的肩賣乖賣笑地說：「大哥別氣啦，請你吃冰？」
「一碗冰就想打發我？」李維修雖這麼說，還是發動機車往學校附近最好吃的冰店駛去。
雖然還沒開學，店裡仍坐約八分滿，都是學生。李維修毫不客氣地點了最貴的芒果冰，范姜豪則點了來這間店必吃的粉圓冰。

九月仍是酷暑，即使冰店裡大開冷氣，老闆端上來的兩碗冰還是融化得飛快，兩人幾乎無語地吃到剩湯湯水水，李維修覺得有點噁心才放下湯匙。

「你暑假在幹麼？」

范姜豪撈著剩下的粉圓邊回道：「沒做什麼，高中辦了個同學會、回去屏東阿公家一趟、把兩片遊戲破關，大概就這樣吧，你呢？」

「我只回臺中一個禮拜就回來了，後來幫忙帶青輔營隊、跟登山社去爬了大雪山、幫系學會帶新生宿營……好像還有別的，可能是小事吧。」

見李維修扳著手指細數，范姜豪目瞪口呆，「你有幾個分身啊？過得也太充實了吧？」

「還好吧，倒是你熱音社不去了喔？」

范姜豪剛進大學的時候，就加入了熱音社，因為玩社團也是大學生活必經的一環，而熱音社又是大學裡最受歡迎的社團之一。雖然加入後他才發現他們學校的熱音社廢廢的，而自己對音樂也沒多大興趣，沒去幾次就放棄了。

「我好像沒什麼音樂天分吧。」范姜豪傻笑道。

「你是因為跟風才加入的吧？」

范姜豪無法反駁地直接把剩下的湯水跟粉圓一飲而盡時，李維修忽然想到什麼地開口：

「對了，我去青輔的時候遇到以前跟譚雅筑同班過的人，她高中時就很厲害的樣子。」

「喔喔！」

范姜豪驚呼了兩聲後卻沒再問下去，兩人之間靜默了幾秒後，李維修等到的卻是這句——

「等下晚餐要吃什麼？那間炒飯開了嗎？我記得他寒暑假會休——」

李維修倏地露出肚子像被揍了一拳的表情，「你不是要追譚雅筑嗎？」

他像金魚一樣嘴巴一開一闔幾次後，結巴地道：「呃，嗯，對啊。」

「那你為什麼不多問一點她的事？」

「我想說……你想講的話自然就會講了吧？不是嗎？」

「你喔……活該萬年處男。」

「啊？什麼啦！」

「跟風進熱音社就算了，追女生不能跟風啊。」李維修無奈地道：「你真的喜歡她嗎？還是，只是看她可愛？」

「我覺得她很可愛啊。」

「不過，你不想再了解更多，就像你學吉他，會彈幾個和弦就覺得滿足了，不會想要多學一點，學會彈一首歌之類的。」

「因為接觸而了解，才知道有沒有興趣繼續學下去，不是嗎？」

范姜豪眨了眨眼，總是一口理論的李維修竟無法反駁。

「對……但是對人不能這樣。」
「人也是一樣的吧？不親自跟對方說話與相處，怎麼會知道跟這個人合不合得來？」
「但你不想問譚雅筑的事情？」
「我只是覺得，比起聽別人講，親自問她本人比較好。」
「這……也沒錯。」
「嗯？我是不是第一次講贏阿修你啊？」
「不，我沒有輸，你交到女朋友才算贏。」

■

開學這週除了幾門必修課老師上好上滿以外，其他課的老師大都只略略介紹一下課程目標、評分標準、是否需要繳作業、分組報告……繁瑣卻必要的事項後，就放學生提早下課了，是個悠哉輕鬆的一週。

「火箭推進理論設計與實作」則在星期五下午最後兩堂，除了內容冷門外，安排在不太討喜的時段似乎也是較少人選修的原因之一。

「中午要不要一起吃飯？」下課後，范姜豪愉快地搭著宋一新的肩問道。

宋一新還沒開口，身旁的李維修就搶著道：「上完陳老的工數」，還開學直接上課完整一堂，大家都快死掉了，就只有你還ＨＰ滿血。」

「喔——可能因為我一半都聽不懂吧。」

宋一新吊了吊眼，「那你在開心什麼？」

「就，上完課了，要吃午餐了，開心嘛。」范姜豪的眼神飄向正要與同學一起走出教室的譚雅筑背影。

兩人互看一眼，宋一新搖了搖頭，李維修則毫不留情地吐槽。

「四捨五入後，你們也還只是同班同學，就算無條件進位，你們也還沒開始交往！」

「什麼交往啊，我沒有啊！」

「那你為什麼那麼期待上火箭課？」

「唔……追求新知的喜悅？」

兩人已經不想理他了，拿起包包逕自走出教室，范姜豪苦哈哈地追在後面。最後三人還是一起去學生餐廳吃午餐。

「我先說，要是那個火箭的老師太機車的話，我會退選喔。」宋一新實際地道。

「我昨天上網查了一下，他好像還滿有名的耶，從小就立志做火箭。」

范姜豪訝道：「哇，現實生活中真的有這種人啊？長大實現小時候的夢想什麼的。」

「我以為這些故事都是後來編的。」

「你等下可以當面問吳教授。」李維修的小懷好意，立刻收到宋一新的白眼。

三人邊聊著吳教授的事邊前往教室，途中還遇到看起來剛起床的湯鈺齊，打了一個大大的呵欠，抬手向他們打招呼。

「學長，你竟然起得來上課？」李維修詫異道。

暑假前李維修推坑成功，湯鈺齊開始玩某款遊戲，明明是單機版遊戲卻成癮性極高，湯鈺齊本來只是想試玩個半小時，結果半天、一天、半個月，暑假就這麼過去了，意外滿足了湯鈺齊說想找件事來做的心願。只是，這後遺症不小，缺乏睡眠、精神不濟，腦袋裡只想著遊戲。

「我當然起不來啊，是某人奪命連環Call叫我起床……。」

湯鈺齊看向范姜豪，他得意地挺直腰桿。

「我還想說電話叫不醒你的話，我就回去挖你起來。」

「愛情的力量也太可怕了吧……」李維修一副看到鬼片的表情。

「其實第一堂課不來也沒什麼關係。」宋一新道。

「那可不行啊，我們四人是一心同體的。」高大的范姜豪一手搭著一個人的肩，宋一新早

1　工程數學，機械工程系必修課程之一。

早閃遠遠的，沒受其害。

「熱死了不要黏過來啦——」

「你好重！」

四人打鬧著走進教室，教室裡的人不多，范姜豪暗暗算了一下，可能不到二十個，機械系除了他們三個，跟早早坐在前排的譚雅筑以外，還有幾個同學也有修，剩下的就是生面孔了，他倒是沒想過這門課還有機械系以外的人選修。

范姜豪想在李維修身邊的位子坐下，卻被他一把攔住。

「欸，你的位子不在這裡，在那邊。」他用眼神暗示譚雅筑身邊的空位。

他用手刀劈開對方，逕自坐下，細聲說：「我怎麼可能去坐那邊。」

「沒有行動就永遠不會有結果。」李維修道。

「我選修這門課就是行動了。」

「有些人買了運動鞋就覺得算是運動了。」

「買了線上教學課程，就以為自己會寫程式了。」

面對李維修與宋一新接連吐槽，范姜豪仍不為所動，倒是湯鈺齊挺身幫他說話。

「每個人都有自己的方法嘛，你們別逼他了。」

李維修還想開口反駁時，上課鐘響，吳教授幾乎是準點進來，身後還跟著一名助教，應該是教授的研究生。

吳教授戴著眼鏡，臉頰瘦削尖銳，他長得不高，伸長手時可能還寫不到白板最上緣，但他走路昂首挺胸，給人很有活力的感覺。反倒是身旁的助教比他高壯，卻因為略微駝背，看起來比吳教授還要弱小。

吳教授雙手搭在講臺，環視臺下一圈，側著頭對助教說：「看來應該有超過十五人，可以分兩組，實驗跟對照。」

助教則詳盡地一個個清點後，向教授報告現場有二十一人。

吳教授清了清喉嚨後開口，「我不知道你們對這堂課抱有什麼期望，還是什麼都沒想就修了。總之，這學期這門課，我們跟上次開課的內容會很不一樣，這次會實作火箭並試射。」

話音甫落，臺下便傳出騷動，范姜豪等人也面面相覷，唯有譚雅筑的眼神變得晶亮。

「不是說很涼嗎？」

「實作？認真？」

「學校有哪裡可以射火箭啊？可以射到隔壁學校去嗎？」

吳教授扯了一下嘴角，像是早就看透這些大學生心裡想什麼，接著說：「賣著急啦（別急啦），這門課還是很有趣，而且，你們想想全臺灣的大學有哪一門課可以試射火箭？」

見這句話反而沒引起什麼波瀾，他不禁面露苦笑。

「好啦，我知道你們不知道火箭有什麼魅力，不過，你們不會想問嗎，臺灣為什麼要做火箭？給那些強國去射就好了啊！說到底，人活得好好的，為什麼要做火箭？啊！這個廣告詞好像太老了？」

最後面那句是對助教說的，他以幾不可見的幅度點了點頭。

「那廣告那麼久了喔……好啦不管了，總之，發射火箭需要電子、機械、資工、材料、化學、通訊……十幾種專業領域合作。底下應該也有別系來選修的吧，放心，你們學的全都扯得上邊！回頭來說，臺灣研發火箭有什麼好處？臺灣就一個小島國，資源跟資金都沒有，還會被大國牽制，想要自己發射火箭真的是比登天還要難。再講實際一點，修這門課對你們就業也沒幫助，臺灣也沒有火箭公司，就連相關航太產業也沒有。你們大學生當得好好的，沒事幹麼來做什麼火箭？」

吳教授稍停半晌，又看了一圈下面的同學們，還看到有人認同地點頭。

「但是啊，人要有夢想，人要把目光放遠一點看。網路之初是為了軍事目的，冷戰期間的航空競爭也是，那時也沒想過，現在會有多少日常生活中使用的科技是源自太空科技[2]。所以，先不講那些為了可以自己發射衛星、國防安全的議題，我們自己研發火箭，等同於發展各項專業領域，我們發射的是未來發展，是一個遠景。講難聽一點，誰想幫別人代工一輩子啊，如果能有機會，不會想要自己當老大嗎？」

眾人皆笑出聲音，吳教授滿意地點頭後，揚眉朗聲說話：

「你們年輕人常看的那個電影裡的那句話是怎麼講的？」

最後面那句還是對助教說的，他彷彿腹語人偶般動了動嘴脣，聲音細微，但吳教授卻讀得懂他說了什麼。

「做人如果沒有夢想，跟鹹魚有什麼分別？」

2 太空科技的衍生發明包含廚房，交通系統，體育運動，以及現代生活中的其他方面。乾果和即食食品（尤其是食物殺菌和包裝技術），保持乾燥的衣服，甚至是無霧滑雪護目鏡都來源於太空科技。

設計 2

「不行，我對熱血過敏。」

上完課後，四個人到大學附近俗稱「大學生飼料街」上的炒飯店吃飯，店名叫「多福小吃店」，然而在學生之間卻總愛叫他「多油」，因為這家的炒飯特別油膩，但份量是別間的一點五倍，因此還是深得男大學生們歡心。

大家才剛坐下來，連菜單都還沒填，宋一新就忍不住發難，他一向不喜歡熱血少年漫畫，覺得裡面的主角總是無腦帶著夥伴往前衝，若不是有主角光環早就團滅了，漫畫尚且如此，吳教授真人在臺上激昂的發言更讓他尷尬癌發作，全身發癢，坐立難安，天知道他是花了多大的力氣才阻止自己奪門而出。

「是喔？但我覺得很燃很熱血耶，真的第一次看到這種類型的教授。」范姜豪在招牌炒飯上劃了正字一後遞給李維修。

「很像從少年漫畫還是什麼熱血日劇裡走出來的角色，要帶一群屁孩打棒球進甲子園之類。」李維修劃了香腸炒飯跟蛋花湯，再遞給湯鈺齊。

「實作火箭聽起來是滿有趣的，但我只想旁觀。」湯鈺齊劃了炒麵，最後拿給宋一新。

「我也是，這堂課要實作，一定會用到課後時間。」

他落下這句話後，便起身走到店門口把菜單交給老闆，回到座位上時，剩下三人皆不發一語地看向他。

「所以，新一你要退選喔？」范姜豪先道。

「我還要打工，如果要花很多時間做的話我也沒辦法配合，與其當個分組時的討厭鬼，不如就不要選，反正還有別的課可以修吧。」

宋一新一如既往地務實，一如既往地讓人無法反駁，一如既往地帶大家看最悲慘的結局。

「喔……那你們呢？」范姜豪詢問其他兩人。

李維修說：「我還在考慮耶，現在大概一半一半吧。」

「我就一個延畢仔，不適合這麼熱血做火箭什麼的啦，不過，豪豪不會退吧？」

范姜豪用力點頭，「感覺滿有趣的啊，而且這學期其他課的實作機會比較少——」

「講那麼冠冕堂皇，還不是為了女生。」

「結果連去搭話都不敢。」

「之、之後分組實作就會講到話了啦！」

宋一新跟李維修像是每天必做的任務般鬧著范姜豪時，炒飯也上桌了。吃完飯後，范姜豪跟湯鈺齊走在前頭，宋一新跟李維修並肩而行。

「如果你跟我們一組的話，我可以罩你啊。」李維修雙手插著口袋，裝作一派輕鬆地道。

宋一新斜眼看他，「你要連我的份一起做啊？又想當拯救同學的英雄？」

「我只是怕人數不夠開不成。」

「你連豪豪的初戀都想救。」

「你怎麼知道我沒交過女朋友？」范姜豪轉頭驚呼，眾人不約而同地給他同情的目光。

湯鈺齊回頭說：「是真的有可能開不成喔，我聽到他們說現在的人數剛好湊兩組，而且以後是那個助教要帶我們做的話，這很有可能跟他的論文有關係，兩組剛好是實驗組與對照組，所以一定得要是兩組的人數……你們幹麼那個眼神看我？」

「真的……沒想到，學長你——」

「我以為學長什麼都沒在想。」

「我在你們心中的形象到底是什麼啦？」

三人異口同聲道：「無所事事的延畢仔。」

「可惡，我一定要找件事來忙……。」

「那就來做火箭嘛，學長，你不是說要幫我嗎？」范姜豪像隻搖尾乞憐的小狗。

「那是建立在這門課很閒，還有你會幫我點名的份上……。」

「我還是能幫你點名的。」
范姜豪的軟磨手段讓湯鈺齊招架不住，他一向硬的不吃吃軟的，只好趕緊拉別人當墊背。
「那這樣好了，如果新一也修的話，我就修。」
「好耶，那新一你要——」
范姜豪的話還沒說完，宋一新就冷酷地回絕。
「不要，我不要修。」

■

回到自己的房間後，宋一新打開筆電，螢幕亮起，畫面還停留在申請助學貸款的那一頁。
吳教授除了過度熱血讓宋一新過敏之外，還有一句話更刺進他的心裡。
——人要有夢想，人要把目光放遠一點看。
在很久以前，也有人跟他說過類似的話。
——不能只把眼光放在國內啊，臺灣雖然是小國，但是實力有資格向外挑戰。
——不要妄自菲薄侷限自己，要勇敢出去挑戰！
那些話語伴隨著畫面在宋一新的眼前播放，彷彿時光倒轉至兒時，爸爸說著這些遠景時，就像今天的吳教授一樣，眼神熠熠生光，整個人就像舞臺上的主角，眾星拱月，大家都圍著他轉，覺得他必能達成目標，成功歸來。

然而，現實並不像漫畫戲劇一樣，也許會有人成功，但失敗者眾。

宋一新打開一個雲端試算總表，他確實把目光放遠一點看了。表格上面計算著他畢業後每個月需要還款的數字，含利率。另一張試算表是他每個月的支出收入，再另一張則是家中房屋貸款的金額及還款期數。

在進機械系以前，宋一新對機械一無所知，讀了一年之後還是一知半解。唯有在工廠實習課學會了一件事：機械是很誠實的，不會動就是不會動，得各個環節拆解，找出原由修好它，才能繼續前進。

他的家也一樣，原本運作得當的某個環節出了差錯，環環相扣地影響整臺龐大機器，最後停在原地，因為修好它需要時間跟金錢。

宋一新原先家境不錯，不過父親在他八年級時因好大喜功，投資中國設廠失敗，欠下千萬鉅款，變賣了家產還債，再經債務協商後欠款只剩下幾百萬。值得慶幸的是，父親並未因此喪志，一家四口從獨幢大房子改為公寓租屋，雙親都得出門工作還債，雖然日子有點辛苦，但比上不足比下還綽綽有餘，不到三餐無法溫飽，可是父母能給兩個孩子的卻也只有這麼多了。

在畢業即負債的壓力下，宋一新根本不可能照他的興趣填文組，他有著巨大的經濟焦慮。

而且，他早就忘了自己的夢想是什麼，只希望家裡的負債歸零。

他並不怨父親，出生在什麼樣的家庭不是他能決定，至少在八年級前他還有過美好的童年。

可是，成長環境仍深刻地影響著他，從心理到生理，害他聽到「夢想」兩個字就想吐。

宋一新猛地摀住嘴，喉頭有股作用力就要湧出，一股噁心的味道也漸漸在嘴裡蔓延開來。額頭冒著冷汗，雙手緊握膝頭，掐出紅色爪印，他表情痛苦地費盡了全身力才把嘔吐感壓了回去，喉頭卻還沾黏著混雜消化後食物的噁心餘味，便趕緊灌了幾口水，稍稍平復下來後連他自己都有點佩服自己的窮酸個性。

因為把炒飯吐出來了，還是會餓，不就浪費了晚餐錢嗎？

設計3

他們就讀的大學以理工學院聞名，出了很多政、商業界知名校友，功成名就後回饋學校兼節稅不手軟，理工學院這區的占地或是建築物都比其他學院要又大又新。

三人走在步道上，還聞得到一旁草皮剛修剪過的青草味，矗立在左前方的建築物被藍色的帆布包圍住，如同遊戲中破圖像馬賽克般的畫面，除了與周遭景色格格不入之外，還斷斷續續地發出噪音。

「聽說那幢是那個大老闆捐錢蓋的。」李維修沒頭沒尾地冒出這麼一句。

「哪個大老闆啊？」范姜豪問。

「就做各種手機、電腦代工很有名的那個啊。」

「血汗工廠的那一個。」宋一新補充後，范姜豪喔了一聲，隨即想起那張常出現在新聞版面的中年男子臉孔。

「大樓的名字好像也是他取名的喔。」

「誰出錢誰取名嘛，合理。」李維修道。

范姜豪望著那幢樓喃喃自語地說：「不知道吳教授以後真的發射火箭到太空的話，學校裡會不會有幢樓以他為名？」

「不會吧，錢都射到外太空了，哪有錢捐學校。」宋一新撇撇嘴。

「這麼說，還是做代工比較厲害。」

「豪豪你這比較的基準有點奇怪啊，賺得錢多就是成功嗎？如果臺灣真的發射火箭到外太空，那才真的是歷史留名吧。」

宋一新吐槽道：「你的基準也很奇怪啊，追求歷史定位就是成功嗎？可能對某些政治人物來說是啦……。」

「那要怎樣算成功？」李維修反問。

「達到自己的目的就算吧，」范姜豪插嘴，「像我就是做完所有大學生『必做』的事！」

「我覺得你那張表才真該好好檢討一下。」

「我難得認同阿修的意見。」

三個人日常拌嘴打鬧時，一句清脆而高亮的問候聲插了進來。

「早啊。」

站在後方的譚雅筑朝著他們揮手，她穿著白底藍條紋連身裙，站在這個以男學生為多數的理工學院裡，就像那幢施工中的建物一樣突兀。

「早……。」

三人不約而同地回應，語調亦同樣地帶著濃濃的疑惑，就算刻意要模仿都不會這麼合群。

她見狀掛在嘴邊的笑容轉為苦笑，「嚇到你們了嗎？不好意思。」

「沒有、沒有！」李維修連忙否認，心裡卻暗想，這大概是進大學以來譚雅筑第一次主動找他們說話吧。

「其實我是想問，」她眨了眨明亮的大眼，「你們應該會修火箭課吧？」

宋一新才正要開口，就被眼明手快的李維修摀住嘴。

「我當然——唔唔！」范姜豪只來得及說三個字，最終也慘遭李維修毒手。

「因為那門課跟之前聽說的不一樣，我們還要考慮一下。」像在玩老鷹抓小雞似的，李維修把那兩隻小雞趕到身後，抬頭挺胸地回應譚雅筑。

「是指實作的部分嗎？你們覺得不好嗎？我倒是因為聽說會真的實作才修這門課的。」

李維修想起關於譚雅筑的那些高中傳聞，並不覺得意外。

「因為沒做過，也不知道會怎樣……。」

「就是沒做過才有趣吧？大一的工廠實習都只是學怎麼操作鑄工、車工、焊工那些，成品也只做了個魯班鎖而已——」譚雅筑說到一半像是忽然想到什麼，啊了一聲，「你們是想要修那種躺著都會過的營養學分嗎？」

「也不是這樣——」

李維修還沒講完，就被身後有些不爽的宋一新推開，搶走話語權。

「我只是想要更合理地運用時間而已，吳教授不是講了，這門課對就業沒幫助、臺灣也沒有相關產業，助教也說可能大部分時間都要課外自己找時間來做。修這門課，對我來說太不划算了。」

譚雅筑饒富興味地微瞇起眼，像隻看到鮪魚罐頭的貓；李維修則覺得對方終於露出美少女外皮底下的真面目了。

「那我知道了，是我高估了你們，沒想到你們是那麼無聊的人欸。」

「把時間花在對自己有益的地方哪裡無聊？」宋一新心有不甘地回嗆。

譚雅筑往前走了幾步，裙襬晃動，長髮飄揚，但更讓人留下印象的是她回話時臉上充滿自信的光彩。

「我現在就可以看透你的人生：大學畢業，進台積電或是其他差不多的公司當工程師，每天工作爆肝，重複一樣的生活，過了三、四十年後退休，這還不無聊嗎？」

「妳、妳又知道我什麼了！」宋一新氣得差點要衝上前，幸好身旁的李維修拉住他的手。

「對，我什麼都不知道，只是覺得在大學這個嘗試各種事情，就算失敗，代價也是最小的期間，不試著踏出任何一步，這樣的大學生活很無聊而已。當然不一定要做火箭，只是，我看你應該也不會想做別的跟求職無關的事情吧？」

就在此時鐘聲響起，譚雅筑便轉身要離開，李維修忽地朗聲發問。

「我比較好奇的是，對妳來說火箭有趣在哪？」

「很有趣啊！火箭就跟人生一樣，不去嘗試、不點燃引信發射，永遠不知道會不會成功。」

■

黑色的板金平臺上，用白色圈畫了一個圓，圓心兩邊各有一條短直線，整體看起來像是日本相撲的比賽場地，但在直線後方卻是兩臺形狀特別、像是模型車的機器人。

左邊這臺有著大前輪，車身上有各種突出的尖銳物，以紅色噴漆塗上火焰的標誌，體型也比右邊那臺大了一點五倍；右邊這臺的輪子雖然嬌小，卻有六個：兩側各三個，機身像節肢動物一樣分成三節，機身前端亦有著像獨角仙一樣長長的Y型尖角，機身上有著亮銀色的齒輪圖樣。

兩臺機器人皆已發動，強力馬達發出像猛獸般的低吼聲，當清脆的鈴聲響起，它們以最大馬力衝向對方，發出鏗鏘有力的金屬撞擊聲。力量不分軒輊地抵銷，兩臺幾乎在圓心點上一動也不動地僵持搏鬥，雖然是機器人，卻讓觀者感受到猶如人類或動物競爭時展現出來的堅強意志力與肌肉張力。

雙方的輪胎因與地板摩擦過度而冒出白煙，原本定住不動的狀態亦漸漸鬆弛，一來一往地互有進退時，較小臺的機器人倏地突往後退，大臺機器人反應不及地亦往前駛，小臺機器人趁機用尖角戳向對方右側機身縫隙處，它便因此失去平衡翻車倒地，不能再起，輪子無能地空轉著發出敗者的悲鳴。

裁判的哨聲響起，比賽結束。畫面此時才轉向人類操作者，落敗的組別懊惱地搖了搖頭，勝利的那組歡呼擊掌，譚雅筑拿著搖控器開心與隊友擁抱。

「太……太強了吧。」

范姜豪隔著李維修的右邊肩膀看手機螢幕，對於譚雅筑神一般的操作與打法發出讚嘆。

「是滿厲害的。」站在李維修左邊肩後的宋一新嘴上說不想看，卻也口嫌體正直地看完了，還老老實實地稱讚了一句。

「聽以前跟她同校的人說，她在高中的時候就很有名，科展、機器人大賽什麼的，跟機械有關的都參加過。」李維修關掉手機螢幕後道：「也難怪人家的目標現在放在發射火箭了，在地表上跑的，對她來說已經不稀奇了啦。」

「那也跟我無關。」宋一新聳了聳肩。

李維修回頭揶揄，「你被她嗆成那樣不生氣了？不反擊了？」

「她是她，我是我，人要是每天都想著要跟人比較，是比不完的。英國首相邱吉爾說過，如果你對每隻向你吠的狗，都停下來扔石頭，你永遠到不了目的地。」

「是是是，心靈成長大師兼二戰歷史學家。」

「不過，譚雅筑說得也有道理吧，反正畢業後大家都是當爆肝工程師，那怎麼不趁現在做點想做的事？」范姜豪道。

「做火箭又不是我想做的事。」

「至少是有趣、沒試過的事嘛。我跟豪豪應該會修吧？」李維修回頭看到范姜豪猛點頭，繼續說服宋一新，「新一你不來的話很撒密西（日文：寂しい，寂寞。）耶——」

「幾歲了上廁所還要人陪喔？」

「好啦，講正經的，你是怕擔誤到你打工的時間吧？我們三個同組的話，我跟豪豪一定會替你扛的啦。」

宋一新不解地看著像哈巴狗一樣等著他點頭的兩人，「你們自己想修那門課就去啊，硬邀我去有什麼好處？」

「好處喔……就跟火箭一樣，要發射了才知道吧。」

宋一新賞了李維修一個大大的白眼，「不過，既然你們要幫我扛實作的話，我就修吧，反正現在加退選應該也沒剩什麼輕鬆的課了。」

看著兩人不明所以地興奮歡呼，宋一新的心情竟也變得愉悅起來。

譚雅筑的話並非沒有打中他，而是提醒他某個已知的事實，畢業後他註定得為金錢拖車，在一眼就望得到盡頭的人生上踽踽獨行好一陣子。

只是他沒想過，稍稍讓自己出軌一下，走向未知的岔路，會如此讓人期待又興奮。

而且，他知道這個岔路並不會導致災難性的後果，也不會像他的父親一樣影響到其他人的未來。

他感到非常安心。

■

穿著藍色印有高音譜記號T恤的男孩站得筆直，他將小提琴架在肩上，用面對國際大賽的態度，謹慎而專注地放上琴弓，拉了一個音符。

「Mi。」

出聲的是另一個坐在椅子上的男孩，他不停搖晃著雙腿，像是在催促對方繼續出題。

「這個是Do，但不太準喔。」

男孩有點惱，索性把小提琴放下，收進琴盒蓋上，發出「喀」一聲。

「這個應該是Si，對吧？」

「我哪知道。」他歪著嘴，甚至不給對方一個眼色。

「小睦你生什麼氣啊，你自己要考我有沒有絕對音感的耶？而且，這對練琴又沒什麼幫助，頂多就是調音的時候比較方便。」

「還有，考音樂班時的聽力考試，你應該都可以滿分吧。」男孩轉頭詢問，「小修，你真的不考音樂班嗎？」

「你怕你在班上交不到朋友嗎？」男孩咧嘴壞笑。

「才不是咧。」

「可是還要考試好麻煩喔。」

「如果下個月的那個比賽有得名的話，好像不用考試就可以上音樂班喔，不過，要前三名才可以。」

「那我不可能啦。」

他繼續搖晃著雙腿，想到下個月的比賽就心煩，因為日期跟原定的露營日撞期，爸媽就取消露營了，他比較喜歡露營多些。

「又還沒比，你怎麼知道——」

兩個男孩聊到一半，木門緩緩打開，一名穿著粉黃色連身裙的女孩走出，她提著琴盒高高地揚起下巴，走過他們兩人面前，連個眼神都懶得給地打開大門翩然離去。

「哼，我輸給誰都可以，就是不能輸王鈴鈴，她到底在跩個屁啊。」

「你媽說她一天練琴四十個小時。」

「一天不是只有二十四小時嗎？」

「沒聽過誇飾法嗎？你不想比賽輸給她的話就只好練琴囉。」

「蛤——我連比賽的曲子都還沒練完……。」

「我跟你一起練啊。」

木門再次開啟，不見人影只聞其聲。

「睦雲，可以進來上課囉。」

「好啦，我要去上課了。」

男孩拿著琴盒正走進門時，又聽到裡面傳來一句。

「維修，你不要在外面偷懶，不想練琴就去寫功課。」

「好啦，媽。」

他虛應故事後等門關上，便躡手躡腳地走到門口，將耳朵靠在門板上聆聽。

絕對音感真的沒什麼了不起的，他喜歡小睦把音符串起來的方式，總能讓他聽得順耳。

然而，這個夢境總在小睦開始拉第一個小節時戛然結束，完美地與他的手機鬧鐘鈴聲，德布西〈月光〉的鋼琴曲銜接在一起。

李維修抓了抓頭髮緩緩坐起身，開學後一個禮拜很快就過了，今天是第二次上火箭實作課的日子。

學長湯鈺齊毫不意外地與他們三人同進退，同宿四人都決定要修這門課，其實李維修對火箭並沒有多大的興趣，只是覺得大家修同一門課好像滿有趣的，便強力湊合宋一新選修。

早早梳洗完畢，坐在客廳喝著昨天沒喝完的罐裝奶茶時，室友也一個個現身。

范姜豪走進客廳時打了個大大的呵欠，精神狀態還在朦朧之中；宋一新就跟平常沒什麼兩樣，正經八百一副隨時可以出門的樣子。

三人準備要出門前，李維修走到湯鈺齊房門前敲了好幾次門，後來隔著門跟裡面的人似乎對話了一會兒，才放棄似的回頭。

「學長早上不是沒課嗎？」范姜豪問。

「是啊，可是他叫我出門前叫他一下，可能是怕下午醒不過來吧。」李維修總覺得讓湯鈺齊掉入遊戲坑爬不出來，自己也該負點責任。

「那他有醒嗎？」

「醒是醒了，但他剛剛問我有個道具要去哪裡拿才有……。」

三人在上學的路上笑著下注賭學長下午的火箭課會不會出現，只要下午還有課，三人的中餐便會在學生餐廳解決，宋一新用完餐急著收碗盤要去教室。

「還有快二十分鐘耶，豪豪都還沒吃完你急什麼？」

「我想坐後面一點，我對吳教授的熱血過敏。」

宋一新難得做了個認輸的哭喪臉，讓另兩人都覺得很新奇，便叫他先去，順便幫忙占位子。

范姜豪還慢條斯理地啃著排骨時，譚雅筑不知何時走到他們身旁，他是從充滿自助餐味的餐廳裡忽然飄來一股清香認出來的，只可惜反應時間太短，油膩膩的排骨還掛在嘴邊，看起來應該十分滑稽。

「結果只剩你們兩個嗎？」她這句話是對李維修說的，自從上次之後，譚雅筑便擅自認為李維修是他們這四人黨的發言人。

李維修放下手中的紅茶，用極緩慢的速度搖了搖頭。

「加上學長，我們四個都會修喔。」

「激將法有效呢。」

「是我的友情大法勝利好嗎？」李維修撇了撇嘴，續道：「喔對了，妳以後別再跟新一講什麼畢業還不是當工程師賺死薪水之類的話比較好，妳真的不知道別人經歷過什麼。」

譚雅筑愣怔，表情僵硬，像冷不防地被打了一巴掌似的，遲了幾秒後才應聲，「我知道了。」便轉頭離去。

「意外的……還聽得懂人話嘛？」

李維修還以為這種怪怪的天才美少女什麼的都不通人情。

「阿修，新一經歷過什麼啊？」范姜豪問。

「你……你不是想追譚雅筑嗎？怎麼不趁機搭話啊。」

「想說你們在講話啊，所以新一他……？」

「快點把你的排骨吃完啦。」

「譚雅筑剛剛忽然跑來向我道歉。」宋一新邊說邊打了個冷顫，「沒頭沒尾，怪可怕的。」

「怕什麼啊？」李維修大笑，邊朝范姜豪打Pass要他別透露內情。

「怕折壽啊，她自尊心那麼高的人……還是，她另有什麼盤算？」

「你想太多了，她單純只是擔心沒人修這門課，人數沒辦法做火箭啦。」李維修順便數了數現場人數，加上頂著厚重黑眼圈剛進門的湯鈺齊，剛好十二個人，至少可以分兩組。

上課鐘響沒多久，宋一新就發現自己白擔憂了，第二堂課起由上次那個弱不禁風、看起來很透明、沒存在感的助教主導，其實吳教授很忙，直到學期結束前同學們都沒見過他幾次。

助教同樣先點了人數，露出「雖然不滿意，但也只能這樣了」的表情，接著開始簡單說明火箭的結構與預計製作的樣式。

「大家應該都有玩過沖天炮吧？那就是一種最簡單的固態燃料火箭。」

湯鈺齊細聲道：「其實，我沒玩過耶。」

「竟然？」范姜豪有些詫異。

「學長是臺北小孩的關係吧，沒地方可以玩鞭炮。」李維修照學長出身推理。

「是我爸媽怕我炸到自己，不讓我去玩。」

范姜豪興奮地說：「我真的有被水鴛鴦炸到過耶。」

「怎麼炸的啊？」湯鈺齊問。

「就……拿在手上點了忘記丟出去。」

「我怎麼一點也不意外呢。」宋一新微瞇起眼，「但再怎樣還是沒有萬戶蠢啦。」

「你說那個把自己綁在椅子上，綁滿火藥想射上天空的古代人？」李維修說。

「怎麼聽起來比較像古代刑具啊，怕爆。」

1 萬戶（？—一三九〇年），一作萬虎，是現代西方文獻中描述的一名中國明朝官吏，被說成「歷史上首位嘗試用火箭升空的人」，但現存中國歷史資料中尚未發現關於萬戶的記載。

四人偷偷閒聊時，助教仍在臺上繼續說明火箭構造原理。

「火箭燃料可以分成：固態燃料、液態燃料、混合式燃料。液態燃料性能最好，也比較能控制推力大小，是目前大型火箭使用的主流。不過我們這次考量到時間成本因素，會使用以糖作為燃料的固態火箭燃料，這種糖火箭又稱Sugar Rocket。」

「Sugar Rocket聽起來好像什麼老派西洋歌的名字。」湯鈺齊笑道。

「不要小看Sugar Rocket，我看過試射的影片，意外還滿厲害的。」宋一新說。

李維修用舌尖發出嘖嘖聲，「新一你還先做了功課啊？難怪剛剛也馬上說出萬戶的名字什麼的……。」

「只是好奇罷了。」

李維修轉頭朝其他兩人，用口型說了「傲嬌」兩個字。

「這次要做的火箭雖然小，但除了箭體、固態推進系統外，還得做降落傘回收、科學酬載系統、航電系統幾個部分，預計在寒假前試射，所以……時程很趕。」

「一組才六個人，有五個部分要做，這要怎麼分啊？」范姜豪問道。

「要不就大家一起做完第一Part，再做下一個，不然就是一、兩個人要做完一個Part。」李維修撐著下巴道：「但不管怎樣，一學期要做完還是很趕，而且我們又沒做過。」

「我們預計分成兩組，都要做火箭，箭體基本上是一樣的，只有降落系統有差異，但製作時間也差不多。你們要自己分組還是我分？」

助教話音方落，臺下便吵雜了起來，另一邊剛好六個人都認識的樣子，其中一人便大聲說「我們自己分！」

剩下他們四人與譚雅筑，還有一個坐在角落的獨行俠面面相覷。

「好，那剩下其他人就一組喔。給你們十分鐘選一下組長，組長等下繳組員名單給我，」助教看了點名簿，「後面那個同學是外校的，你們這組多照顧一下。」

四人不約而同地看向獨行俠，這門課竟然還有外校來修？再者，說到外校，他們C大附近就只有那間死對頭學校T大，他們大學以電機、機械系聞名，T大則是材料系與物理系稱霸。

「我是T大的，物理系大三，薛燕斌。」

薛燕斌從容自在走過來，穿著黑色T恤外搭短袖淺藍色襯衫，T恤沒有荷葉邊，襯衫乾淨有股洗衣精清香味，頭髮蓬鬆整齊，還有一圈像天使光環般的光澤。同樣都是理科的男生，他給人的感覺就硬是比C大四人組要好，再加上他的長相又是個符合普世審美觀的帥哥，加分加到破表。

不過，在場唯一女性譚雅筑對他好像沒什麼興趣，公事公辦地拿出了張紙，要大家把名字寫在上面。

「你可以在這邊寫一下名字嗎？」

「原來是這個燕跟這個斌，跟我想像的完全不一樣。」范姜豪笑道。

「很怪吧，有點像古人的名字，可能因為我爸是歷史老師的關係吧。」薛燕斌自嘲後指著范姜豪的名字說：「『范姜』是姓氏吧，很少見耶。」

「哇，不愧有個歷史老師爸爸，第一次聽到的人都以為我姓『范』，名字叫『姜豪』。」

當兩人因姓氏名字話題而變得熱絡時，譚雅筑插話道：「我們應該先選一下組長吧？」

「還用選嗎？就妳當吧，妳也『比較有經驗』。」

李維修原先是想嗆一下強勢的譚雅筑，未料對方不但接住了他的球，還大方地說：「謝囉，我本來也想自薦的，我在高中的時候有組隊參加過機器人比賽的經驗，那時候也是當組長，雖然機器人跟火箭差滿多的，但團隊合作、工作分配什麼的我應該還可以。」

「難怪覺得妳有點眼熟，我高中也參加過機器人比賽。」

「咦？」譚雅筑這才正眼看向薛燕斌，但仍露出想不起來的表情。

「那屆應該只有我們這組做了一個圓型的機器人。」

譚雅筑認機器人比認人臉還行，「啊！我想起來了，我們剛好在單淘汰賽樹狀圖的兩邊，沒遇到。」

當兩人因機器人比賽話題而變得熱絡時，宋一新插話道：「那組長就確定是雅筑囉？其他人有意見嗎？」

眾人以不搖頭也不點頭的臺灣學生通病表示通過，兩組組長繳上名單後，助教便繼續說明課程進行方式及評分項目。

「火箭只用課堂上的時間做的話是絕對做不完的，所以大家得找課餘時間製作。基本上以後上課就是進度報告，以及有什麼問題可以問我，平常我也會在研究室，真的有問題可以來找我。材料跟製作經費的話，吳老師有申請到補助，場地可以用系辦旁邊的一〇一實驗室，這個也跟系上報備過了。其他還有什麼問題嗎？」

助教把時間掌握得精準，下課鐘剛好響起，環視一圈確認沒人舉手後，便轉身離開。

不過，與其說是沒有問題，不如說是太震驚了，大家不知該從何問起。

但是，譚雅筑的神情卻絲毫沒有疑惑，回望向其他五位男生。

「你們等下有事嗎？要不要邊吃飯邊講一下之後的規劃？」

■

「就算沒有手把手教，至少也該大概說明一下怎麼做吧？助教就這樣放牛我們了？」

課後六人回到學生餐廳，找了張空桌坐下，大家去販賣機投了飲料後，李維修率先發難。

「我們高中機器人大賽也是這樣啊，主辦只發了Arduino[2]給各隊，其他都是自己摸。」譚雅筑道。

「你們那是比賽，這是課程耶。」

「有差嗎？都到大學了，糖火箭也不是多新的技術，影音網站上都有一堆教學，連Youtuber網紅都會做，做一個出來沒有很難吧。」

李維修仰頭無語，拍了拍宋一新的肩膀，這是交棒給他辯論的意思。

「阿修的意思大概是，教授跟助教也過得太爽了吧？只要等著我們做好給他們驗收就好了，我們學費也沒少繳啊。」

薛燕斌搖頭反駁，「吳教授一點也不閒，他很忙的，他現在在籌備他的第三期火箭計畫，還有跟其他學校合作的項目，得為了經費四處拜訪。」

「怎麼講得你好像跟吳教授很熟？」這段話太值得吐槽，湯鈺齊來不及放開吸管就說話。

薛燕斌的視線游移，臉色還略微紅潤，彷彿被逼問了什麼害羞的問題。

「我……追他很久了。」

C大學生五人包含譚雅筑在內皆傻了眼，范姜豪還嘴巴開開，是李維修幫他扶好下巴。

「你們不要往奇怪的方向想——唔，這樣想好像更引人誤會？」

全員皆瘋狂點頭，並催促他快說詳細內容。

「真的不是什麼奇怪的理由，只是因為我想當航太工程師做火箭，而臺灣研究、製作火箭的第一人就是吳教授，我就特別關注他，這樣而已。」

「你從什麼時候想當航太工程師？」湯鈺齊再問道。

「小學三年級。」薛燕斌回答後，面對眾人怪異的眼神毫無懼色。

「既然你那麼早就立定志向的話，應該也很早就知道吳教授了吧？」

「八年級時就發現他，還會搜尋他相關的新聞跟論文。」

李維修側頭低聲跟范姜豪說：「沒想到有人會用追星的方式追大學教授耶，該不會書桌前還貼他的照片吧？」

「既然那麼早就開始追他，那你應該知道吳教授在我們學校啊，怎麼沒考我們學校機械系？」宋一新問。

「因為我是想當航太工程師，不是想當他的學生啊。」

薛燕斌回答得理所當然，但眾人卻聽得不明不白，他只好再解釋道：

「打造火箭需要運用各種領域的知識，跟大學要選哪個科系其實並沒有太大關係。我也是

2 Arduino 是一個開放原始碼的單晶片微控制器，它使用了 Atmel AVR 單晶片，採用了開放原始碼的軟硬體平臺，建構於簡易輸出／輸入介面板，常運用在自動控制、機器人等設備上。

有想過直接考航太系，但是考量到我畢業後一定要去國外進修跟工作，最後還是決定讀代表各個領域基礎的物理系，剛好C大又在我們學校旁邊，想跨校選修吳老師的課也方便。」

經過他的一番說明之後，四人心中初步得到了結論，譚雅筑是怪人，薛燕斌則比她更怪上一倍，但有這兩個人在，製作火箭應該會順利很多。

離開餐廳前，他們在社交軟體上組了個群組並約好下次開會時間，組長譚雅筑很沒新意地取了個「火箭小組」的名字，而薛燕斌的頭像毫不意外地是一張火箭發射的照片。

四人與他們話別後，沒想到是湯鈺齊忍不住先吐槽。

「那個T大的……也太奇葩了吧。」

宋一新推了推方框眼鏡，「我根據歸納法初步得到結論，想要做火箭的人都是從小有異於常人的執著，吳教授、譚雅筑跟薛燕斌都是這種人。」

「他們三個應該一拍即合吧，薛燕斌也是很神奇，說什麼，我想當航太工程師，不是想當他的學生啊！」李維修怪腔怪調地學著薛燕斌的話，但只收獲宋一新的白眼。

「總覺得我們好像跟他們活在不一樣的世界裡，就像地球人跟火星人一樣。」范姜豪望著校舍間的天空，喃喃地道。

「對！」李維修用力拍了拍范姜豪的背，害他乾咳幾聲，「搞得我們好像不立個遠大的志向，探索木星什麼的，就不是大學生了。」

「木星是氣體星球，沒辦法登上去探索啦。」宋一新沒好氣地說：「不過豪豪說得很有道理，站在他們兩人旁邊，就莫名覺得自己很廢。」

「誰敢說你廢！我不許你這麼說你自己！」李維修模仿馬景濤迷因圖[3]情緒澎湃又聲嘶力竭地喊道，宋一新則毫不意外地再一次無視他曾客串過話劇社成果發表的熱情表演。

湯鈺齊感嘆了一聲，「沒有比較就沒有傷害啊，但是像薛燕斌這種從小立定志向堅定不移的人畢竟是少數，隨波逐流，莫名其妙走到這　步才是多數人的情況吧。」

他們皆同意學長的說法地點了點頭。

「不過啊，」湯鈺齊咧嘴一笑，笑得燦爛，「看見這些懷抱夢想的人，總會想要狠狠揍他們一拳呢。」

三人愣怔半晌，李維修率先回過神來，竟也同意他的說法。

「我好像可以理解學長的意思。」

「你們是嫉妒他們吧？因為追求夢想的人總是閃閃發光，顯得自己就像個陰溼的角落生物。」宋一新一針見血地道。

3　臺灣演員馬景濤在瓊瑤電視劇作品《青青河邊草》、《梅花烙》、《水雲間》……劇中擔任男主角，他在劇中激情澎湃、聲嘶力竭的表演方式讓人難忘，因而被網友們做成迷因圖流傳。

「是有一點羨慕啦，但那種想打他們的心情也不完全是嫉妒，對吧？學長。」

范姜豪搖頭晃腦地說：「我不能理解耶，你們是想讓他們看清現實嗎？」

「嘗嘗我現實的鐵拳吧——」湯鈺齊故作揮拳的樣子後，搖了搖頭，「那也不用我們打他們啊，他們遲早會遇到很多現實的困難，當航太工程師耶，怎麼想都不是件簡單的事。」

「那麼，想打他們一拳的心情到底是什麼啊？」范姜豪追問。

「有些事情很複雜的。」

「沒辦法用一句話說得清楚。」

「像是現在橫在我們面前的千古難題——」

「晚餐要吃什麼？」

李維修跟湯鈺齊像說相聲似的你一句我一句，最後四兩撥千金地把主題繞開，在眾人的空胃袋都有共識的情況下，進行晚餐討論。

■

吃完晚餐，跟學弟們看了三局棒球賽後，湯鈺齊說想繼續打電動便回到自己房間裡，卻在手摸到滑鼠的那一刻，對於那款讓自己沉迷整個夏天的遊戲完全失去了興趣，整個人像顆瞬間消氣的汽球一樣乾扁。

沒有搜集完的圖鑑、沒有走完的迷宮、沒有解完的支線劇情，都無法激起他的動力，那些電玩企劃與心理學家精心設計的一道道成癮關卡，全都被他推倒了。

他心裡想著，又來了。他也已經很習慣這種情況了。

湯鈺齊曾是個有目標就會拚盡全力想辦法達成的人，甚至為此犧牲其他當下沒那麼重要的東西也無所謂，包含友情、親情、生活與健康。

然而，這樣的性格卻在奧數比賽後產生一百八十度大反轉，變成一個無法跑到終點線的人。

他曾嘗試過給自己找一些目標，但總是在達到終點前就放棄了，就像他玩那款遊戲一樣、就像他自己延畢一樣。

他試著自我分析過原因，並不是害怕失敗，也不是完美主義，就是單純失去了動力。

但是，他身邊的同學朋友們，也不是每一個人都知道自己想做什麼，有人邊嘗試邊尋找，不過，絕大部分的人都是隨波逐流，像范姜豪那樣別人做什麼他就做什麼。

有理想志願的人是少數，像他這樣停滯不前的也是少數。

湯鈺齊的家境不差，沒有太大的經濟壓力，他也曾想過，如果一直停留在原地的話，自己再過幾年後可能就變成被社會跟親朋好友唾棄的家裡蹲了，他看到那些啃老新聞，總覺得是預言，感到一陣惡寒。

他不想走向那樣的結局，卻又很難甩開陰魂不散的無力感，每當他覺得自己可以沿著某條路走下去時，就會被那種感覺絆倒在地。

想朝著那些有夢想的人揮拳，有一半可能是出自這種心情吧。為什麼你們可以毫無窒礙地走向前呢？我不害怕面對困難，也不害怕路途遙遠，但卻連站起身踏出第一步的動力都沒有。

如果你們知道答案的話，為什麼不跟我說呢，停下來看看我也好，踹我一腳也可以，搞不好我還可以拿這種怒氣當作前進的原料。

像這樣的煩惱很難對人說出口，特別是在家裡有經濟困難，得趕快求職的同學或朋友面前，他隱約感覺到學弟宋一新就是這樣的人，對他們來說，湯鈺齊就是欠教訓欠打的那一個。

網路有一種讓人原形畢露的魔力，湯鈺齊在社群網站上ＰＯ的廢言常常不小心透露出他的本質。有個比較敏銳的網友察覺到他的心情，說他好像有點厭世。

但是，他並不討厭這個世界，他討厭的是跨過終點線後的世界。

那股從高高至上的舞臺跌落至谷底的感覺，令他永生難忘。

訪談 III

手機錄音程式關掉後，訪談進入了另一個層次，雖然這些都沒辦法寫進稿子裡，記者還是聽得津津有味。

「我覺得當時是個『沒有夢想就算輸了的時代』。」

記者不解地歪頭，「我以為沒實現夢想，才算是輸家？」

「沒實現夢想的話，至少還有『夢想』啊。」

「可是夢想又不能當飯吃。」

「但沒有夢想的話，就什麼都沒有了喔。」

見記者還是一知半解的模樣，教授耐心繼續說明。

「成功人士都是從小立志，一路走在夢想的道路上前進，遇到挑戰或是困難也不放棄，得堅持到最後。即使不是成功人士，要是能說出自己以前的夢想是當什麼什麼，那也能得到努力過後的同情獎。」

記者終於理解了一些，「那我懂了，其實現在的氛圍也是，少子化、再加上新一代家長都曾被傳統價值觀束縛過，現在比較希望孩子們志向遠大、找到自己喜歡做的事，開心就好。」

「沒錯，但問題就在於，找不到夢想，甚至也找不到自己喜歡做的事的人呢？當年我有一些朋友就是這樣，現在則覺得有這種情況的孩子變得更多了。諷刺的是，早先一代的臺灣家長總希望孩子考醫科考理工，但是現在家長跟他們說可以做自己喜歡做的事情也沒關係的時候，他們卻也不知道要做什麼，跟大家一樣上學、考試、隨便填志願、畢業。」

「因為他們是原生網路世代的關係嗎？還是受到多元的娛樂、遊戲、短影音影響？或是跟科技迅速發展但社會階級沒有想像中那麼流動頻繁有關？」

教授聳了聳肩，「我不是研究這塊的學者，只能看到我觀察的情況。」

「那教授您剛剛說自己『有些朋友』也是這種情況，那他們後來怎麼了？」

教授覺得記者在「有些朋友」這四個字上咬字特別清楚，似乎覺得他就是他的朋友本人，教授原本想解釋，但想想還是算了。

「我那一些朋友啊……就他們的經驗來看，我覺得是『必須降低夢想或是喜歡做的事』的標準。」

「什麼意思？」

「只要那件事不違反社會風俗及道德，你不討厭它，且有機會去做，那就該去嘗試。」

「試了就會知道自己喜不喜歡嗎？」

「這也是一點，另一點是，試過後你會得到什麼能讓你產生熱情。拿火箭比喻好了，試過做一次後，你可能會知道，自己討厭機電，或是自己其實喜歡裁縫。」

「裁縫？縫布料的那個裁縫？」記者還以為自己聽錯，或是同音異字。

「沒錯，就是縫布的裁縫。」教授開懷地笑了，「沒去試做過，還不知道做火箭要會用裁縫機呢！」

試驗1

在火箭小組下次見面開會前，組長譚雅筑很盡責地在社交軟體上傳了許多火箭的製作資料，甚至還有影音平臺上一步步教學連猴子看了都會的影片，像是要說服其他人，火箭製作絕對沒有想像中那麼困難。

豪豪：感覺一步步照著做就做得起來了！

雅筑：理想是這樣沒錯，但實際作業一定會遇到許多問題。

豪豪：說得也是，到時候大家再一一克服吧^^

李維修看到范姜豪握著手機一陣傻笑，不禁搖頭嘆道：「戀愛使人腦殘真可怕。」

「哪裡是戀愛啊，那是只是群組聊天，不是一對一，對方只跟他講火箭的事，沒有其他意思，如果真有什麼粉紅泡泡，那也是豪豪幻想出來的吧。」面無表情的宋一新講話更狠。

「對啊，你不要誤會人家對你有意思喔，這很可怕，我不想在社會新聞上面看到你。」

范姜豪這下總算抬起頭來，「你們說的我都知道，我當然不會自己亂加油添醋啦，只覺得……從大一幾乎都不認識，頂多只讓她知道我們兩個同班，到現在修同一門課、加了社交軟體，還會在上面聊天，這不就是很大的進步嗎？」

李維修跟宋一新互望一眼，異口同聲地說：「不，你不知道我們的知道！」

「什麼啦？」

三人對話的時候，譚雅筑已把簡略的火箭製作執行計畫及初步的分組工作內容傳到群組裡，結果先看完的人反而是待在房間裡的湯鈺齊。

他邊推著眼鏡邊走到客廳裡：「你們看到組長傳的計畫了嗎？很趕耶，做得完嗎？」

火箭體製作（含強度測試）：全員，十二月以前。

推進系統（含發射測試）：2人，十月以前。

航電系統（含通訊測試）：2人，十月以前。

科學酬載及降落傘回收系統（含強度測試）：2人，十一月以前。

火箭組裝試射：全員，一月底學期結束前。

「我們只有六個人，是先做好火箭體再分組做其他的嗎？」李維修問。

「看網路上的製作影片，火箭的固態推進器外殼是要用鋁合金吧？」湯鈺齊露出被踏了一腳似的表情，「以前在實習工廠學的那些全忘了，要靠學弟你們罩了。」

「我們也只上了一學期，車床、沖床、洗床、板金那些練過一次而已，真要實作出東西還是得再練習。」宋一新說：「我們C大機械系主要還是以課堂上理論學習為主啊，實際操作的課程並不多，可能技職體系的科技大學還會比較多一點吧。」

李維修接著說：「那這堂火箭課真的是少數可以製作大型實物的課程耶，難怪那個譚雅筑那麼希望它開成。」

「說到這個，我一直覺得很奇怪……」范姜豪撫著下巴道：「之前家聚的時候剛好有畢業在上班的學長回來，說學校學的是一回事，就業到公司又是另一回事。」

「這是當然的啊，之前新聞不就吵過一次了，那時候還有教授在課堂上抱怨『把大學當成職前訓練所本來就是很奇怪的事』，大學所學的本來就是理論、基礎為主，為了目前企業所需的人力資源去設計課程反而是本末倒置。而且，產業方向變化迅速，老闆今天想做這個，下個月就換別的，就算真的配合調整課程，等到學生四年畢業後，所學的東西也可能不符期待。」湯鈺齊聳聳肩：「而且，也有很多人後來就業方向跟大學專業完全不同，硬是要安排所謂貼近職場的內容，可能會更限制每個人的職涯發展吧。」

湯鈺齊難得一口氣長篇大論，見另三個人愣在當下，他反而有點尷尬。

幸好李維修笑著捧場，「學長的意思是，在大學學流體力學，還比學沖床應用得廣嗎？」

「真要說的話，放風箏也是流體力學啊，冷氣電扇擺哪比較涼也是喔。」

李維修舉雙手投降，「硬要這麼說也沒錯啦……。」

「那反過來說，雖然大學裡不會有太多跟實務接軌的課程或實作，但像製作火箭這種屬實驗性質的實作課，搞不好是折衷之道，多少能練習實務操作，又可以實踐課本中的理論。」宋一新還深陷在剛剛的話題之中。

「新一，那你是不是該感謝我們拖你修這門課啊——」李維修搭在宋一新肩上露出一副奸商的表情。

「是是是，我很感謝，而且我也沒忘記你說要Cover我的事。」

李維修拍拍胸脯，「ＯＫ的，我不行的話，還有豪豪在啊！」

「啊？」莫名被點名的范姜豪一臉錯愕。

「愛情的力量很偉大，一定能逼出你不為人知的潛在實力！」

■

愛情的力量偉不偉大，能不能逼出他自己都不知道的實力，范姜豪都還不清楚，就先得知身為組長的譚雅筑行動力非常可怕。

火箭小組第一次正式討論約在系辦旁的二〇一實驗室，實驗室的空間幾乎有兩個教室那麼大，空間從中間約略劃分一半，一邊是有辦公室ＯＡ隔板跟辦公桌椅，提供學生帶筆電來作業或是小組討論之用。另一邊則較為雜亂，四個角落都堆滿了各種前人留下來的零件與機具跟幾團不知道用途是什麼的布料，牆上還掛著不知幾百年沒洗過的實驗袍，上頭的黃漬彷彿古代壁畫般神祕而模糊。

在這半邊空間裡空氣中有股鐵鏽味、淡淡的化學藥物味跟一股令人意外的味道夾雜其中。

「你們有沒有聞到一股甜甜的味道啊？」嗅覺敏感的范姜豪沒等大家回答，就走到四周微動鼻翼確認，「真的有耶！」

「你臺南人喔，糖分不夠去點杯Double糖手搖啦。」

李維修忙著取笑他的同時，身旁的宋一新與湯鈺齊卻也聞到了，走在他們後方的薛燕斌親切地替大家解答。

「是硝糖的味道吧，硝酸鉀跟糖加熱，就是Sugar Rocket的原料。」

站在前頭一直悶不作聲的譚雅筑這時才緩緩轉過身來，吐了吐舌頭，「凡做過必留下痕跡，沒想到這麼快就被發現了。」

「妳已經開始做了？」范姜豪驚呼。

「不算開始做啦，就剛好跟朋友聊到這個，她文科的，說很難想像庶糖可以當成火箭燃料，昨天就直接在這邊做一個簡單的給她看。」譚雅筑拿出手機點開影片放在桌上，「你們要看嗎？昨天有簡單拍一下。」

幾個男生湊上前，畫面中是譚雅筑拿著平底鍋正在炒糖的樣子，她邊炒還邊跟掌鏡人對話，兩個女生的聲音嘻嘻哈哈，若不說她們在做火箭，可能會以為她在製作什麼美味料理。

「這間實驗室看起來髒髒的，但一應俱全，要把糖打細的果汁機跟加熱板都有，只要拿現成的工具就可以做了，我還找到一截短水管可以當火箭的固態推進器外殼。」

把硝酸鉀跟糖加熱變成硝糖後，譚雅筑把硝糖倒進水管，用竹筷在中間插一個洞，創造引火通道，在硝糖凝固前不斷旋轉竹筷以防黏住，最後等凝固後把竹筷拿出便製作完成。

她接著開始製作噴嘴：拿一張紙塞住方才塞滿硝糖的一頭，再拿保麗龍膠將其固定黏好，接著將黏土塞進紙裡。譚雅筑隨手拿了螺絲起子，從中間戳一個洞至紙底戳破，外面再包一層紙封口，這張紙上也戳個洞。

最後，再把火藥倒進洞口中，插入一條綿線作為引線，保麗龍膠封口，就完成了。

接著，畫面轉到戶外準備試射，兩人還躲躲藏藏地，討論著怕被校警或老師發現。

「這絕對會被罵。」湯鈺齊苦笑，「上次有人在湖邊慶生放沖天炮就被校警追著跑。」

「還好我們昨天沒被抓到，不過，也沒有會被抓的理由。」

「為什麼？」范姜豪問。

「你們繼續看就知道了。」

她們找到理工學院一處無人空曠的地方，譚雅筑克難地點火，還俏皮地倒數五四三二一，發射。

接著，只見噴嘴冒出白煙及零星火花，火箭並沒有在兩人的期待加油聲中升空，最後沒辦法，譚雅筑只得拿預先準備好的水桶澆熄它。

「噴嘴掉了吧。」

薛燕斌幾乎是秒答地一語中的，譚雅筑哭喪著臉說，「保麗龍膠黏不牢，害我丟臉死了。」

「不會啦，看妳們玩得滿開心的啊。」湯鈺齊安慰道。

她沒好氣地道：「是啊，我朋友笑我笑得很開心。」

發射失敗後，兩人皆開懷大笑，不過影片因為另一個女生掌鏡的關係，畫面一直沒出現她的臉。

「總之，昨天大概就是這樣，連這麼簡單的Sugar Rocket都會烙賽了，我希望我們要做的火箭能完整做好前面的前期測試，避免正式來的時候失敗。」

「其實……這幾天我也做了個東西。」薛燕斌從後背包裡拿出一個縮小比例火箭模型。

「太酷了吧！」

「3D列印的嗎？還滿細緻的耶。」

跟剛剛一樣，眾人這次聚在薛燕斌身旁。他將小巧的火箭模型拆解，分為箭頭，箭身跟箭尾含尾翼的部分。

「我用AutoCAD簡單畫一下，跟學校借3D印表機印出來的。」薛燕斌解說道。

「T大也太好了吧，還有3D印表機可以用！」范姜豪驚呼。

「我們學校也有啊，你不知道嗎？在創創工坊可以借，不只3D印表機，雷雕、UV直噴機、VR／AR什麼的都有。」譚雅筑得意揚起嘴角，「我們C大跟T大是死對頭，怎麼可能有他們有，我們沒有的東西。」

「這——倒是有一個你們沒有的。」薛燕斌不卑不亢地朗聲說：「諾貝爾獎得主。」

當這個C大暫時還比不上T大的痛點，使得C大學生們皆發出哀嚎聲時，有個單薄的身影走進二〇一實驗室，李維修眼角餘光看見了，便出聲打招呼。

「助教！」

助教聽到聲音像個受驚嚇的小動物，全身抖動一下，推了推眼鏡，這時候才專注看向他們，過了幾秒才想起來。

「你們是火箭課的……。」

「A組，」譚雅筑避免對方尷尬地搶先答道，「我們想說來實驗室開會。助教，這裡還滿多東西的耶。」

「是啊，我們之前就在這裡做火箭。」

「你們之前就做過啊？」譚雅筑驚呼。

「是吳教授的研究生一起弄的，好像是為了申請什麼計畫吧，那時候我還是大學生，莫名其妙被抓來幫忙，後來還莫名其妙當了他的研究生。可能也是那次經驗讓吳教授覺得叫學生實作火箭可以推他們入坑。」助教苦笑。

「這是——叫我們要小心的意思嗎？」李維修說。

「真的有興趣的話，來當我的學弟也不錯啊。」

助教那張沒有什麼記憶點的臉上，忽然浮出親切和藹的笑容，讓李維修想起路邊國軍人才招募中心的海報，海報上的每個軍官都笑得讓人心裡直發寒。

「呃，我看我們還是先把火箭做起來再說。」

「這裡有很多之前的『殘骸』可以給你們參考喔。」助教說著走到牆邊，拿下一團掛在上面的布料，「這應該是之前縫壞的降落傘。」

「我剛剛還想說那團布是什麼……」范姜豪細聲道。

「看起來就像降落傘吧，二戰片裡常有的那種。」宋一新說。

「你敢背那個往下跳嗎？」李維修戲謔地道。

「聽說為了降低失事率，縫製與折降落傘的人員都會隨機被抽上去練習跳傘。」

「還好我們是做給火箭用。」

助教忽然想到什麼似的說：「喔對了，你們要縫降落傘的時候再來找我借裁縫機吧，那時用計畫經費買的，審核的時候財會還覺得很莫名其妙，為什麼要買這個，哈哈。它現在放在研究室裡，應該算是我們買過『最有用』的工具了，後來很多社團聽說我們有臺裁縫機，都會來找我們借。」

他接著指向角落那塊由厚鐵板銲接而成的不明物體，若不加以說明，造型像是孩童隨意組裝的樂高作品。

「角落那個是推力測試的實驗臺，你們之後也可以拿去用。很重喔，搬的時候要小心。」

助教把他記憶所及，還找得到的「殘骸」全介紹過一輪，最後才說自己是來找一個遺失在這裡的隨身碟，大家一起搜尋，在辦公桌那區角落的位子上找到了。

「那我先回研究室了，星期五見。」

話別助教後，六人開始正式進行工作討論。

「照我上次傳的規劃分工應該沒問題吧？」譚雅筑把規劃印成書面放在桌上，笑咪咪地說：「你們先選吧，我都可以。」

李維修率先舉手道：「我跟新一想負責降落傘回收！」

他事先研究了一下，雖然這幾個項目都沒做過，不過布料再怎樣都比其他東西輕，他一個人做的話也比較方便；也有考慮航電系統，但他對程式實在不怎麼在行，要是碰到問題，宋一新又沒時間支援也麻煩。縫東西的話，至少他還有過童軍的經驗。

李維修跟宋一新告知這個提案，他沒有其他意見。宋一新只是有點意外他選了降落傘，原以為好大喜功的他會想負責推進系統之類的，但後來再細想，是為了現實考量吧。

宋一新瞥了李維修一眼，心想，畢竟是李維修強拉他進來的，早早想好一個人做事的對策也不是壞事。不過，李維修就這麼認定自己會全丟給他做嗎？

宋一新還在猶豫要不要說自己沒想當甩手掌櫃時，就聽見講求效率的譚雅筑朗聲說道：

「我這邊ＯＫ，其他人沒意見的話，就你們負責降落傘。」

其他人皆點頭通過後，薛燕斌也開口說想負責航電系統，說這是他比較不熟的部分，這次想要試試看，其他人雖沒意見，但也沒人附和。

正當譚雅筑想著既然沒人的話，要不要跟他湊一組時，范姜豪哪壺不開提哪壺地開口。

「學長，我記得你程式不是還滿熟的嗎？」

「還好吧？」湯鈺齊暗嘖了一聲，其他人誰都可以，他最不想跟薛燕斌一組啊。

「我記得你說系上網站改版就你寫的，還寫了個ＡＩ機器人回答問題小程式。」

那是湯鈺齊大二時無聊去系辦打工順手做的，他都忘了曾跟學弟講過這件事。

「那只是網頁程式啦，跟航電系統天差地遠耶。」

「但至少你是有興趣的吧，我們就一起來試試吧。」

薛燕斌朝他笑得比陽光還燦爛，湯鈺齊覺得自己這隻角落生物都被晒得快無地自容了，卻也一時想不到理由拒絕，最後就被有點急性子的譚雅筑拍板決定了。

「那我跟豪豪就負責推進系統，細部進度規劃就讓大家自己決定，有問題再提出來喔。」

之後薛燕斌跟譚雅筑都各自有別的事，先行離開了實驗室。

他們前腳才剛踏出去，憋了好久的李維修像是終於能呼吸，大呼口氣後笑著攬過范姜豪的肩，用拳頭輕鑽他頭。

「豪豪你很行嘛，湊學長跟T大的一組，這樣你就能跟譚雅筑一組了吧？」

湯鈺齊聞言恍然大悟，慎重地拍拍他的肩，「你不可以辜負我的犧牲啊。」

「什、什麼？我沒有這個意思啦，學長，我是真的以為你對程式有興趣——不然我跟你換？」范姜豪真心不是想要「自肥」，被李維修點醒才知道有這招。

「算了算了，也不到完全沒興趣啦。」他只是對那位夢想在太空上的天之驕子比較感冒，而且擋人戀愛路會倒大楣的。

范姜豪縮起身子，像隻淋了雨的小狗，弱弱地道：「唔……不然我請你吃冰？」

「那間冰店嘛，好！我要吃芋頭冰。」

「我要芒果。」

「那我綜合好了。」

「欸！我只要請學長啦——」

■

李維修做了事先準備，原本還挺有自信，結果才剛動手就即刻遇到第一個難關。

他跟宋一新先縫了一個小的降落傘測試，隨即發現許多困難。依等比例加上的迷你火箭體重量比想像中的還要重，所以降落傘落下的速度過快，導致迷你火箭體在第一次就摔壞了。

「這叫降落嗎？」看著地上摔得四分五裂的火箭屍體，宋一新不禁搖了搖頭。

「可能只比自由落體慢一點。」李維修蹲在地上拿起屍體殘骸研究，「傘面也有打開，怎麼會這樣呢？」

「難道是傘面不夠大嗎？但這是照助教給我們的尺寸等比例縮小的。」

「我倒覺得是火箭太重了，真的有這麼重嗎？」

迷你火箭體是他們請薛燕斌用他的3D圖列印出來的，原料是PLA」，比到時真正要製作的火箭還要輕上許多，所以他們在裡面黏貼了一些鐵片等比例加重。

「還是配重怪怪的關係啊，我看它剛剛掉下來的時候搖搖晃晃的耶。」李維修說。
「你動態視力這麼好喔？掉下來不就幾秒鐘的事情而已？」
「我視力二點零喔。」
「二點零也沒用啦，至少要蒙古人那種等級才看得到啦。」
兩人垃圾話聊了一陣子，也初步有了些改進的結論：一、問薛燕斌看能不能用硬一點的材料（金屬之類的）幫他們做迷你火箭，二、增加傘面大小，尋找更輕的布料與線材，三、視情況增加降落傘數量。
宋一新瞄了眼手機畫面，幾不可見的目光移動卻被李維修迅速捕捉，彷彿已等待多時。
「剩下的我來就好了。」他揮了揮手要宋一新快滾。
雖然是貼心的話，宋一新聽來卻莫名刺耳，好像李維修早料到自己會全部丟給他做似的。
他迅速按了鬧鐘，蹲下來跟李維修一起收拾殘局。
「不去打工沒關係嗎？」
「還可以再留十二分鐘。」

1　PLA又稱聚乳酸，是指由玉米或甘蔗等含糖類植物所提煉出的聚乳酸合成物，常被拿來製作各種容器、餐具等，亦被認為是最環保的3D列印材質。

宋一新精準到個位數的性格讓李維修不禁發笑，讓他想起宋一新在大一的時候其實很討厭他的往事。

從第一天搬進宿舍時，就感受到宋一新散發一股濃濃的厭惡感，看他就像看著蟑螂老鼠之類的害蟲。

李維修完全不知道為什麼，而他的個性也不是會逆來順受的人，莫名其妙被討厭就像沒來由地被路人揍了一拳。

——那他是一定要揍回去的啊。

他心想，如果討厭的傢伙每天都在自己眼前晃來晃去，那應該很煩吧？

所以他天天纏著宋一新，走到哪跟到哪，就連「新一」這個外號也是他取的，班上同學都誤以為他們高中同班或是感情好。

他本來以為宋一新哪天會受不了地罵他，或是更粗魯一點地打他，但跟自己比起來，對方的作風明顯比較正派，頂多說聲「你很煩耶」，就像小貓舞爪一樣，不痛也不癢。

然而，在這段期間，他也發現可能誤會了宋一新。宋一新討厭的不是他，而是討厭自己。

宋一新對金錢總是斤斤計較，大家一起出去吃飯時，有時候分餐費不會算到個位數，但他總是很堅持，還被同班同學取笑說是客委會[2]的。他每天記帳，鮮少網購亂買，私人物品也都舊舊的，從剛入學就找打工，不難觀察出他的家庭經濟狀況並不好。

因為大一同宿的關係，李維修曾不小心聽到宋一新與家人通話，才知道他不只學費生活費得自己賺，還得匯些錢回去；還從一些聊天之中發現宋一新對機械系沒有太大興趣，單純是因為畢業後比較好找工作，起薪又高的關係才選的。他真正熱愛的科目是歷史，常從圖書館借一些可能開校以來他是第一個借閱者的歷史專門書籍，因為他們學校沒有歷史系。

李維修想起大一開學剛搬進宿舍的時候，已經離異的父母都請了假來陪他，爸爸本來就習慣出門穿正裝，媽媽則因晚上還有演奏會，穿得像個貴婦，哥哥則以前輩之姿教他在大學生活裡要注意哪些東西，一家四口在狹小的男宿房間裡進進出出，宋一新卻是獨自一個人慢慢地整理不多的行李。

「小修，那我們就回去囉，記得要正常吃飯睡覺，生活費不夠的話再跟媽媽說喔。」

人生最痛苦卻也最難避免的事情就是跟人比較，李維修覺得宋一新並沒有想跟自己比的意思，只是看了別人家的狀況還是覺得難受。

宋一新並沒有向任何人求助或訴苦，但李維修總覺得他應該可以再過得快樂一點、跟大家再靠近一點，就像這次拉他來修火箭課，如果同宿的三個人都修同一門課，就只有他因為打工的關係沒修，多少都有種被排擠的感覺吧。

2 客委會，意指客家委員會，臺灣客家人因生性勤儉，常被網友拿來嘲諷過度小氣吝嗇的人。

李維修不知道對方是不是同意這點，不過看宋一新剛剛滿認真跟他討論降落傘的事，至少他對製作火箭是有那麼一點興趣的吧。

能讓宋一新不是為了賺錢，也不是為了將來就業做準備，試試這種少有的體驗，李維修莫名地感到開心。

不過這份開心要是讓對方知道的話，他又要生氣了。

「你在笑什麼？」宋一新臭著臉問。

「笑你只有十二分鐘也要留下來陪我啊，萬一沒趕上公車家教遲到怎麼辦？」

「今天是火鍋店，用跑的可以省五分鐘。還有，雖然你說會幫我扛什麼的，但我真的不會全部丟給你做，畢竟還是一門課啊。」

李維修撲哧一笑，站起身後順便拽起宋一新的胳臂。

「快去打工啦，等下揪團去找你，記得幫我們偷偷加點肉啊！」

「你中秋連假有要回去嗎？」

李維修吃完肉加量的小火鍋，覺得有點撐，正打算到頂樓做點運動消化一下，口袋裡的手機剛好響起，是哥哥打來的，開口第一句話就切入正題。

他趴在頂樓的女兒牆上，隨口回道：「應該沒有吧……。」

「又是社團活動？這次是什麼，熱音社還是童軍社？」

「不是社團啦，是火箭……。」

「火箭社？那是什麼社團？」

李維修懶洋洋地解釋火箭實作課程，沒想到哥哥聽了挺有興趣，問東問西之外還給了不少意見。

「布料的話你們可以去臺北的永樂市場那邊找找看，我之前建築系畢製也是要找某種特殊的布料，最後就是在那邊找到的。」

「好，我記一下，永樂市場？」

李維修改開擴音，用手機的筆記軟體記下哥哥給的建議時，聽見那頭得意地說道：

「你老哥我可是很有用的。」

他翻了翻白眼吐槽，「我比較想問你們建築系平常到底都在幹麼啊，為什麼會用到布料啊？布做的房子不會被大野狼吹走嗎？」

「三隻小豬裡是用稻草做的好嗎？我才想問你們機械系都在做什麼，之前才聽你說覺得滿無聊的，怎麼現在就開始做這麼有趣的事情，六人一組做火箭，也太厲害了吧！」

「這件事說來話長……。」

「是說我們建築系的畢業製作都是一人做一個，之前某些課程也有過大型的分組作業，但就很容易吵架；你們都不會吵架嗎？」

「我們才剛開始做耶，是能吵什麼？」

「難講啊，我們分組就什麼都吵，還有人因此絕交耶。」

「也太誇張……」李維修想像那個修羅場畫面就不禁一陣惡寒，「建築師比較習慣一人作業吧，每個人又有自己的風格。我們工程師很少有單獨一個人可以從頭做到完的專案。」

哥哥悶哼了一聲，「這麼說好像很有道理耶，我們就是單打獨鬥，你們工程師天生就是要組團打怪的。」

李維修這才發現自己從未發現過的盲點，工程師沒辦法一個人做事，雖然建築師也無法一個人蓋完建築，不過，可以一個人畫完設計圖。媽媽也可以一個人開小提琴獨奏會、身為陶藝家的爸爸都是一人創作作品，全家就只有他得跟別人合作。

他沒有特別排斥與人相處做事，不如說還有點拿手。

不過，建築師或獨奏家都能因作品而揚名立萬，但是蘋果手機上可不會有任何一個研發工程師的名字，而知名的賈伯斯跟比爾蓋茲是成為企業家後才聞名的，大家的手機或電腦則是工程師與產線上的作業員實作出來的。反過來說，一人獨享名聲的同時，也要承擔失敗時一人扛住一切的風險。

「怎麼被你講得我們很弱，所以得團結在一起才有力的感覺啊……？」

「這可是你說的，我可沒說喔。」

又過了幾天，中秋連假開始，宋一新很少回家，李維修也沒問他有沒有空，因為知道對方八成忙著打工吧，他只用社交軟體傳訊給對方說，他會再去找別的降落傘材料，下禮拜進度報告不用擔心。

李維修照著哥哥的建議，搭車到臺北，前往位於大稻埕的永樂市場。他只聽聞永樂市場賣很多布料的大名，卻從沒來過。

從捷運北門站出來後，走到永樂市場的路上就有幾間賣布料或是服裝相關材料的店家，沿路繼續前進，先是穿過一條由仿洋樓或仿巴洛克式建築林立的道路後，便來到位於霞海城隍廟旁邊的永樂市場。

剛走進去時，李維修還滿臉疑惑，市場一樓充斥各種生鮮蔬果肉品的味道，卻沒看到傳聞中的布市。他搖頭晃腦地逛了一圈，看到潤餅攤排隊，還忍不住跟著排了一會兒買來吃。最後才發現市場還有樓梯通往二樓。

踏上二樓後，李維修整個人猶如掉入一個大染缸，各色布料盡在面前，眼花繚亂，他一時覺得自己快色盲了。

這裡大多是布料批發店，也有專業裁縫的工作室，雖然店面看起來並不時髦，但它們甚至跟上時代潮流，接受Cosplay服裝訂製。

不過，也許是一時之間太多資訊湧入，李維修站在路中央有點茫然，不知從何找起。

「弟弟，來買布嗎？」附近一間布料行的阿姨親切地上前詢問，像在關心迷路的小朋友。

「對……。」

阿姨看他一臉大學生樣，便推測道：「社團活動要用的厚？」

「啊，不是，是要做……」不知為何，李維修忽然有些難以啟齒，阿姨覺得他很奇怪怎麼辦？阿姨應該知道降落傘是什麼吧？

「要做什麼啊？你不說阿姨怎麼幫你啊？」

對方說的也是有理，李維修便直接說出來由：「我想找可以拿來做降落傘的布料。」

「降落傘？天上掉下來那個喔？」

「對對對。」

「你要做那個喔？學校要用？」

「呃，對……」李維修尷尬地回道，深怕阿姨再繼續問下去他會不知道怎麼解釋。

還好阿姨沒再追問，反而走進店裡喚了另一個大叔出來，大叔看起來跟阿姨差不多歲數，但是親切感差很多，在他開口以前李維修還以為自己會被罵。

「你要做降落傘喔，那要用很輕又很耐的布，又不能容易破，」大叔抓了抓花白的頭髮，自言自語似的說道：「我也不是傘兵沒摸過降落傘……啊！阿良好像是，你等一下。」

大叔把李維修晾在現場，自己則快步消失在轉角處，倒是剛剛那個親切的阿姨要他進去店裡等，還端了張板凳請他坐。

不一會兒，大叔又帶了另一個穿著吊嘎的大叔回來，他手上拿著一些樣品布。

「降落傘的材料就是尼龍布啦，這是我們店裡最強韌的尼龍布啦。」吊嘎大叔說。

「啊你當傘兵的時候降落傘就用這個喔？」白髮大叔問道。

「我在金門當兵都幾十年前了，我哪記得！不過現在用這個做應該沒問題啦。」

「你要確定餒，要是撐不住人掉下來怎麼辦？」

李維修連忙道：「我們要做的降落傘不是人要用的，是回收火箭時要用的！」

「火箭？」兩人異口同聲地道。

李維修不得已又費了番唇舌解釋，所幸最後得到不錯的成果，他跟吊嘎大叔買了那款尼龍布還要了名片，打算如果試做的樣品成功的話，就可以直接下訂。他還順便問了如果要縫製尼龍布降落傘的話，要用什麼線比較好。

吊嘎大叔聞言立刻打電話給他的朋友，聯絡好後，要李維修記下地址去附近另一間店。

李維修上網搜尋了一下地址，「這是……釣具店？」

「要夠細，又不能斷，那就是釣魚線了啊！」

李維修從沒往這方面思考過，果然有些事情還是直接問專業人士，才不用嘗試錯誤那麼多次。他也有點體會到吳教授說的，火箭要集合各種專業知識方能製作完成。

隨後，他走到釣具店又跟另一個鬍子大叔打交道，總算買到適合的線材。

李維修那天回到公寓時，都快接近十點了，原本還天真地想著可以去實驗室試著車縫一下，結果倒在床上放空滑個手機就睡著了。

雖然很累，但內心卻充實並期待著接下來的試驗。

■

翌日，李維修醒來發現自己沒洗澡就睡死，整個人臭得要命，便快速沖了個澡，拿著昨天買到的「戰利品」就要去實驗室趕工。

從頂樓加蓋走下來時，宋一新像是算準了時間點出現在樓梯間，嚇得李維修差點滑倒。

「阿修。」

「你、你在啊？今天沒打工喔？」

「火鍋店中秋節放假，家教學生他們全家出國玩，你要去實驗室吧？我跟你一起去。」

「好啊。」

去學校的路上，李維修開心地分享著昨天他去永樂市場的驚奇之旅，邊感嘆大叔的專業與人工情報網路真厲害，有事情是他們Google不到的。

見宋一新這段期間都沒發言，只是默默聽著，李維修停下腳步問道。

「怎麼了？」

「沒事。」

「女生說沒事就是有事，我覺得這個理論用在男生身上也一樣。」

宋一新瞪他，「真的沒事，我不想要等一下工作氣氛不好。」

「你都這麼說了，我怎麼可能不問到底？又是我的錯嗎？」

「你沒錯啦，只是說了你大概會不爽吧。」

「那你先說說看啊。」

「女生也都這麼說，『先說說看啊』、『我不會生氣啦』，但這是不可逆反應，我講了就沒辦法收回，你生氣的話就生氣了。」

「嗄？你有交過女朋友啊？」李維修記得他跟范姜豪一樣高中讀男校。

宋一新沒好氣地道：「這是重點嗎？」

李維修撇撇嘴，「沒聽你說過啊。」

「我妹啦。」

「喔——等等，把我跟你妹那個剛升七年級的小女生比？」

「你的反應就是這樣啊。」

「算了，不講就不講啦。」

李維修扭頭逕自往前走了幾步，裝作生氣的樣子，他知道宋一新一定會追上來，他跟自己不一樣，是個面惡心善，意外好講話，總是刀子口豆腐心的人。

「喂，不會不爽？」

李維修笑得像隻哈巴狗一樣，臉都皺在一起，還擺出發誓的三指手勢。

「絕對不會不爽。」

「那——誰不爽就要去買飲料。」

「當然，請你都可以！」

宋一新嘆了口大氣，緩緩地吐露。

「我就是討厭你這樣。」

李維修的招牌笑容僵在臉上，像個因為看到美杜莎眼睛而瞬間被石化的人，宋一新不予理會，仍繼續往下說。

「我知道這樣講很不厚道，也覺得自己很難搞，但是你都要我講了，我剛剛那一瞬間也覺得，講出來也好，如果想繼續當朋友的話……你應該知道我家的狀況，也知道我一直在打工吧。我也知道你一直有意無意顧慮我這點，一開始我是滿感謝的，但是後來就越來越覺得——」

「你心裡不平衡嗎？覺得我用一種高高在上的優越感施捨你？」

「我不知道，」宋一新推了推眼鏡，卻沒推開眉心的皺褶，「本來是覺得還滿高興的，這次修這門課也是，反正你都說你們要罩我了。但是，剛剛聽你講那些沒叫我參與的過程，就覺得……還是不能這樣。」

「為什麼？」

「就算你不在意，我也會在意，只要有一方多無條件做了一點，相處起來就沒那麼輕鬆了，」宋一新抓了抓後腦杓，「好吧，用最簡單的方法講，就是當不成朋友啦。」

李維修又往前走了幾步，雙手插著口袋，像蝦子一樣弓起身子，宋一新還以為他這是像電玩角色要發大絕招前的集氣，不禁深吸口氣，準備抵擋接下來所有的咆哮海浪。然而，他的胸口卻像被人揪住般，怎樣都無法把氣灌進胸腔，反而像喘息似的小口呼吸，也是這個時候他才發現講出心底話的自己，沒有想像般那麼從容。

過了漫長的幾秒鐘後，李維修把路上一顆小石頭踢到旁邊，就忽地仰起身體，大笑開來。

「原來你有把我當成朋友喔，我還以為你討厭我。」

宋一新先是一愣，臉上隨即微微浮現笑容，剛剛胸口卡住的感覺亦終於通順。

「討厭啊，煩都煩死了。」

「你講這種話又像女生了。」

「你講這種話被女生聽到，才會被說是歧視。」

「假設性問題。我才不會在女生面前講這種話呢，我可是高度社會化受過完整男女相處訓練的人種。」

宋一新再次白了他一眼，李維修卻像個瘋子一樣被瞪得很開心。

「欸，那誰要去買飲料，我沒生氣喔。」

「我也沒不爽啊。」

「那一起去買吧？」

宋一新傻眼，「都快走到實驗室了耶?你是打算今天在實驗室待通宵嗎？」

「走啦走啦。」

李維修扯著他轉了一百八十度往回走，宋一新雖不情不願，但還是跟上了腳步。

「其實我們兩個算是扯平吧？」李維修沒頭沒尾地說。

「扯什麼扯平？」

「你明明也知道我家的情況，我在頂樓講電話的時候，你絕對不會過來找我，也不會在我面前提到父母家人相關的話題，有其他人講的話你還會幫忙繞開——」

「原來你有發現啊。」

「當然有啊，但我沒像你『毛』這麼多，我享受著你的善意。」

「那還真是謝謝你喔。」宋一新用嘲諷的口吻說。

「小事，不用謝！家家都有本難念的經嘛，那我們——」

他掠了李維修一眼，「扯平。」

試驗2

自從分組那天被說是「懷有心機」後，范姜豪就一直很在意這件事。

雖然分組一事他自認是無心，但讓四個人都修這門課，最後也成功達成目標卻是有意。

不知道眼前的譚雅筑會怎麼想？

「……所以我們應該先測試看看各種糖類，嗯？我臉上有什麼東西嗎？」

兩人剛上完同一門課，恰好下一堂教室是空著的，譚雅筑便邀他留下來討論。只是，講到一半，就發現范姜豪直盯著她的臉發愣。

「啊！沒有沒有，我只是在想……這段經歷還滿神奇的，哈哈。」

他自我解嘲地乾笑幾聲。

譚雅筑頓了一下才發現他在說什麼，隨即笑道：「去年選課的時候，我逢人就推薦這門課，因為那時候有問助教，他說人太少的話就會開不成，結果就只有你們來修。」

「妳是每個人都推啊？」

「比較熟的啦，那時候跟你們不熟啊。」

「這樣啊……。」
范姜豪心底有股異樣的感覺，黑黑黏黏稠稠又噁心的感覺，但他立即把它壓下，接著問道：「那我們要試哪幾種糖？」
一回到火箭實作，譚雅筑便喜笑顏開，指著紙上幾種糖類，說助教他們上次是試哪種，這次她還想試哪些。隨後約好實作時間，兩人下一堂都還有課，便準備收拾東西要離開。
「妳跟阿斌一樣，之後想當航太工程師嗎？」范姜豪自來熟的個性已經可以跟薛燕斌互叫小名了。
李維修總對他說追女生要收集周邊情報什麼的，可是他覺得這種資訊還是從本人口中講出來最準吧？他自己也不希望對方認識的自己，是別人口中的自己。
「還沒決定耶——我比較是走一步算一步的那種人吧，我朋友都說我對什麼有興趣就一頭栽下去，也不會考慮後面要怎麼走。」
他歪頭著頭說：「會嗎？我覺得妳正朝著某個方向走啊，妳高中不是參加機器人大賽，接著到機械系，做火箭，都很合理啊。」
她回眸嘿嘿地笑道：「在參加機器人大賽之前，我可是文藝少女，還想當詩人。」
他瞪大眼「蛤」了一聲。
「每次講出來大家都是這個表情，我爸媽跟朋友他們都早就習慣了，我小時候還想當街頭藝人、植物醫生、圍棋棋手、畫家……有的沒的。」

「這些……都有認真試過嗎？」

「有啊，每一次我都很認真！學雜技、到森林裡看各種樹、下棋、畫油畫——」

「那為什麼都沒有堅持下去呢？」

「我也不知道欸，」譚雅筑一副滿不在意的模樣，「可能我的個性就是這樣吧，看到什麼有興趣就會直接切換跑道。但是我也不是完全放棄以前那些努力過的事情，也有可能未來會再回頭，又或是把那些經驗拿來用在別的地方也不一定。」

「這樣啊……。」

「那你呢？你的興趣是什麼？」

范姜豪最害怕別人問他這個問題，他從小時候就沒對任何一件事情特別感興趣，父母也盡力讓他嘗試過各種活動與愛好，他有些也做得不差，但就是沒有想繼續深入的動力。

媽媽擔心他這樣會錯過很多人生中重要的時刻，便提出「列表活動法」，像是十二歲以前要參加三次夏令營、十四歲以前要去過臺灣五個縣市、出去玩的時候要吃三種當地名產……結果，完成所有列表上的勾勾反而帶給他成就感，然而，這些到底是不是他真正想做的事，他也不知道。

照他以往的人生經驗，說自己沒有任何興趣，總會給人「這個人好像很無趣的感覺」，還不如打安全牌：運動、看電影、看書……雖然這些無聊沒個性的選項也跟「沒有興趣」沒什麼兩樣，但還是比前者要好些。

不過，他仍遲疑了許久，嘴唇不自然地抖動著，再看向譚雅筑時，她那雙黑白分明的眼珠像是會蠱惑人心，勾引人說出心中真正的答案。

「我……沒有興趣耶。」

「對什麼都沒有興趣的那種沒有興趣？」

「對，就是那種沒有興趣。」

「那也沒什麼不好的，我爸也是這樣，他對什麼事都不是特別有興趣。我本來覺得這樣人生不是很無聊嗎？可是，他跟我講了一個全新的觀點。」

氾姜豪好奇地傾向前，「什麼觀點？」

「不喜歡任何東西，就是不討厭任何東西，所以，可以接納各種東西。」她笑道：「雖然聽起來像詭辯，但我小時候被他唬得一愣一愣。實際上也是這樣，我每次迷上什麼東西的時候，他都會陪我去做，也不討厭也不喜歡……啊，快上課了，我教室比較遠先走囉。」

范姜豪看著譚雅筑離開的背影，不知道為什麼，心裡好像有個結鬆開了一點。

原來，媽媽說的理論也有其他人認同。

——你對什麼都沒興趣也沒關係啊，只要有在前進就好了。

若要評估任何類型的火箭推力性能，得看火箭效率比較參數「比衝」（Specific Impulse, ISP），其為推力除以每秒推進器消耗的質量流率（mass flow，包含燃料與氧化劑）。

假設一秒鐘燒三公斤，產生推力為七百五十公斤，七百五十除以三，比衝為二百五十秒。ＩＳＰ值越高，表示火箭要達到同樣高度，需要攜帶的燃料就越少，火箭的燃料利用效率越好。

使用液態燃料火箭，像是ＮＡＳＡ的阿波羅計畫的農神五號，ＩＳＰ為三百五十到四百秒，可控制推力大小，利於控制火箭飛行、入射軌道，但是，臺灣目前還沒有辦法實作這種技術。

固態燃料的取得與製作就相對簡單，像是譚雅筑之前實作過的硝糖，但是缺點也很明顯，點火後無法控制推力、推力性能差，ＩＳＰ為二百四十到二百八十秒，依製作過程與推進劑的選擇也有可能更低，如硝糖只有大約一百二十秒。

「好想做混合式的啊——」反覆計算火箭所需的固態燃料總量與ＩＳＰ後，譚雅筑不禁仰天哀嚎，要做出完整比例的火箭固態燃料的話，他們真的要炒糖炒到能擺攤了。

「我們能做嗎？」范姜豪疑惑問道。

「我是聽說吳教授他們研究室有在做，但這次應該不會讓我們實作……。」

混合式燃料的ＩＳＰ約為二百五十到三百秒，它具有液態火箭的優點，可以控制推力，設計又相較液態火箭簡單，也有他國載人火箭打算使用混合式燃料，目前也正在研發中。對臺灣而言，研究高性能的混合式燃料火箭推進設計是未來發展火箭的一條路。

「那就只能乖乖做Sugar Rocket囉。」

譚雅筑莫可奈何地點了點頭，這天他們打算先拿幾種糖來試做固態燃料，有蔗糖、山梨醇與葡萄糖。兩人從二〇一實驗室裡拿出一個長方型的黑色烤盤、鍋鏟還有幾個碗，他們當然不會誤會這些是學長姐煮宵夜的器材，它們是製作固態燃料的必備工具。不過，當夜深人靜趕工時，學長姐們有沒有拿來煮過戰備糧食，這就不得而知了。

「我第一次做硝糖的時候，怕燒起來炸開，就隔油加熱，結果弄得到處都是油，清了好久……」譚雅筑苦著臉，彷彿看到當時的惡夢重現，「後來才發現可以直接用烤盤加熱就好，輕鬆太多！」

「話說，今天不就中秋節？這個搞不好還可以拿來烤肉。」

「對耶，我都忘了……那烤起來應該會甜甜的吧，臺南人口味。」

「妳是臺南人嗎？」

「我怎麼可能是那個糖精國的人啊，我是高雄人。」

「聽說高雄也吃滿甜的啊。」

「哪有，那你哪裡人？」

「臺中，在甜度線以上。」他笑道。

「什麼甜度線啊？以哪裡為界？」

「北緯23°26吧。」

「那叫北迴歸線，嘉義人要生氣了喔。話說，臺中真的比較不甜嗎？我沒去過臺中。」

「下次拿太陽餅給妳吃吃看。」

兩人邊聊著些「甜味」的話題，邊炒著甜甜的固態燃料，中途還有人聞到味道，探頭進實驗室，看他們在做什麼，回答說是在做火箭，總能收獲一個詫異的表情。

把三種糖做成的固態燃料分別灌入三個小火箭筒凝固後，還有一些剩餘的固態燃料。譚雅筑這時不知從哪生出一把鋸子，遮住半邊小臉，單目露出凶光，讓他想到之前在宿舍裡跟大家一起看的女性復仇殺人電影。

「妳、妳要幹麼？」

雅筑放下鋸子笑道，「剛剛忘了把剩下的分成小塊，現在都凝固了，想說鋸一小塊下來試點看看。」

「鋸的時候不會有問題嗎？摩擦生熱之類的不會引燃嗎？」

譚雅筑嘖嘖了幾聲，搖搖手指，「做實驗當然要注意安全，我們剛剛把硝糖加熱的熔點大概在兩百度上下，凝固後的硝糖燃點低一些，但摩擦生熱的熱度也還沒到能點燃它的程度啦……總之，我之前就鋸過了，放心。」

「可是我上網看過別人實驗，一小塊就可以燒滿久了……。」

「那是燒起來的情況啦。」

譚雅筑邊說邊拿起鋸子，就要往下鋸的時候，范姜豪眼明手快地握住她的手，難得強硬不由分說地道：「我們還是去外面弄吧。」

突然的肌膚接觸，讓譚雅筑杏眼微睜，愣在當下。

「啊，不，那……不好意思，我只是想阻止妳……」范姜豪連忙放開，雙手舉高，彷彿是個在電車上被指認為痴漢的日本上班族。

「沒事沒事，你也太謹慎吧？」

「小、小心一點總是好事。」

「好吧，反正待會真的要點燃也要到外面。」

譚雅筑同意後，兩人便收拾東西到建築物外的大草皮實驗，只是一邊收拾，范姜豪又想起李維修說的「懷有心機」。

但他剛剛真的只是想阻止譚雅筑而已……。

「東西都帶好的話就走吧。」

「喔好！」

兩人到一塊無人的空地，譚雅筑找了一塊磚頭，用鋸子把硝糖切成約四分之一塊方糖，如她方才所說，一點事情也沒有，她還刻意回頭瞥了范姜豪一眼。

「那我要點火了喔——」

「等一下！我拍個照！」

范姜豪急喊卡，煞有其事地拿著手機對硝糖一陣猛拍，回頭對她說：「留個紀錄。」

譚雅筑聳聳肩，重新準備點火：「五、四、三……。」

范姜豪本來想問，不過是點個火而已，為什麼還要倒數，還好遲疑了半秒沒說出口，因為譚雅筑可能覺得這樣倒數比較有意思，有種做火箭的儀式感吧。

「二、一，點火。」

她用噴頭對著迷你硝糖點火，硝糖瞬間被點燃，產生比自體體積還要大上三、四倍的火柱，持續幾秒後，隨即消失。

人類可能從遠古的祖先發現火開始，就對這個改變人類世界的強烈氧化反應情有獨鍾，經過演化，深刻在DNA上，進而轉變成追求點燃火箭升空的動力，也可以說是演化留下來的餘毒。畢竟，燃燒不只產生動能，還會產生廢氣廢料。

譚雅筑露出滿意的笑容，她永遠喜歡點燃的這一刻。

范姜豪提著裝滿水的桶子，站在一旁不以為然地撈了些水，灑在剛剛燃燒過的磚頭上。

「所謂，萬一就是怕那萬分之一。」

「沒想到你是這麼準備周到的人。」

其實，譚雅筑本來想說「沒想到你是個害怕挑戰的人」，但話到嘴邊又覺得太針對了。幾天前李維修的話言猶在耳，她也曾被親近的朋友說過，講話有時候太直接很傷人，自己也正在努力改進這點。

「可能……」范姜豪猶豫了一會兒，才緩緩吐出：「因為有過不好的經驗吧。」

「咦？什麼意思？實驗失敗嗎？」

「也不到那麼嚴重，當事人也不是我，但是對小時候的我來說滿衝擊的……啊，剛好也是中秋節的時候。」

范姜豪鮮少跟人提起這段回憶，也許是火箭、試射、爆炸與中秋節，這幾個雷同的關鍵字出現，讓那個回憶清晰浮現在眼前。

「小時候我家中秋節會烤肉，大人也會買　些鞭炮什麼的給我們玩。那一年我跟鄰居玩沖天炮玩得正開心的時候，我爸他們忽然很緊張跑過來，要我們把東西收一收進屋子裡。在我們還搞不懂發生什麼事的時候就被趕進去，連肉也不烤了，全部的東西都收進來，只隱約聽到他們在討論哪裡發生火災的事情。

「後來才知道是附近家具工廠失火，可能是小朋友放沖天炮引起的。雖然離我家有段距離，我們買的鞭炮裡也沒有能飛那麼遠的，但我爸媽跟鄰居們擔心自己的小孩受到牽連，就叫我們趕快收拾。隔了幾天後，我才經過那個家具工廠，上千坪的廠房被火燒了一半，最後也沒找到是誰放的沖天炮。聽說那間家具工廠就因此倒閉，老闆的兒子跟我同學校，但不同班，好像也轉學了……。」

譚雅筑聽完就稍稍能理解范姜豪對燃燒實驗的顧慮，但還是堅持摩擦生熱不可能到達點燃的程度。

「不過……以後就都還是在外面做好了。」

范姜豪理解這是她的最大讓步，兩人繼續做硝糖燃料實驗，用錄影及測量燃料燃燒時間的方式記錄三種不同糖類的燃燒速率。全都做完一輪後天也黑了，不過，譚雅筑卻對成果不太滿意。

「我覺得好像還是應該弄個平臺，直接裝在小尺寸火箭上實驗推力，你覺得呢？」

「剛剛測起來是山梨醇最穩定，火柱也最大最持久，這樣還不行嗎？」

「其他兩種是可以不用再試了，但我看過一篇論文，加點金屬粉末可以加快燃燒速率，產生更大的推力。」

范姜豪盯著她眼神發亮的雙眼，忽然想通了一件事。

「妳……是不是早有預謀啊。」

如果之前就看過那篇論文的話，大可以把金屬粉末加進這次的變因當中，但在做燃料棒的時候譚雅筑卻隻字未提，八成早就打算要進行更麻煩的實驗。

「我只是想要學你謹慎一點啊。」

譚雅筑歪著頭，長髮斜斜垂下，揚起嘴角甜甜笑開，梨渦在兩頰邊綻放。

在此時此刻，范姜豪深深感受到——女生真的很犯規耶。

他呼了口氣，嘆道：「妳想做就做吧，只是總不可能是今天吧？我快餓死了。」

「當然不是啦，我們先收拾去吃飯吧。」

試驗3

以分組工作量來說，航電系統組可能是工作量最輕的一組，不用像推力系統組那樣弄燃料實驗，也不用縫降落傘，只需要坐在電腦前測試即可。但是，湯鈺齊卻覺得壓力山大，就連看到薛燕斌傳訊息過來都有點緊張。

燕斌：要去二〇一實驗室討論嗎？

鈺齊：我想說你從T大過來有點遠，也可以直接線上討論喔。

燕斌：學長人真好。

湯鈺齊握著手機在心裡哀嚎，我不是人好，我只是不知道怎麼面對你這種人啊，而且我跟你不同校，不用叫我學長啊。

燕斌：不過，我還是過去好了，線上討論比較沒效率。

湯鈺齊看到訊息，先是手一滑送了個驚嚇的鴨嘴獸表情，隨後趕緊打字補上。

鈺齊：開視訊討論也可以喔。

燕斌：視訊跟音訊有差嗎？

「對耶……好像沒差。」湯鈺齊不禁出聲自言自語。

燕斌：對了，要幫你買什麼過去嗎？

對方都說到這份上了，湯鈺齊也難以拒絕。

鈺齊：不用啦，騎車小心點。

燕斌：我不會騎車，我都走路。

鈺齊：？？？

燕斌：很奇怪嗎？

鈺齊：你不學一下嗎？騎腳踏車從T大過來也比較快吧。

燕斌：我學不起來，班上同學教我好幾次還是不行，大概是天生半規管不太好吧。總之待會見囉。

湯鈺齊看完留言拿著手機發愣，等到螢幕暗了，映照出自己的臉，才看到自己在傻笑。想當航太工程師的人卻不會騎腳踏車、機車，還滿有趣的。

如果把火箭擬人化，推力系統是便是腳，降落系統是手（要用手拉降落傘），那麼飛行電腦系統就是大腦與嘴巴。點火升空之後，監測並記錄火箭的軌跡、通訊系統回傳資訊到地面主機Server，什麼時候該打開降落傘、該關閉閥門，都由飛行電腦系統控制。

能升空飛越卡門線[1]的大型火箭所使用的飛行電腦系統更為複雜，幾乎是將各種不同功能電腦裝載在火箭上，擁有全自動飛行操作的功能，可以想像成科幻太空電影中常出現的ＡＩ主控電腦。

像他們製作的這種小型火箭功能很單純，而且為了減輕重量不會安裝整部電腦，直接安裝單晶片。這種單晶片中不需要像一般人熟知的電腦一樣安裝作業系統，只需寫入所需要的程式即可，它的體積小，就算有bug，也可以簡單回溯至原始設定。

在單晶片上撰寫程式功能也十分容易，它以結點（node）為單位，一個結點相當於一個簡單電腦或控制器，控制一個單純的功能，可依需求增減結點，這項技術統稱為「分散式」航電系統。

「我們大概把系統分成三層，一個控制飛行，一個是閥門跟降落傘，另一個回傳蒐集儲存資料。」薛燕斌拿著平板電腦，開了一張空白檔案，用觸控筆在上面簡單寫了三層架構。

湯鈺齊邊聽邊點頭，心想薛燕斌那時說自己對航電系統這塊比較不熟，果然是自謙之詞，想做的事跟該做的事都想好了。

「其實那些程式都不難，最重要的應該是——」薛燕斌在平板電腦上寫下「穩定」兩個大字，「火箭發射劇烈震動的時候，如何穩定晶片，維持通訊功能順暢，更重要的是降落的時候要撐得住開傘力道。」

「到時候要跟維修他們那組一起測試吧？」

「實際的降落測試是一定要的，但在這之前我們可以先自己做振動跟衝擊測試，還有真空實驗跟電磁干擾……。」

薛燕斌一一把要做的事寫在平板電腦上，湯鈺齊在心中嘆道，果然，要做的事情也是不少

1 卡門線（Kármán line）是一個試圖定義外太空與地球大氣層的分界線，負責國際的航空太空標準制定、記錄保存的機構國際航空聯合會目前認為，卡門線位於海拔一百公里（六十二英里）處，來作為大氣層和太空的界線。

呢。不過，延畢的他相對時間滿多的，重點是他不想跟不喜歡的傢伙相處太久，不過，今天開會後，對薛燕斌的感覺好像變了那麼一點。

起因在開完會後，接近晚餐時間，湯鈺齊雖然只想一個人吃飯，然而薛燕斌大老遠從T大「走」過來，他也沒做錯什麼事，只是單向的自己跟他不合，就這樣什麼都沒講各自回家好像有點說不過去？

被身為一般人該有的禮節綁架的湯鈺齊硬著頭皮開口：「對了，你晚餐怎麼辦？」

「我回去T大的餐廳吃。」

他都這麼說了，湯鈺齊暗自鬆了口氣，可是再細想好像有點不太對。他們C大的學生餐廳大部分到八點就收攤了，T大應該也是差不多。然而，現在都快七點半了，走回T大的話，再快也要半小時吧？

「你們T大的餐廳都開那麼晚喔。」

「好像八點關門的樣子。」

「欸！那這樣你回去不就沒東西吃了嗎？」

他看著手機，嗯了一聲，「沒關係，那就不吃。」

「你不會餓嗎？」

「會啊。」

「那怎麼不吃。」

「學餐八點關門了啊。」

此時，湯鈺齊頭上冒出好幾個問號跟一張知名的網路梗圖，外國鬍子哥抓起椅子咆哮著反覆跳針的話題。

「呃，沒有別的選項嗎？去外面買之類的？」

「我沒在外面的店家吃過飯，只在學餐跟校內便利商店解決。」

他詫異道：「從來沒有？沒跟同學一起去過嗎？你不是大三了嗎？這三年都沒有？」

「從來沒有。」薛燕斌理所當然地說：「他們有邀過我幾次，但我不會騎車也不喜歡給別人載，走路又會讓他們等，就算了。學餐跟便利商店也不難吃啊。」

湯鈺齊「喔」了好長一聲，幾乎有五秒鐘，最後，鬼使神差地，那句話就這麼說了出口。

「那我帶你去我們學校附近吃吧，有間叫『多油』的小店，炒飯又大份又好吃。你不用擔心，我也是走路來的。」

兩人走到店門口時，薛燕斌還差點走過了頭。

「你要去哪？就是這間啊。」

薛燕斌皺眉向上一望，「福榮小吃……它不叫『多油』？」

「『多油』是它的外號啦，你等下吃了就知道名稱由來。」

湯鈺齊熟門熟路地領著他進門，像是介紹法國菜般地向他說明小吃店乏善可陳的菜單，薛燕斌沒怎麼考慮就點了他推薦的菜色。

兩份蝦仁炒飯與貢丸湯上桌後，湯鈺齊等著對方評價，但薛燕斌迅速把飯吃了一大半也沒開口，他只好自己發問。

「如何？」

「什麼如何？」薛燕斌惑道。

「當然是炒飯好不好吃啊。」

「好吃吧，不是你推薦的嗎？」

湯鈺齊在心底翻了八百萬個白眼，「我是問你的感想。」

「就……炒飯。」

他放棄了，是他的錯，他不該向一個只吃校內食物的人尋求炒飯評價。

當湯鈺齊無奈地吃著自己的炒飯時，卻聽見對方開了金口。

「我是個很無聊的人吧。」

湯鈺齊從炒飯的熱氣中抬起頭，看到滿懷歉意的一張臉。

「我每天就只想著要做火箭、如何成為航太工程師，對其他什麼吃喝玩樂都沒有太大的興趣。」薛燕斌有點不好意思地摸了摸臉頰，「雖然也不算連個朋友都沒有，不過，我也知道跟我相處是世界上最無聊的事情吧。」

對方直白的話語讓他聽得目瞪口呆，所以薛燕斌才會總是一人獨來獨往，並不是因為討厭跟別人相處，而是一種為別人著想的體貼。他之前還懷疑薛燕斌是不是有點亞斯伯格症候群，現在則對於懷有這種想法的自己感到羞恥。

「學長也快吃吧，我很快就吃完了。」

「噢，好……」湯鈺齊想，薛燕斌吃這麼快，應該也是為了縮短別人跟他獨處的時間吧。湯鈺齊心底倏地泛起一股酸澀，開口又閉了口，本來想說些什麼，但想想還是算了，他這個逃兵又有什麼資格說話。

「你跟我們在一起就不用擔心了啦。」他挑挑撿撿，最後打了一張安全牌。

見薛燕斌快速眨了好幾次眼，像電腦當機般CPU全速運轉卻沒算出個結果。

湯鈺齊笑道：「話題繞在火箭上也沒關係，因為我們在做火箭嘛。」

那天，湯鈺齊跟薛燕斌吃完晚餐後走回家，順便與對方同行一程，隔天來學校騎放過夜的摩托車時，椅墊上面有好多鴿子大便。

對別人釋出善意卻沒得到什麼善報，讓他邊擦椅墊邊詛咒天上眾神。

不過，他轉念想想，努力本來就不會一定得到想像中的回報，就算目標再大、時間再長、投入再多努力，也不會增加成功概率。

而且，以他的經驗，即使成功了，等待自己的也未必全都是愉悅的事。

■

相處了一陣子後，湯鈺齊原本對薛燕斌的反感，已經轉化成觀察。

他說自己從小就想當航太工程師的志願，真的不是說說而已，對於能完成這件事以外的事都毫不關心，只花最低程度的精力在上面。

像是吃飯，湯鈺齊後來才發現薛燕斌不單單只吃學餐，而且早、午、晚餐都各點一樣的菜色，衣服也是都那三套替換，而且固定每週幾穿什麼衣服。

「選擇會導致決策疲勞，會讓我們沒有意志力再去解決與堅持困難的問題。」

薛燕斌說這段話的時候，讓湯鈺齊想起影音平臺裡的那些「高效成功的人都這樣做」、「十個成功的小祕訣」之類的影片旁白。每天都穿差不多那幾套衣服的模樣，也讓他想起據說只穿黑色高領毛衣和破舊牛仔褲的Apple創始人史蒂夫·賈伯斯。當年賈伯斯風潮時，有許多人都學他這一套，但湯鈺齊知道薛燕斌應該是出自自身意願，而非追星跟風。

湯鈺齊開始對這個人產生無限好奇，一個人為何如此可以堅定目標，若是像他做到這種程度，就一定能達成目的嗎？如果中間遇到重大困難或失敗了該怎麼辦？又或者是他真的達成目標了呢？

像這樣雞蛋全部放在同一個籃子裡的人生，真的開心嗎？

湯鈺齊瞥眼看向身旁正全神貫注撰寫程式的薛燕斌，他暗忖，應該是做得滿開心的吧，不然怎麼可以如此專注？

幾天前，薛燕斌傳訊問他中秋節的事，湯鈺齊第一時間還以為他是在關心自己，或是邀請他中秋烤肉什麼的，但一毫秒後，就發現自己的愚蠢跟宇宙一樣毫無邊際。

燕斌：你有什麼中秋節計畫嗎？

鈺齊：中秋節我在這裡喔，沒有要回家，你呢？

燕斌：我沒有要回去，只是想問你中秋節你們學校二〇一實驗室應該開著吧？

鈺齊：系辦有說連假要用的話可以跟他們借鑰匙，要我去借嗎？

燕斌：那就麻煩你了，我想去測一下晶片。

鈺齊：好，那我跟其他人講一下，如果他們假日想來的話也可以過來。

湯鈺齊在中秋節連假前一天就向系辦借好了鑰匙，因為薛燕斌說他早上九點就會到Ｃ大，他還難得起了個大早到學校，在二〇一實驗室辦公桌那區的角落位置吃早餐。

不一會兒薛燕斌走進實驗室，看起來像是吃飽的樣子，跟他點了點頭後，便在旁邊的空位坐下，拿出筆電後開始作業。湯鈺齊也在用完早餐後，默默地開始寫程式，由於兩人的筆電鍵盤聲音都滿小的，更顯得實驗室裡安靜。

約莫接近十二點，譚雅筑與范姜豪走進實驗室，像是沒有發現他們兩人似的逕自開始做實驗。湯鈺齊原想起身打招呼，但內心的惡作劇因子忽然作祟，還刻意再降低打字的音量，就等著他們什麼時候發現。而薛燕斌這邊反而是連他們進門都沒察覺，仍一頭埋入自己的工作中，連五感都關閉似的，他們炒糖炒得一室焦甜香味他都無知無覺。

結果，等到譚雅筑與范姜豪把糖都炒完，轉移陣地到外面做實驗了，都沒發現他們的存在。湯鈺齊忽地覺得自己好像玩捉迷藏時被遺忘的小朋友，遊戲結束大家都回家了，就只有他還在原地等待。

他伸了個懶腰，發出意義不明的聲音，邊聞著炒糖的味道肚子也餓了，他便問薛燕斌都過中午了，午餐怎麼辦？

一連叫了好幾聲對方才緩緩抬起頭，彷若大夢初醒。

「我還不餓，學長可以自己去吃。」

湯鈺齊拿他沒辦法，便走到校內便利商店買飯糰跟飲料，猶豫了幾秒，還是有買薛燕斌的份，買回來後他也乖乖地謝謝學長吃下了。

下半場一樣是安靜的程式時間。湯鈺齊負責的部分是記錄所有火箭上的大小事情，像是火箭姿態、GPS、氣壓計、溫度、壓力、脫節信號……有些是直接寫在晶片的記憶體裡，有些則是要即時回傳地面主機，他把程式寫進晶片，在電腦跟儀器上測試得差不多後，接著要實際測試儀器，像是改變位置、溫度、壓力……看能不能回傳正確資訊。

湯鈺齊先拿著GPS跟晶片，在系館外走了一圈，接著在實驗室裡使用溫循箱加熱儀器測耐受溫度，忙碌了好一陣子，剩最後一個項目。

「那氣壓計你打算怎麼測？」薛燕斌不知何時走到他身後，著實嚇了湯鈺齊一跳。

他拍了拍胸口，壓壓驚後才道：「我想想看噢，我們系館只有五樓，一層樓算四公尺的話，到頂樓也只有二十公尺，好像高度不太夠？而且頂樓好像不能上去了……。」

「為什麼？」

「機械系館頂樓以前有個大學長跳下來過，後來就完全封閉了。」

薛燕斌愣了一下，像是被突如其來的鬼故事嚇到似的，明明是一般常人的反應，卻讓湯鈺齊覺得很新鮮。

「T大沒有嗎？跳樓自殺事件。」

「我不知道。」

「聽說那位學長是一直畢不了業，再加上被女朋友甩了，一時想不開——」湯鈺齊說到一半打住，因為薛燕斌竟然直接逃回自己的位子上。

「你……」湯鈺齊走近他身旁說：「該不會是怕鬼吧？」

「我只是不喜歡沒有辦法解釋的事情。」

薛燕斌頭也沒回地死死盯著螢幕，放在鍵盤上的雙手卻不像剛剛一樣飛快舞動，而是僵直凝固，顯得黑色程式畫面中，輸入提示的閃爍光棒格外刺眼。

湯鈺齊覺得自己好像把氣氛搞砸了，而且，看來薛燕斌可能遇過什麼很糟的事情，讓他對這種事敬謝不敏。

驀地，他想到個好主意，隨即走到外面打電話，過沒多久再走回來，笑咪咪地對他說：

「我找到一個地方可以測試氣壓計，你要一起過來嗎？」

■

C大最高的建築物，排除掉學生不能進去的地方，就只剩樓高十二層的研究生宿舍。

湯鈺齊打電話問認識的研究生學長在不在宿舍，恰巧學長中秋節還留在學校趕論文，抽空下樓幫他們開宿舍大門。

「做火箭？大學部現在開課還真有趣啊，試射的時候要叫我去看喔！」

研究生學長跟他們閒聊幾句後就回房繼續苦戰了，湯鈺齊跟薛燕斌則把東西全部都搬進了電梯。

「還好這裡有電梯，不用爬上爬下測試。」

「不過，占用電梯沒關係嗎？」薛燕斌問。

「感覺今天學校裡沒什麼人，趕快測完趕快離開應該沒關係吧？」

湯鈺齊越跟薛燕斌相處，越覺得他真的處處替別人著想，是個很棒的潛力股，不過他身邊也沒有認識的女生可以介紹就是了。再者，薛燕斌心中只有火箭，除非找到一個心中也只有火箭的，咦？那不就是……。

「學長？不進去嗎？」

「要啊！」他趕忙拉回思緒，專心在實驗上。

兩人七手八腳地在窄小的電梯裡測試，進行得卻不像其他項目那麼順利，高度改變後，氣壓計一直無法回傳正確的數字，他們只好讓電梯上上下下。

途中當然也有人搭乘電梯，那時兩人就會故作鎮靜，裝作要帶器材搭電梯上樓或下樓。等到氣壓計終於聽話的時候，湯鈺齊覺得自己長時間在電梯裡都缺氧頭暈了。

「這樣應該可以了吧？」湯鈺齊問。

「看起來是ＯＫ，不過我想說先下到一樓，再上頂樓測最後一次？」

「好吧……來都來了。」

湯鈺齊按下一樓鍵，等待電梯下樓，恰巧電梯打開時，有人要上樓，而且是剛剛他們在測試時搭電梯下過樓的女生。

她看到湯鈺齊與薛燕斌時，瞬間就認出他們是剛剛也在電梯裡的人，隨即像是被電到似的渾身抖了一下，驚恐地後退好幾步，不願走進電梯裡。

正當電梯門就要關上時，薛燕斌急忙伸手擋住門大喊道：「不好意思嚇到妳了！我們只是在做實驗！」

「咦？」

兩人隨後向那位女生解釋完情況，她才鬆了口氣，不過，也從她口中得到一個其實不需要知道的情報。原來研究生宿舍多年前也發生過學生跳樓自殺事件，還傳有鬼故事，說是那位自殺的研究生會搭電梯不斷上上下下，所以她第二次看到湯鈺齊與薛燕斌時才會如此害怕。

「抱歉、抱歉！我真的不知道研究生宿舍發生過事情……。」

兩人回二〇一實驗室的路上，湯鈺齊不停向薛燕斌道歉，深怕對方以為自己挖坑給他跳。

「學長不用道歉啦，測試氣壓計也完成就好了。」

「真的很抱歉，你這麼怕鬼，還讓你過去——」

薛燕斌聞言停下腳步，拳頭緊握又倏地鬆開，踟躕半晌後才決定說出：

「我不是怕鬼，只是不喜歡科學邏輯無法解釋的事，而且，那會讓我想起小時候某件事。」

湯鈺齊猶豫著該不該追問是發生了什麼事時，薛燕斌就主動開口。

「我老家在臺中，家附近有個火災後的廢棄廠房，以前好像是家具工廠吧，裡面還有一些棄置的家具。之前也講過，我想要當航太工程師，所以從小就會自己做實驗什麼的，在家裡做會被罵，我媽覺得小孩子玩這個太危險，其實那時候也只是做個水火箭[2]。後來我就偷偷跑到那個廢棄廠房做實驗，但是我總會遇到一些奇怪的事，像是廢棄家具突然倒下來，或是聽到奇怪的聲音，小孩子之間也有傳聞說那邊火災後鬧鬼什麼的。不過，其實那時候，我正被同班的另一群同學討厭，也不知道為什麼，我總覺得這兩件事有關係，也一直想找到兩者之間的連結，來合理化自己遇到的事。」

「那……有成功嗎？」

薛燕斌搖頭，「只找到了之前的火災並沒有人員受傷的報紙新聞，沒有其他證據也沒辦法，我又不願意隨便指責怪罪別人。結果廢棄廠房的事就一直是個未解的問題。我想，你應該也懂那種有問題卻沒有解答的悶悶難受感吧？」

2　水火箭是以水的壓力作為推動力來推動前進的一種模型火箭。用橡皮塞緊的瓶子，形成一個密閉的空間，把氣體打入密閉的容器內，使得容器內空氣的氣壓增大，當超過橡皮塞與瓶口接合的最大程度時，瓶口與橡皮塞自由脫離，箭內水向後噴出，獲得反作用力射出。水火箭和火箭最大的不同，在於其推進的媒介由高溫空氣變成水而已。

「懂，超懂！」湯鈺齊瘋狂點頭，「不過，你就當成是那些同學霸凌你的惡作劇，也沒有關係吧？」

他一本正經地道：「沒有測試實驗過，就擅自決定結果也沒關係嗎？」

「呃，這是兩件事——」

「我知道，學長是希望我心裡會比較好過，但是我有自己的原則，沒辦法不遵守原則。」

「是是是……。」

結果，兜兜轉轉又回到了原點，好感度校正回歸，湯鈺齊還是不喜歡這傢伙。

試驗 4

當薛燕斌與湯鈺齊回到二〇一實驗室時，譚雅筑跟范姜豪提著實驗道具回來了。兩方互相交換了一下彼此今天的成果後，范姜豪的肚子不爭氣地咕嚕咕嚕叫了起來。當討論方向轉彎成要去哪裡吃飯時，李維修跟宋一新提著兩大袋手搖飲料走了進來。

「你看，我就說他們應該在吧。」李維修朝宋一新眨了眨眼，將飲料放在桌子上，「第二杯以上有折扣，我們就連大家的份都買了。」

「學弟真是太貼心了，我們才在討論要去哪裡吃飯咧。」湯鈺齊邊說邊拿了一杯蔗香紅茶插入吸管旋風般吸入一大口，安撫臺灣人少了手搖就渾身不對勁的胃袋。

「附近的店家沒幾間有開喔，中秋節的關係吧。」宋一新道。

他們兩人剛剛到街上，平常吃慣的店都沒開，倒是聞到各家陣陣烤肉香味。

「剛好大家都在，不然我們來烤肉好了！中秋節嘛！」

李維修忽然這樣天外飛來一筆提案，大家都聽傻了眼。

「沒有道具怎麼烤？」

「現在才要去買食材嗎？還買得到嗎？」

「等到可以吃都幾點了？」

面對眾人排山倒海的質疑，李維修四兩撥千金地打了回去。

「你們不要被常識限制住了，」他用食指輕敲太陽穴，「誰說烤肉一定要準備木碳、烤肉架什麼的，實驗室裡不是就有現成的道具嗎，用那個烤不行嗎？」

大家順著他手指的方向看過去，正是譚雅筑跟范姜豪剛剛用來炒糖的鐵盤器具。

「不行！」除了李維修外，眾人異口同聲、整齊劃一地瞬間否決這個提案。

「為什麼不行？洗乾淨消毒乾淨就好了啊。」他撇了撇嘴，還意圖拉攏最好講話的范姜豪，「豪豪，中秋節不就是要烤肉嗎？你平常不是最堅持什麼節就要做什麼？」

「豪豪你別被他的話術呼嚨過去！」

「洗得再怎麼乾淨也不行！」

「這是心情上的問題！」

「李維修，你想烤肉想瘋啦！」

「不然你們要吃便利商店嗎？從這裡走到校內便利商店，附近湖邊就康輔社在烤肉，跟他們對照，我們做實驗做整天只能吃那個不覺得有點悲慘嗎？」

「不會。」

「還是我們可以騎車到遠一點的地方，應該有其他店有開，也可以直接吃燒肉店？」

「想太多，中秋節每一家燒肉都大排長龍。」

「這麼說來自己烤好像是唯一解？」

「所以說，為什麼一定要吃烤肉啊？」

李維修雙手一攤，「剛好中秋節、剛好大家都在、剛好所需的材料我們都有、剛好我們是做事瘋瘋的大學生。」

看他如此坦然說得一口歪理，其他人反而連吐槽話都說不出來了。

「鐵盤洗乾淨的話也不是不行，剛剛炒的糖都是能吃的，沒加什麼其他東西……正確來說是『還沒』加。」沒想到最先鬆動的人是譚雅筑。

湯鈺齊抓了抓頭，露出「真拿你沒辦法的表情」說：「超市應該還開著。」

「飢餓是不是會害人智商降低啊？」宋一新認真的言論得到全場的笑容，但李維修相信他待會就會上網查有沒有相關研究論文。

見眾人妥協，李維修打鐵趁熱，「那就照原本分組，雅筑跟豪豪準備鐵盤，學長就拜託你們去超市買錫箔紙、餐具跟食材囉，肉的部分巾我跟新一搞定！」

大家迅速分頭行動時，李維修則拉著宋一新不知道去了哪裡。

約莫一小時後，大家回到二〇一實驗室，還真的湊齊了烤肉的材料。他們在鐵盤上鋪錫箔紙，刷了一層油後試著放肉片下去煎，不一會兒，肉片受熱產生梅納反應」，散發出誘人的香味。在毫無抵抗力的空腹狀態之下，眾人隨即臣服於此，再也沒有人說什麼不該拿實驗器材烤肉的事。

「附近超市架上的東西剩得不多，我們已經把能買的都買回來了，不知道夠不夠吃。」湯鈺齊說。

「學長別擔心啦，看看我們拿了什麼回來。」

「哇，肉片、魚、甜不辣、生菜、玉米、番薯……棉花糖跟麻糬都有，還有啤酒！阿修你是去哪裡的大賣場啊？」

李維修笑道：「C大裡的大賣場啊。」

他帶著宋一新騎腳踏車在校園裡繞了一圈，在各社團的烤肉聚會上「打劫」食材，不過對方也是心甘情願被搶劫，因為他們都欠了李維修不少人情。

火箭小組就這樣在實驗室裡烤起肉來，大家都吃得很愉快，食材不但夠吃還有剩，但因為實驗室沒有冰箱的關係，帶回住處也麻煩，男生們還是全部吃下，都撐起了肚皮。

湯鈺齊說吃太飽再加上實驗室裡都是烤肉味，害他有點反胃，便拿著一罐啤酒走到系館草皮上，其他人也不約而同地跟進。

今年中秋天氣很好，萬里無雲唯有一輪明月，可能此情此景適合抒發心境，也可能是大家都喝了點小酒，暫時拋開身為工科人的理性。

譚雅筑率先沒頭沒尾地說：「等這次火箭做完後，我想要再做一支。」

「大姐，這支都還沒做完妳就預定下一支了喔？是什麼早鳥有優惠嗎？」酒後的李維修全力吐槽。

但她卻不介意，搖了搖手，「不是，是先想接下來的一支，才有現在這支。」

見男生組都一頭霧水，譚雅筑只得再解釋道：「我是被美國的火箭比賽燒到啦，想做一支去參賽，但又從來沒做過，火箭也沒辦法一個人做，就算想組隊也得先找到人，剛好看到這學期有開這個課，才想說來修順便找隊友。」

她朝大家露出親切的微笑，釋出極大的善意，但男生組裡沒人響應，就連范姜豪都覺得一陣惡寒。

「妳真的很喜歡參加比賽耶……。」

「呃，我們先把這支做完再說吧。」

「參加比賽不是我的目的。」

1　梅納反應，是廣泛分布於食品工業的非酶褐變反應，指的是食物中的還原糖（碳水化合物）與胺基酸或蛋白質在常溫或加熱時發生的一系列複雜反應。

譚雅筑看大家對她抛出的橄欖枝毫無興趣，垂下了肩，不過她並未放棄，想著等到做完火箭試射的那天大家一定會熱血沸騰，屆時再邀請說不定就有人腦波弱，糊裡糊塗答應了。

就在此時，遠方傳來陣陣鞭炮聲，眾人不約而同地朝著鞭炮方向望去，但什麼也沒看到。

「校內不是禁止放鞭炮嗎？」宋一新皺起眉頭問道。

「有這個規定嗎？」范姜豪側過頭問。

「寫在校規裡啊，前幾天學校首頁還特別再提醒一次，中秋節禁止在校內放鞭炮。」

范姜豪喃喃念著到底誰會去看學校首頁的布告欄，湯鈺齊忽然想到什麼笑出聲來。

「不能放鞭炮，但是可以放火箭。這也是滿有趣的。」

「性質不一樣啊，」譚雅筑搶先著說：「做跟點燃火箭是為了科學實驗，放鞭炮就只是好玩吧，而且就跟豪豪你之前說的一樣，亂放鞭炮還會導致火災、害別人家破人亡。」

「放火箭也是有可能實驗失敗導致火災什麼的啦……」湯鈺齊細聲道。

「但我們會做好安全措施啊，不像那些小屁孩——」

宋一新倏地截斷她的話，急切地問：「妳剛剛說豪豪說了什麼？哪裡發生火災？」

「就豪豪下午說——」譚雅筑講到一半輕拍范姜豪的肩，「你再講一次吧？」

范姜豪便將下午對譚雅筑說的小時候中秋節的經歷，幾乎原封不動地再說了一次，在這期間宋一新的表情變得越皺、越難看，彷彿內心有各種情緒像俄羅斯方塊一個個疊加，毫無秩序地快速累積後滿溢而出。

等到范姜豪說完後，眾人等著宋一新發言，並在心裡有著各種猜測。

他先深呼吸幾次，壓住自己的情緒後，才平緩地開口，但是話語間仍帶著些微顫抖。

「你家是不是在孝維里那邊？國小是孝維國小？」

「對啊……」范姜豪臉上寫著「不會吧」，但隨即又想到，「可是，新　你的老家不是在苗栗那邊嗎？」

「後來才搬過去的，我家之前住臺中。你說的因為沖天炮導致火災的工廠，應該就是我爸的工廠。」

即使大家早就因為宋一新的反應而猜得八九不離十，然而，直接聽到受害者親口承認的震撼力還是很驚人。時間彷若靜止了幾秒，沒有人知道這時候該做什麼反應，或說什麼話才是正確解答。

宋一新把手中剩下的啤酒一飲而盡，情緒好像也緩和了點，他先說了句「不好意思好像把氣氛搞得很糟」，大家連忙搖頭，口是心非地說沒有。

「其實已經是很久以前的事了，但現在還是覺得……那些亂放鞭炮的小孩應該要吊起來毒打一頓。」

「沒錯、沒錯！」

大家七嘴八舌地幫腔，不知道是誰還說應該要把小屁孩綁在火箭上發射出去之類誇張的話，雖然這些幹話並沒有任何實質幫助，可是現場氣氛卻因此扭轉了過來，後來話題便轉移到了到時真的要試射火箭的話，會不會真的在校內試射的話題。

不過，在這段期間，李維修不但話說得少，還慘白著一張臉，但也許是宋一新的事情太驚人，都沒有人注意到他的異樣。

也沒有人注意到跟家具工廠火災事件有關的，不只有宋一新一個人。

■

「維修，有朋友來找你去放鞭炮喔，你要去嗎？」

原先躺在床上，心情沉悶的男孩像被電到似的彈起身，匆匆忙忙地跑下樓，邊大喊著：「要，我要去！」

母親看著他像一陣風般興奮地飛奔出門，再望向家中那座剛拿到的全國小提琴大賽獎盃，不禁搖頭興嘆。

「真搞不懂這孩子，放個鞭炮比拿大賽第一名還開心？」

只不過，李維修的開心在開門的那瞬間就消失不見了。

他不禁對眼前的男孩脫口道：「怎麼是你？」

鄰居男孩不解，「你還有約其他人要放鞭炮喔？」

「也沒有……。」

當對方懶得理他，正打算自己去放鞭炮時，李維修趕緊開口。

「你們在哪放？我去找另一個朋友，等等就去找你們！」

李維修問了地點後，便走向另一條路，前往目的地的路途並不遙遠，卻足以讓他在腦中重播一次那天比賽的情形。

明明記得小睦上臺前，還在後臺跟他打鬧，未流露出任何緊張的神態或徵兆，怎麼到了臺上就完全變了樣？

拉錯段、連續失誤、忘譜，很勉強地拉完最後一段後狼狽地逃下臺，那顆斗大的淚珠在李維修上臺時還留在深色木地板上，尚未蒸發。

像是要替小睦討回公道似的，李維修近乎完美演出，坐在臺下的媽媽感動地摀著嘴流淚。當最後一個音符奏出時，就知道她的兒子一定會拿下冠軍。

李維修接過第一名獎盃後，他就沒看到小睦了，比賽先離席，學校請假，小提琴課也沒來，就算去他家找他，他媽媽也說小睦不舒服。

李維修不氣餒，抓著放鞭炮這個理由，決定再試一次。

「小睦可能不想去耶。」吳睦雲的媽媽懷抱歉意地道：「小修，不好意思，讓你來這麼多次……。」

「可、可是，那是放鞭炮耶！一定會很好玩的！」

看著李維修期盼的表情，她決定推兒子一把，總也不能這樣一直消沉下去。

「那你等一下，我去叫他。」

李維修忐忑地扭著衣服下襬站在玄關等待，眼角餘光看到吳睦雲比賽時穿的那雙黑皮鞋還放在角落，擦得晶亮的鞋面反射著自己的倒影。

他記得小睦說這雙鞋是為了比賽特別買的，衣服也是，其實，小睦真的很看重那個比賽啊……。

聽見下樓聲響的李維修倏地抬起頭，多日未見的吳睦雲緩緩下樓，他幾乎是看著自己的腳趾走路，到了李維修面前也沒抬起頭。

「我不想去放鞭炮，你自己去吧。」

吳睦雲說完就要回頭，李維修趕忙拉住他的手。

「比賽……下次再努力就好了啊！」

對方仍未抬頭，「你……跟我一起練習的時候都不認真。」

「對……我超不認真的。」因為一起練習時太認真的話感覺很不帥，但他獨自練習時都加倍認真。

「你從來沒有一次拉得比我好，從來沒有一次正確拉完整首曲子。」

「對，你一直都拉得比我好。」

「那為什麼你得到第一名？」

「因為我……運氣好？小睦，你只是這次拉不好而已啦，下次再努力——」

吳睦雲甩開他的手，終於直視李維修，他是老師口中的好學生，總是笑容可掬的臉上如今只剩下不甘心與悔恨。

「什麼下次！你知道我這次有多努力嗎！」

「我……。」

「反正你不用努力就可以拿到第一名啦！」

吳睦雲說完就跑上樓，讓媽媽過來收拾殘局，李維修在不斷的道歉聲中離開吳家，茫然地走在路上，腦袋裡全是小睦剛剛說過的話，與自己來不及的辯解。

——我沒有不努力啊！我也是用盡了全力……。

「咦？你朋友呢？」

李維修不知不覺走到空地，鄰居男孩見他獨自一人便問道。

「他……不想來。」

「喔，那你要放嗎？」

李維修呆然點了點頭。

這個空地其實是附近家具工廠的停車場，不過家具工廠停工好幾個月了，空地都沒有車，是孩子們放鞭炮的絕佳地點。

有個鄰居家長很大方地買了一大袋鞭炮給小孩玩，而且各種鞭炮都有，有能飛的、不能飛的、像家家酒般的仙女棒，也有未經過檢驗的鞭炮……比較大的小孩幫忙點線香一一分配，每個人就從袋裡隨便拿鞭炮就地施放。他們這群小孩不亦樂乎，就連有人不小心被炸到了手也不覺得痛，甩了甩繼續玩。

李維修還深陷在剛剛的情緒裡，只站在後方看著大家玩，沒積極參與。

後來，不知道是誰提議，指著工廠某處破了個洞的窗戶說：「我們來比比看誰可以射進去那個窗戶裡。」

「好啊好啊，用沖天炮嗎？」

「其他鞭炮也射不進去吧？」

他們找了些垃圾鐵罐，並用石頭固定好當發射架，試射了好幾次都沒中，不是距離不夠提前落地，就是發射時沖天炮頭位置偏移。

「爛死了根本射不中嘛。」

「不玩啦。」

「是你們太爛好嗎。」一直沉默的李維修終於說話。

幾個大小孩不以為然地瞪他，「不然你來射射看啊。」

「我來的話一定中。」

「屁啦，你過來射！」

眾人起鬨著要李維修試射，而他也自暴自棄地走到前面，蹲下來調整了一下發射架與沖天炮頭，但實際上在瞄準什麼，連他自己也不知道。

他朝身後大喊一句「要發射囉」，隨即蹲下來用手中的線香點燃引信，看到火花後他往後退了幾步，目送沖天炮起飛衝向前，命中目標！

眾人當下傻愣半晌後，才爆出激烈的歡呼聲。

「哇！真的射中了耶！」

「小修，你太厲害了吧？」

「我們試那麼久，結果你感覺隨隨便便就中了耶。」

李維修扯著嘴角乾笑，他在小睦眼中也是這樣吧，隨隨便便就得了第一名。

正當孩子們還在為了無意義的比賽結果狂熱時，其中一人發現事情好像變得不太對勁，漆黑的家具工廠裡竟然冒出了火花。

「燒、燒起來了耶！」

大家呆呆地齊頭看向工廠，就像電視或電影裡的場面一樣，火勢蔓延得很快，火舌從建物裡竄出，連站在稍遠處的他們都能感受到高溫熱浪襲來。忽然，一股刻在骨子裡的生物本能反應啟動，小孩子們尖叫著飛奔逃離現場。

唯有李維修還站在原地，雙眼直視熊熊大火，彷彿被它吸入似的。

他看過這個場景，就在小睦演奏失敗後下臺的眼神裡，一切的練習、一切的努力、一切的付出、一切的一切都被名為失敗的大火燒盡——那會該有多痛苦、多難受……。

「小修，你在幹麼？快跑啊！」

李維修被鄰居男孩拉著手拖著跑，即使已經遠離工廠，但是他仍覺得那火焰就緊緊跟在身後，背部還感受得到炙熱。李維修回家後立刻躲進被窩裡，任憑媽媽怎麼叫也不回應，年紀尚小的他也知道自己闖了大禍，可是比起闖禍，他更害怕另一件事，害怕得整個晚上都睡不著，閉上眼就能看到紅紅火焰燃燒、一切毀滅的場景。

翌日，媽媽跟哥哥在早餐時間討論中秋夜的那場火災，說附近有工廠被燒成廢墟，還好沒有人傷亡，他提心吊膽地聽著，覺得下一秒警察叔叔就會衝進來把自己抓走。

然而，過了幾天都沒有人上門問他那天晚上有沒有放鞭炮、有沒有去過工廠。

他也在那天之後告訴媽媽不想練琴，把琴盒永遠蓋上了。

這樣就不會發生他最害怕的事了。

■

「阿修你怎麼了？剛剛一路上都沒講話，該不會醉了吧？」

范姜豪刻意放慢腳步，與走在四人最後方的李維修並肩，總是四人中話題發起者的李維修這天晚上特別少話，讓他覺得有點奇怪。

「他是喝醉就不說話的類型嗎？」走在前方的湯鈺齊問宋一新。

「可能吧。」

宋一新聳聳肩回頭掃視李維修一下，後者渾身震顫，覺得自己彷彿被這眼看穿一切。宋一新接著會像《名偵探柯南》裡一樣，手指著他說你就是害我們家的凶手，如果沒有你，我現在也不會變成這樣。

宋一新現在不立即開口，可能是覺得其他人還在，不好說話。李維修依舊沒有說話，其他三人就各聊各的，但李維修的腳步卻越來越沉重，雙腿像綁了鉛塊一樣，平常爬慣的樓梯一步比一步煎熬。

走到那個燈泡壞掉的樓梯間時，它還戲劇化地瞬間暗下，李維修因此踏空了，驚呼出聲。

「誰跌倒了嗎？」

湯鈺齊拿出手機照亮其他人，李維修因強烈的光線而瞳孔一縮的同時，左右臂忽然被人攙扶住。

「還好吧？」

「阿修你沒事吧？」

范姜豪跟宋一新像左右護法似的各拉著他，李維修連忙站穩腳步，說自己沒事，謝謝兩人的幫忙。

「早就跟房東說這個燈要換了。」

「我之前也想說自己買來換，但——」湯鈺齊覷向宋一新。

「不是誰要去買來換的問題，房東本來就要負責啊。」

「可是房東就那副死樣子，我們也要變通啊。」

「還是找時間換吧，不然一定會有人跌倒的。」范姜豪說。

「對啊，難道誰跌倒受傷了，房東會負責嗎？」

這番話似乎說動了宋一新，他終於不再強烈反對，大家也都說好哪天出門要記得買燈泡回來換。

結果，直到大家回到住處上了樓、回到房間，都沒有人衝出來指責李維修小時候的罪行。

這些想像就跟小時候一樣，始終沒有發生。

可是，李維修連著好幾天都無法入眠，他猶豫著要不要向宋一新坦白一切，種種想法不斷在腦中拉扯。對方會怎麼想？誠心道歉會得到原諒嗎？宋一新聽了會怎麼想？應該會很生氣吧，說不定還會跟他絕交之類的，說不定只是絕交還算好的……搞不好還會暴怒把這些事都公開讓他社會性死亡呢？

李維修換個立場想，如果是自己發生一樣的情況，家裡遭逢巨變，而始作俑者就是同宿的大學同學，那他會怎麼辦？

「阿修？」

李維修像隻被踏了尾巴的貓似的，驚叫跳起，連走廊上的路人都回頭看他。不喜歡被注目的宋一新拉著他快步往前走，一邊細聲道：「你在幹麼啦？」

「就發呆……被你嚇到嘛。」他撫著後腦杓乾笑地混過去。

「豪豪說你最近怪怪的，我本來還以為是他想太多——」

「他真的想太多好嗎？我就不能發個呆、話講得少點嗎？」

「也沒有不行啦，」宋一新推了推眼鏡又抿了抿嘴，做完一切他能做的小動作準備後，才再度開口：「我是想說……如果你遇到什麼困難，也是可以跟我們講，雖然可能幫不上忙——」

李維修的嘴巴像金魚一樣一開一閉，心裡有股衝動就要說出來的時候，范姜豪粗手粗腳的腳步聲從後面傳來。同住快兩年了，那聲音化成灰李維修也認得出來。

剛剛去上廁所而脫隊的范姜豪跟上兩人的腳步，「你們怎麼走那麼慢啊？快上課了耶。」

李維修朝兩人擠出笑容：「先上課吧。」

本週五的火箭課一樣是進度報告，譚雅筑上臺有條有理地說完目前進度及未來規畫，再由助教評點與建議。這週他們拿了用新布料與縫線做的降落傘試作成品到課堂上，助教覺得材料很不錯，還要他們分享給另一組。

另一組的進度與他們相當，不過，他們在發表進度時說之後想要嘗試管身用玻璃纖維或碳纖維來做，這發言讓譚雅筑跟薛燕斌眼神為之一亮。

其中，碳纖維是一種強度比鋼還要強四倍以上，重量卻比鋼、鋁都還要輕的複合材料，它比人類的頭髮都還要纖細，其實從七、八十年代就常運用在航太科技上，隨後也延伸運用到一般民間，像是腳踏車、網球拍、釣魚竿等。

助教低頭思考了後道：「管身用什麼材料其實都可以，只要骨架強度夠就好。可是據我所知，碳纖維目前研究單位只有中科院有設備跟技術，而且價格也不便宜，你們要怎麼做？」

「我們有門路！」另一組組長連忙推了組裡另一個成員出來解釋。

「呃，我家是做腳踏車的……我爸說可以幫我們。」

「原來如此，」助教笑道：「你們知道嗎？腳踏車製造是臺灣在世界上排前幾名的行業，產值很高卻很低調，很多腳踏車、網球拍什麼的也都是碳纖維做的。」

那個同學點了點頭，不過也有但書，他說明雖然爸爸會協助提供纏繞設備跟技術，可是碳纖維的成本真的不便宜。

「吳教授幫這堂課爭取到的經費應該是不會再增加了，你們可以再考量看看。」

下課後，譚雅筑迫不及待地跑去向另一組詢問，十分鐘後卻是鎩羽而歸。

「他爸爸說只會免費幫忙做一支，要做另　支的話要報價了。」

「不太意外呢。」湯鈺齊苦笑道：「照火箭的尺寸，做一支就要花不少錢了吧。」

譚雅筑扁著嘴用力點頭，「就算我們其他東西都不花錢，也做不起……。」

「沒關係啦，我們就照原定計畫用鋁合金吧，還可以練習沖床焊接什麼的，助教也沒說一定要用什麼材料啊。」湯鈺齊打圓場道。

「那就用玻璃纖維吧。」薛燕斌平地一聲雷地提案，「同樣用複合材料的話，玻璃纖維便宜很多，不用設備，我們自己應該也可以手工繞管。」

「對耶，還會比較輕，這樣你們降落傘組也不用擔心太重、下降太快的問題。」

「聽起來是不錯啦，」李維修總覺得事有蹊蹺，便追問道：「那為什麼之前你們沒考慮要用那個玻璃纖維？不可能是單純沒想到吧？」

薛燕斌與譚雅筑互看一下，露出複雜內有隱情的神態。

■

玻璃纖維是由許多極細玻璃的纖維所組成的材料，一般直徑超過三微米。主要應用於玻璃棉（建築材料）、玻璃鋼（建築材料）與光纖。因玻璃纖維的韌性與強度及輕量化的特性，日常生活中常見的玻璃纖維製品便是雨傘的傘骨、浴缸與遊艇，尤其台灣還被稱為遊艇王國。製作、切割玻璃纖維時的粉塵會影響皮膚、眼睛和上呼吸道，導致刺激、瘙癢、接觸性皮炎、結膜炎和角膜炎或其他過敏反應。因此製作時，皆需穿戴專屬之防護用具，接觸後應立即用肥皂和流水沖洗，勿抓撓揉搓受刺激區域，直徑小於三微米的可吸入纖維會導致嚴重的肺部疾病。

「懂嗎?老實說這真的是自己做很麻煩的東西，不過，沒錢請人做碳纖維也沒辦法。」譚雅筑搖了搖頭。

「懂了……。」

「這也是我們會包成這樣的原因吧?欸，你是誰啊?」

「我是豪豪啦。」

這天他們不在平常的二〇一實驗室裡，而是移師到校內工廠的某間房間，那裡才有完善的抽風設備，但即使如此，借用工廠空間時，他們還是被工廠負責人碎碎念提醒了快半小時才簽核通過。

「你們要用玻纖？那你們的防護措施呢？你們有幾個人啊？工廠的防毒面具可能不夠喔，N95口罩有買嗎？做的時候全程要穿防護衣喔。之前你們機械系的學長沒報備要用玻纖做東西，就自己借了工廠在裡面瞎搞，全身都是玻纖粉塵，他們癢到不行就算了，還沒戴面罩，也不知道吸了多少進去，後來學校就強制我們要注意這塊，還好沒禁止使用，不過你們在校內不能用，搞不好會自己拿回家瞎弄，也是更麻煩。」

有了工廠負責人耳提面命，他們不敢怠慢，買好玻璃纖維打算試做的這天，現場六個人穿著白色防護衣，上戴面罩，下戴N95口罩，全身包得緊緊的，只憑聲音也認不太出來誰是誰。

「沒想到我們還沒畢業進公司，就有機會穿上這個傳說中的無塵室兔寶寶裝。」李維修環視著其他人笑道。

「這真的很悶耶，而且我覺得我的眼鏡快掉下來了。」宋一新透明面罩後方的表情十分猙獰，他擠眉弄眼地想把快掉到鼻尖的眼鏡推回原位。

「還沒開始做，手是乾淨的，你可以用手推啦。」

同樣是眼鏡族的湯鈺齊指出盲點，宋一新這才默默地伸手推好眼鏡，並暗自希望沒人看見他面罩後方尷尬發紅的臉。

調侃兼適應完這身裝扮後，大家開始做正事。他們把事先準備好的管身拿出，因為預計在上面纏繞玻璃纖維增加管體強度，所以最內芯只用厚紙管，也是為了輕量化。

玻璃纖維原料就像是將一大把米粉鋪在地上，再用軋路機軋過去，形成一大塊布料，仔細看會發現它是由一條條極細玻璃的纖維組成，而且，此時的玻璃纖維就跟真的布料一樣意外地柔軟。

「這可以直接用剪刀剪嗎？」豪豪問。

「可以啊，現在還很好裁，等下固化後可能就要用鋸刀鋸了。」譚雅筑拿著一段玻璃纖維，就跟剪裁布匹似的試裁了一下給大家看。

「纏上去有什麼特別的方法嗎？」湯鈺齊問。

「大原則是不要厚薄不均勻，固定完整，應該就沒問題了吧。」

聽見薛燕斌難得講話帶著不確定性語尾詞，湯鈺齊追問：「你也沒裁過嗎？」

「我們學校校內禁止加工複合材質，也是之前有學長用了碳纖維做東西，但沒做好防護……。」

「感覺每間學校都會發生類似的事……。」

「碳纖維碰到了也是會癢，但聽說是他們吸了太多，肺有點問題。」薛燕斌補充道。

兔寶寶們同時點了點頭。

「難怪你們學校全面禁止了。」

「每一條警語後面都有一個故事。」

「所以我們做這個真的沒問題嗎？」

「都包成這樣了，還會有問題的話——」

「那就只能祈禱問題不會太大了。」

裁好一段適合的玻璃纖維後，大家七手八腳地將它纏繞在厚紙管身上，最後再用玻璃纖維專用的樹脂黏好固定。一開始眾人有點不順手，後來不知道是誰找到一根鐵管，將厚紙管串在上面，由兩個人站在管子的頭尾，負責像路邊賣沙威瑪的攤車一樣，人工緩緩轉動鐵管，再由一人將玻璃纖維纏繞在上，一人協助上膠，一人拿塑膠片將其磨平。待纏繞出厚度後，由於頭尾參差不齊，再用鋸刀鋸平。

「我先來！」

譚雅筑手持鋸刀，準備割第一刀，站在她身旁的范姜豪想起之前她切硝糖的模樣。

「妳是不是很喜歡割東西啊？」

「創造與破壞，誰不喜歡？」

手起刀落後，繞成筒狀的玻璃纖維毫髮無傷，這不是比喻，是實際的形容，因為一根根玻璃纖維比髮絲還細。

譚雅筑不氣餒地再用力割，在場其他男性都靜悄悄，生怕亂講話會被上訴至性平會，雖然女性與男性天生力氣就是有差別。

「我知道它很難割但……它真的很難割耶！」

譚雅筑割到語無倫次後直接放棄，直接把刀子丟給目測在場力氣最大的范姜豪。

范姜豪躍躍欲試地割了十分鐘，李維修接手十分鐘，輪到湯鈺齊割的時候，玻璃纖維仍是滿血狀態，而且更慘的是，湯鈺齊驚呼一聲，刀子竟然在他手上斷了。

「學長你沒事吧？」宋一新問。

「沒事沒事。」

「這沒辦法切了吧？」范姜豪拿起鋸刀的屍體觀察，「連上面的鋸齒都磨平了耶。」

「要去找別的刀嗎？」李維修說完隨即又推翻自己的說法，「但我覺得這好像不是刀的問題，玻璃纖維太硬了。」

「應該沒辦法用刀切，可能要找切金屬的那種。」薛燕斌道。

湯鈺齊說：「工廠有幾臺ＣＮＣ加工機，我們再去問問看？」

「也只能這樣了，」譚雅筑點點頭，看了一下牆上的鐘，「我記得用ＣＮＣ[2]也要另外申請，還要請工廠的師傅幫忙，我們今天先把尾翼弄好，到時候再一起切吧。」

結果，這件事情意外卡了火箭小組不少時間。

先是遇到期中考，工廠暫時不開放使用，恰好大家也得準備考試，便暫延一週。等到考完後，他們向工廠申請委託ＣＮＣ金屬加工機切割管身跟尾翼，卻受到技佐的阻礙。

「不行。這沒辦法用金屬加工機切，玻璃纖維粉塵很細你們不知道嗎？」長相嚴肅，看起來很嚴肅的師傅雙手環胸，像個門神一樣把他們的申請書擋了下來。

「知道……不過，可以應該可以像旁邊那臺木頭加工機一樣，邊切邊吸屑屑吧？」譚雅筑鼓起勇氣問。

「吸了也不可能全部吸到啊，這種粉塵掉進機器壞掉的話沒辦法清理，我們還要請廠商來維修，廠商也沒那麼好叫，還有維修費的問題，到時候害其他人整個學期都不能用怎麼辦？」

「可是我們用刀子切也切不斷，還有別的方法嗎？」

師傅嗤笑了一聲，「玻纖用刀子怎麼可能切得斷，你們看要不要換別的素材啦。」

2　ＣＮＣ是電腦數值控制（Computer Numerical Control）的簡稱。ＣＮＣ加工指的就是利用電腦出色的運算能力，控制系統進行一連串加工，會依據工件金屬切削之要求，輸入相應的程式。所有將進行的切削加工及所有最終尺寸，都是透過程式輸入電腦中，以使電腦能確實清楚知道應進行的工作，並執行所有的加工。

「可是我們都做了。」

「這是怪我喔？」師傅直率地答。

「沒、沒有啦，只是想說師傅你有沒有別的辦法。」

「剛剛就跟你們講了，這裡不能切玻璃纖維。」

譚雅筑越講越生氣，雙頰漲紅，身體微微發顫，身旁的男生們都猶豫著要不要拉住她，以防她衝上去把技佐爆打一頓。

所幸後來有其他同學來找技佐，他們便暫時先撤退到學生餐廳。

譚雅筑灌下一大口碳酸飲料後，才讓心中熊熊怒意暫時轉為小火，「他那是什麼意思啊！不就是嫌麻煩不願意幫我們切嗎？」

「話說回來，拒絕學生的申請是可以的嗎？」李維修皺著眉說。

「可以喔，」宋一新看著手機裡的校內工廠使用條則，讀稿機似的念道：「工廠有權拒絕任何有爆裂可能、危險、與課程無關……之申請使用，一切以廠內負責人專業判斷為主。」

「可是我們已經向負責人申請，而且拿到申請許可了啊。」范姜豪說。

「技佐不幫我們操作也沒辦法……還是等下再去問一下工廠負責的主管看看？」

譚雅筑像是恢復了些冷靜，頷首道：「也好。不過我們還是找找看有沒有別的方法可以切吧，好不容易捲好了，我暫時還不想放棄玻纖。」

眾人也同意組長的提案，然而，分頭進行後，還是沒有太大成效。李維修跟湯鈺齊去找工廠主管陳情，但對方說這是技佐的權責範圍，他如果判斷不能做，那就是不能做。他們還不死心地去找火箭課的助教幫忙，看能不能讓助教或教授說服工廠那邊。

豈料，助教面有難色地說：「我們實驗室之前做火箭的時候有借用工廠，那時候……就跟技佐有些糾紛，所以可能幫不上忙。」

兩人這才恍然，原來技佐對他們的不友善是傳承下來的，申請單上面白紙黑字寫了指導教授的名字跟製作物品。

「助教，這件事你要早點說啊——」李維修不禁哀嚎。

「我早點說也沒有用，你們也不可能以其他課的名義去申請，到時候被發現更麻煩。」

「說得也是……。」

既然工廠很明顯不給過了，他們只好尋求別的外援，雖然火箭小組的成員家庭背景都與機械無太大關係，不過班上有很多人是「家學淵源」。就像那個爸爸做腳踏車的同學一樣，家裡開加工廠或是父母親戚從事相關工作的還滿多的，也許能找到臥虎藏龍的人家。

在社交軟體上，李維修朝班上的群組呼救，湯鈺齊也試著問問已經畢業的同學。結果，誠如技佐所說，玻纖確實是個很麻煩的東西，唯一一個說可以請爸爸幫忙切割看看的同學家裡是做雷射的，但他爸爸也沒割過沒把握，更麻煩的是他們家的工廠在屏東，光往來就是個問題，只得暫時放棄。

小組其他成員，則試著用其他刀子切，起初大家還想著像愚公移山般，每天切一點，總有一天會切斷吧，然而，就算想要勤能補拙，切割刀片的硬度不足這個大難關就如銅牆鐵壁擋在眼前。

哐啷，一聲輕脆的聲響，刀子的另一半斷裂掉到地上。

譚雅筑看著天花板放空了幾秒，才無奈地開口：「這是第幾把了？」

范姜豪扳著指頭算了一下，「第五把。」

「放棄吧，用刀子切是不可能的。」薛燕斌搖了搖頭，他大概在兩小時之前就要大家放棄，但大家不聽。

「難道真的要放棄玻纖嗎？」

譚雅筑第一次說出喪氣話的同時，技佐那張嘲諷的臉也在空中揮之不去。

「應該還有別的辦法吧，再買新的刀子，再不然，我們就打電話一家家加工廠問問看？總會問到有一間願意幫我們切的吧？」范姜豪樂觀地說。

她看著范姜豪爽朗的笑容，彷彿被感染到一些正面能量。

「是啊，應該還有別的方法，我們可以先做其他項目，再邊想要怎麼辦吧，總是卡在這裡也不是辦法。」

團隊工作便是如此，遇到困難的話，是全體成員的困難，卻也不至於每個人都悲觀看待。就算是考試，這一題不會也不代表整個考砸了，可以先跳到下一題寫，也許再回頭來看就有了新的想法。

然而，正當他們繼續前進時，卻有個更大的阻礙如同強襲球般，毫無預警地打到面前，對每個人都產生了不可逆的深刻影響。

訪談 IV

「如果全都試過了，卻還是產生不了熱情呢？會不會覺得自己在浪費時間，淨做些無意義的事？做白工還算好，有些人甚至還可能因此有了不好的經驗，影響生理心理。」

記者本人彷彿就有過難受的經驗，教授略有感知，但也不方便點破。

「我覺得……大學是一個可以讓人失敗成本比較低的場域。」

「因為還是學生、還有學校老師保護著？」

「對，但除了這些以外，年輕時就狠狠失敗過一次的話，還有時間可以站起來。」

「這麼說也是啦……我有朋友從小到大都是菁英，全校全系第一名的那種，結果外交部特考沒上後，就好像世界崩壞，在家宅了一年，頹廢到我們都認不出來。」

「我好像也認識很像的人，但他的情況是過度害怕失敗，所以都會在失敗前繞開。」

「這樣不是很好嗎？」

「可是，你一直逃的話，能逃到何時呢？只要想在某條路上努力，就一定會跌倒，而且，跌倒的時候，通常都會在地上發現自己遺漏的東西。」

記者笑著接話，「撿起來再好好努力嗎？」

「呃，好像變成什麼心靈雞湯了……不過，我每次跟學生講到失敗，都會提一個我自己發生過的例子。」

「是跟火箭相關的嗎？啊，我可以開錄音了嗎？」

教授點點頭，記者打開錄音後，隨即聽見對方講了句勁爆的話。

「我們在大學時曾經發生過一次重大失敗，有多大？大到把實驗室炸了。」

爆發 1

事情的起源要從一顆臺中知名店家的檸檬蛋糕說起。

范姜豪的老家是個關係緊密的大家族，逢年過節各親戚都會一起聚會團圓，而他又剛好身為大家族長孫，總是笑臉迎人很得長輩緣，傳統地位及存在感極高。中秋節的時候，范姜豪留在學校做火箭沒回臺中，上至爺爺奶奶，旁至叔叔阿姨姑姑舅舅，下至姪子外甥家裡養的貓貓狗狗倉鼠，全都問了一輪。

「豪豪怎麼沒回來啊？」

「豪豪哥哥怎麼了？」

「喵喵喵——」

被全家族問得范姜豪的爸媽都嫌煩，差點想跑去買商店前宣傳用的大聲公，錄製無限重播「豪豪留在學校做作業，這禮拜不會回來」。中秋節後還連著期中考，范姜豪已經快兩個月沒回臺中了，家族的忍耐已逼近臨界點，即使火箭製作還有大問題待解決，但范姜豪擔心再不回去，媽媽可能會帶著全家北上，讓他住的公寓人口密度瞬間暴增，批評他的房間不夠整潔、生活不夠自律，還把他的室友們全都騷擾過一次。
不管怎麼想都是惡夢一場，范姜豪只得向組長譚雅筑告假，本週必須返鄉一趟。
「當然可以啊，」譚雅筑爽快答應後，忽然想到什麼似的揚起秀眉，「欸，你們是不是把我想成什麼惡魔組長啊？我又不是那種人，週末想回家或放假都沒關係，真的！」
范姜豪乾笑了幾聲，腦中想起的是上禮拜六學長睡過頭，過了中午才到二〇一實驗室，譚雅筑臭臉了整個下午的模樣。
隨著火箭製作進度增加，他對譚雅筑的認識也從「班上的女同學」進步到「一起製作火箭的夥伴」，對她這個人的「使用說明書」也看了一半。
譚雅筑外表看起來清秀、纖細，一點也不像機械系的模樣，但是她骨子裡可能是他們組裡最熱愛實作與拆東西的人，喜歡參加比賽，好勝且直爽，不像其他同學說的「都不知道女生在想什麼」，范姜豪倒很容易猜到譚雅筑在想什麼——火箭、火箭跟做好火箭吧！
他很慶幸當初堅持自己的原則，不去從旁側擊，用自己的角度認識對方。
週末回老家後，他乖乖地被媽媽叨念了半小時，又騎車到爺爺奶奶家給他們看看長孫有沒有少塊肉，晚上跟去叔叔家吃飯，讓范姜豪覺得待在家裡比在學校還累，還好只待一個半天。
「所以你最近在忙什麼啊？」爸爸斜躺在沙發上，看政論節目時忽地問道。
范姜豪正無聊地邊吃水果邊刷社群網站，想都沒想就回答：「之前不是講過，做火箭啊。」

「蛤?現在大學連火箭都要會做喔?」

「不是啦,那是一門課,剛好有去修。」

爸爸似懂非懂地點頭,「豪豪,你機械系念到現在,曾很有興趣嗎?」

范姜豪聞言,終於咬斷那片過硬的芭樂,「就……還可以啦。」

「晚餐的時候你叔叔也有講啊,他以前念電機的,念完沒興趣,還是去考普考。」爸爸忽然坐直身子,「我知道你們年輕人不愛聽這個,不過,有個穩定的工作真的很重要。反正你也沒有什麼夢想嘛。」

他忽然覺得嘴裡的芭樂像砂礫又硬又難以吞下,「也對……我大學念完就會好好想想。」

爸爸還想再說些什麼的時候,范姜豪趕緊起身用自家柴犬Taki要散步當藉口,拖著牠出門去了。

不過,范姜豪一走到公園,就找張長椅坐了下來,Taki不解地望著他,隨即也在他身旁趴下,反正牠其實也沒有很想散步。

——反正你也沒有什麼夢想嘛。

這句話像個木樁,死死地釘在他心上。

有夢想的人是閃閃發亮,沒有夢想的人活該當陪襯嗎?

沒有夢想的人也會有自己想走的路,而不是照著家族慣例去當老師、考高普考。

只是，悲哀的是如果父母問他想做什麼，他也答不出來，就像個鬧彆扭的孩子，對父母提出的建議與選項一一逕地說不要。

也許到了大四他還是不知道要做什麼的時候，真的會去考普考，但是現在的他只想要享受這一段空白的時間。

沒有夢想，沒有定好的道路，沒有未來，只有當下。

范姜豪望向無雲的夜空，還看得到一顆星星。

——他忽然好想看到他們的火箭射上天空的模樣。

■

范姜豪這個人最大的優點就是壞心情不會延續到隔天，當他精神飽滿地下樓吃早餐時，父母的話題剛好繞在附近的新建案，而且地點就在曾經發生火災的家具工廠那塊地。

「我同學剛好是那個家具工廠老闆的兒子！」范姜豪急道。

媽媽驚呼，「是喔，那他還好嗎？」

「還好，就是兼很多打工。」

「哎喲，是個好孩子耶。」

「我知道那間家具工廠，本來做得好好的，結果去中國擴廠，搞到臺灣這邊也破產倒閉。」爸爸搖搖頭，「這就是沒有風險控管，工作不穩定的結果。」

范姜豪嘴裡的包子差點噎在喉頭，沒想到爸爸也能從家具工廠扯到這個來。

「家具老闆也不是為了倒閉去擴廠的啊，只是運氣不好啦。」媽媽說。

「如果妳兒子以後開店開到倒閉，看妳還會不會這樣講！統計上來說十個創業有八個都會賠錢耶！」

「那至少也是試過當老闆的滋味啊，總比沒試過好嘛。」面對爸爸現實的鐵拳，媽媽如棉花糖般又軟又甜地回應：「豪豪想開什麼店，媽媽都支持喔。」

爸爸露出受不了媽媽的表情，繼續低頭滑手機看今天的新聞，媽媽則還在幻想自己兒子以後開咖啡店的話，她可以做個手工餅乾什麼的來賣。

雖然父母對孩子們的愛、孩子對父母的愛，在理想上都要齊頭式平等，但是，每次這種時候，范姜豪都會覺得家裡有媽媽在真好，他好愛媽媽。

飯後，范姜豪在整理媽媽怕他會在都市中餓死、要他帶回學校的一大堆食物時，倏地想到一件事，回頭朗聲問她：

「媽，臺中有沒有什麼比較不甜又好吃的甜點？」

他想起之前在實驗室跟譚雅筑聊起甜度話題，便想帶個臺中甜點給她這個高雄人吃吃看。

「太陽餅啊。」

講到太陽餅范姜豪就一臉嫌棄，除了臺中人太常被其他縣市的人拿太陽餅來做文章之外，拿來送人好像有點俗氣。

她見兒子表情一垮只好又提議：「那老婆餅。」

「這更不行，會被誤會的。」

「是要送女生嗎！」她雙目微睜，表情發亮，彷彿抹了十瓶名牌保養液，瞬間年輕十歲。

范姜豪暗道了聲慘，連忙解釋：「是給大家吃的啦！」

「從沒看過你說要帶東西給同學吃——」

「就忽然想到啊……沒有就算了。」他寧願待會去高鐵站再買，也不願再透露一句詳情。

兒子畢竟是親生的，嗅到內情的媽媽不再追問或調侃他，認真幫他想點子。

「不然——檸檬蛋糕！你覺得好不好？」

於是，范姜豪回到住處的時候，手裡多了一袋臺中知名店家的檸檬蛋糕。

「豪豪竟然帶了伴手禮，發生什麼事了？」

湯鈺齊驚呼著不可思議，之前范姜豪要回臺中時，他曾開玩笑地要對方帶太陽餅，但范姜豪卻說臺中太陽餅又沒有特別好吃，拒絕攜帶。

「我也是覺得很稀奇，他終於要行動了嗎？」李維修邊把安全帽放在門旁的鞋櫃上邊道，他早在載范姜豪回來的路上就各種拷問過了，「那是要送我們偉大組長的。」

「不、不、不是專程給她的啦，我也有買大家的份啊，大家快來吃吧。」范姜豪緊張地把其他行李丟在地上，急著拆包裝分食。

知道原由的湯鈺齊快速與李維修交換了眼色，決定不再戲弄范姜豪，要認真幫他一把。

「我們沒關係啦，你快把蛋糕拿去給她吧。」

「是啊，檸檬蛋糕我早就吃膩了。」同住臺中的李維修道：「我們剛從學校回來，譚雅筑也說她要回宿舍，你可以去女宿找她啊。」

「我……星期一再拿給她就好了。」

「不行！」

「這意義不一樣！」

兩個戀愛狗頭軍師七嘴八舌地對范姜豪曉以大義，各種利弊分析與沙盤推演。

「總之，星期一你找不到什麼單獨相處的機會的，說要單獨跟她講話，可能會讓她警覺心提高。」

「到女宿樓下等她，她的警覺心就不高嗎？」

「你就編個理由嘛，說你要去實驗室拿東西路過——」

「可是系館離女宿那麼遠。」

湯鈺齊與李維修終於忍不住異口同聲地大喊：「總之你現在出門拿去給她就對了！」

■

留了幾個檸檬蛋糕給沒吃過的湯鈺齊與打工中的宋一新後，范姜豪就被變得莫名強勢的室友們趕了出門，他騎著李維修的機車來到學校後門，從這邊到宿舍區比較近。

照著以前還住在宿舍區的印象，來到女生宿舍附近後，他反而不知所措起來。

打電話給譚雅筑好像太唐突了，傳訊給她的話，他們又從來沒私下在社交軟體上一對一通訊過，難道要在火箭小組的群裡傳嗎？不，就算是他這個與異性來往近乎零經驗的人也知道這樣不妥，還是打電話問李維修呢？八成會被念一頓吧。

范姜豪腦袋裡活像在開第N屆全球高峰會議，各種意見來往吵個不停，等他注意到的時候，腳步已遠離女宿。

C大的宿舍區占地頗廣，後方還有綠化用的草地與涼亭，跟簡易的烤肉區，不過晚上這區的照明不足，隔好幾公尺才有路燈，但學生們也沒為此抱怨。因為，剛好夾在女宿與男宿中間的這塊區域，也成為晚上校內的約會聖地。

他走了一小段路就看到好幾處有人影在低聲細語，時而發出嘻笑調情聲，范姜豪越發覺得自己好像不屬於這裡。

當他正要調頭走回女宿附近時，看到不遠處有個熟悉的單薄身影。起初他還不太確定，恰巧那個人影走到路燈附近，光源照在她的側臉上，范姜豪才確定自己沒有認錯，那是譚雅筑。

對他來說是個天大的好機會，他可以追上她，用彆腳的謊言說自己路過這邊，自己剛好手上帶著檸檬蛋糕，而這個檸檬蛋糕剛好就是特地要買來給她品嘗的。

范姜豪因興奮與緊張心跳加快，手心直冒汗的同時仍握緊手裡的提袋。當他走近譚雅筑時，看到另一個方向也有人朝著她接近。

那個人也是個女生，留著短髮鮑伯頭，身穿輕鬆的T恤與牛仔褲，她遠遠地就喊著譚雅筑的名字。

「小筑！」

范姜豪覺得好像在哪裡聽過這個聲音，有點熟悉。

「怎麼突然要跑來宿舍找我？」

「我這禮拜不是回嘉義嗎？有買妳喜歡吃的福義軒啊，想說早點拿給妳。」

「藉口吧，想我就直說啊。」

兩人談話的同時，范姜豪還在腦袋裡探索記憶，卻同時有股不確定的焦躁感在心中徘徊，他以為那是想不起東西的難受心情，便繼續回想，最終，還真的讓他想起來是在哪聽到的。

是當初譚雅筑放她跟朋友製作Sugar Rocket影片時的另一個女生的聲音，他記得譚雅筑說那是她的文科朋友。

解開謎題的范姜豪喜笑顏開，心裡想著還好手裡的檸檬蛋糕有多買，可以讓譚雅筑給她的朋友一起分享。

他開心地提著袋子飛奔向前，嘴裡的名字卻有一半被掐在喉頭。

「雅……。」

范姜豪的雙目微睜，看到意料之外的場面，而原先在心裡那股曖昧模糊的不安焦躁也終於成形。光只是焦躁的時候還不會影響心情，因為看不見不安的原形。

如今卻完完整整、明明白白、清清楚楚地看到了。

譚雅筑與那個女生緊緊相擁，那個女生還低頭在她脣邊留下一吻，她們的關係，不用言語多作說明。

「砰」一聲，范姜豪手裡的提袋掉在地上，在寧靜的約會聖地發出稱得上是巨響的聲音。

兩人隨即轉身向聲音的源頭，譚雅筑看清來者是范姜豪時也嚇了一跳，連忙與那個女生拉開些距離，像是被看到什麼羞恥的事情。不過，那個女生仍將譚雅筑的手緊緊地攥在手裡，以一種「想要讓她們分開是不可能的事情」的決心，看著范姜豪的眼神亦包含戒備與敵意。

譚雅筑支支吾吾地開口：「你……怎麼在這裡？」

「呃，我……。」

撞見此情此景的范姜豪不知如何反應，也不知該說什麼，恰巧眼角餘光看到方才掉在地上的檸檬蛋糕，也不管檸檬蛋糕此刻是否像他的心情一樣散得亂七八糟，他立刻提起袋子，不由分說地將它塞給譚雅筑。

「這是給妳們的！」

爆發 2

學長嗑了一顆檸檬蛋糕後，覺得滿好吃的，看向桌上剩下的蛋糕，扣掉要留給宋一新的，還多出了一個。

「學長想吃的話可以把多的吃掉，反正我吃膩了。」臺中人李維修邊吃著自己的份邊說。

湯鈺齊伸出的右手鬼使神差地停在了半空中，嘴巴不經腦袋地冒出了這麼一句，彷彿今天身體各個器官都吃錯藥特別不聽話。

「不用留給燕斌嗎？」

李維修撲哧一笑，「你竟然會想到他？」

「你竟然不會想到他？」湯鈺齊撇嘴反問，「他至少也是我們組裡的一員吧，大家都有，結果他沒有的話很奇怪吧？」

「又沒關係，這個檸檬蛋糕又不是火箭造型。」

「不好笑喔。」

他吐了吐舌，「說真的，除了火箭以外，薛燕斌他根本就不在意其他東西吧？包含我們這些組員。」

「你把他講得沒血沒淚的樣子，他只是專心在一件事情上。」

湯鈺齊幫薛燕斌說完的那一瞬間，突然覺得這也是在幫過往的自己說話。

太過專心致志一件事，不在意其他人事物，所以被身旁的人遺忘拋棄——真的值得嗎？

李維修不以為然地聳肩，「那就留給他，先放冰箱，學長你要記得幫他拿去二〇一喔。」

「欸！可是他明天星期一滿堂固定不會來二〇一耶。」

「那就後天再給他啊，我記得可以放三、四天吧？雖然會變得不好吃就是了。」

湯鈺齊回到自己房間後，開了遊戲打發時間，卻怎麼也專心不了，彷彿關在冰箱裡的那顆檸檬蛋糕是薛燕斌，孤孤單單，無人過問。

在第三次被敵軍橫掃後，他決定傳訊給薛燕斌。

鈺齊：你在學校嗎？

燕斌：正要去打球。

打球？薛燕斌竟然會從事除了火箭與維持生命以外的活動？這倒讓湯鈺齊產生了無限好奇，所以他的手指又不聽話了。

鈺齊：那我可以順路去找你嗎？

湯鈺齊帶上檸檬蛋糕，一點也不順路地專程前往T大，停好機車後，看著手機上T大的地圖，總算找到籃球場。

有六個標準比賽場地的籃球場上，每個籃框都有人在奮力投球，湯鈺齊卻不花工夫地立即發現薛燕斌的行蹤。因為他一個人就占了一個籃框，孤獨地運球，投籃。

「怎麼只有你一個人？」湯鈺齊走到他身後問道。

薛燕斌回頭看到他，露出一貫的禮貌性微笑。

「就我一個人練球啊，」薛燕斌發現湯鈺齊表情微妙，隨即察覺他想問什麼，「別這樣，雖然我習慣一個人吃飯一個人走路，平常還是會跟同學一起打球，只是他們今天剛好沒空。」

湯鈺齊喔了一聲，隨即簡單地說明原委，把手上的檸檬蛋糕交給他。

「幫我謝謝豪豪，也謝謝學長特地拿過來。」

他扯了扯嘴角，「順路而已啦。」

達成任務後，湯鈺齊本想直接回家，恰好有人過來問站著聊天的他們還有沒有要用球場。

「我練完了，給你們用。」

薛燕斌率性地說完，便逕自走到一旁喝水，湯鈺齊錯失了道別的時機，只好跟到他身邊。

未料他喝完水就坐下來休息，還直接拆開檸檬蛋糕，就地享用了起來。

「我沒吃過這個耶，滿好吃的，不會太甜。」

「太好了！不枉費我順路繞進來，不過，沒想到你喜歡打籃球，下次可以約一起打啊。」

湯鈺齊索性坐在他身旁，想說小聊一下再回去好了，卻聽到一個句點式的回答。

「我不喜歡打籃球。」

「蛤？」湯鈺齊還以為自己聽錯，「那你是為了……體育課考試？」

薛燕斌搖搖頭，「不是，只是為了能保持一個運動習慣，剛好籃球比較方便。雖然跑步也可以，但要訓練手眼協調能力的話還是籃球好一點。」

「該不會……也是為了你的航太工程師目標吧？」

「不管目標是什麼，都要保持運動習慣，維持基本體能才能完成吧？」

「也是啦。」

湯鈺齊忽然覺得剛剛李維修講得沒錯，除了薛燕斌的目標，其他東西都入不了他的眼。

「可是……你不喜歡打籃球，還來練球，不會很累嗎？」湯鈺齊問。

「累啊，跟同學打的時候還有趣一點，練些運球、投球之類的基本功又痛苦又無聊。不過，為了達成目的，這是必要過程。」

「因為過程是最重要的？」

薛燕斌一口把剩下的蛋糕吃光，拍了拍手弄掉碎屑後，才否定湯鈺齊的話。

「說過程是最重要的，沒有達成目的也沒關係，因為我們已經在過程得到最重要的東西了……我覺得這些都只是安慰劑。事實就是，一切的努力跟忍耐就是為了目標，你沒有成功走到目的地，你沒有成為你想成為的人，努力的過程就是沒用。」

湯鈺齊感受到一股彷若靈魂被抽離般的震撼，他知道薛燕斌為了目標專心致志，但從沒有想過他如此看重結果。

「這也太功利主義了吧！照你這麼說，那些沒成功的人都是廢人嗎？」

「我可沒這麼說喔，我是說努力就是為了目標，反過來說，沒有或是放棄目標，就不用努力了。」

「那不是很好嗎？不用努力。」

「可能有人覺得很好，但我覺得，沒有目標地活著，比努力時的乏味還無聊一百倍。」

面對如此強烈的價值觀，湯鈺齊猶在腦袋風暴中，無法一言斷定認可或不認可，不過，這也讓他終於能問出那個他一直想問的問題。

「你為什麼想當航太工程師？」

湯鈺齊原本預想薛燕斌會滔滔不絕地講一個小時，可是他聽到這個問題時，表情竟瞬間一皺，像是吃到什麼特別難吃的東西。

「我真的很討厭別人問我這一題。」

湯鈺齊才剛要說不想回答也沒關係的時候，薛燕斌便像是自言自語抱怨般開口。

「大家都期待我有一個很厲害、足以拍電影的勵志故事，但是我沒有啊，我只是單純喜歡各種運輸工具與機械結構、我想要研究大型運輸工具；之所以設定是火箭，是因為火車的話，已有兩百年的歷史，能再開發的東西不多。」

「那輪船呢？夠大了吧。」

薛燕斌扁了扁嘴後說：「我學不會游泳。」

湯鈺齊忍俊不住，「所以就往太空去了？」

「反正大家沒有氧氣都活不了嘛，太空是平等的。還有另一個點就是……我爸爸以前跟我一起做過水火箭，很有趣很好玩。」

當薛燕斌提起與父親的回憶時，表情瞬間變得柔和，湯鈺齊心想，這對薛燕斌來說一定也是個重要的理由吧。

「就只有這樣，沒有什麼特別的故事，沒辦法拍《十月的天空》[1]。」

---

1 《十月的天空》（October Sky）是一部一九九九年上映的美國電影，改編自真人真事以及小說《火箭男孩》。故事描述航太工程師Homer Hadley Hickam, Jr.兒時在煤林鎮製作火箭的故事。

「那是什麼？」

「一部小男孩夢想做火箭的電影。」

「那不就是你嗎。」湯鈺齊大笑。

「才不是，我的故事又不特別。」

「不，」湯鈺齊站起身，「你真的很特別，沒有人可以因為這樣一個單純的理由，堅持目標成這樣。」

「真的沒有其他人像我一樣嗎？」

薛燕斌仰望著湯鈺齊反問時，那真誠的目光看進了他的心中，就像看見了當年那個為了奧數第一名而努力不懈的湯鈺齊，每天乏味地做練習題，吃飯睡覺上廁所都只想著數學，人生只剩下數學。

湯鈺齊深吸口氣後才回答，「對，真的，才不會有人跟你一樣！」

爆發 3

那天晚上范姜豪連自己是怎麼回到公寓的都不知道。

唯一有稀薄印象的是，李維修跟湯鈺齊兩人本來開口想問什麼，但看到他的表情後就什麼也沒說了，連隔天早上八點有課也沒叫他起床，「好心地」讓他睡過頭蹺了課。

范姜豪九點多醒來後就睡不著了，滑開手機，猶豫了一下，還是點進社群網站，透過班上同學的頁面東連西連，總算找到譚雅筑的頁面。

他翻找了一下，除了機械系大學生活外，譚雅筑沒有上傳什麼更私人的照片，他把每一則留言包含朋友的回覆都看了，沒讀出她有任何交往對象的跡象。

他回到自己的頁面上，點開那張置頂的「大學必做的十件事情」列表，其中一項是「交女朋友」。

本來這個目標好像有所進展，但現在看起來卻是退回原點，說沒有遺憾或難受是不可能的，但又好像跟「失戀」不太一樣。他沒有戀愛過，當然也不知道失戀是什麼感覺，一切都是自己的猜測與想像罷了。

失去從來沒有得到過的東西，像是爸爸逕自決定他的未來就是當公務員，把他從來沒有過的夢想直接劃掉。

覺得難受，卻又沒有立場去悲傷，心靈空虛，卻又不知是為了什麼而哀悼。

下午范姜豪本來想去學校上課，至少有事做可以不會那麼難受，但他連起床的動力都提不出來，像煎魚般在床上翻來覆去後卻也睡過了中午，索性就蹺了一整天，找別的事來轉移注意力，直到室友們回家。

「豪豪，」李維修輕敲了下門，「我們有幫你外帶你愛吃的那家牛肉麵喔，你現在要吃——」

他的話還沒說完，門就倏地敞開，范姜豪以大大的笑臉迎向他。

「要，我現在就要吃！」

李維修瞄了眼他身後筆電裡的射擊電玩畫面，還聽得見從桌上耳罩式耳機裡傳來的陣陣槍響跟爆炸聲。

「你恢復得……還真快。」

范姜豪已越過他走向客廳，沒聽清楚他在說什麼。

「什麼？」

「沒事！快吃吧！」

晚餐時范姜豪就跟平常一樣，沒人再提起這個話題。范姜豪知道李維修雖然平常會講些機車的話，但是，該體貼的時候，他絕對不會落井下石。

范姜豪心想，再找個時機跟李維修說聲，其實他沒有什麼事，不然讓他們擔心也不好。

另一個得解釋的是譚雅筑，昨天他莫名其妙的行動應該嚇死她跟她的……女朋友了吧。

他們本來就約好明天下午要在二〇一實驗室做推力測試，范姜豪盤算著如果那時候沒有別人的話就好好跟她講清楚，未料吃完晚餐後沒多久，就在群組裡看到這條訊息：

雅筑：明天我跟豪豪要做推力測試，我看了一下實驗室之前留下來的推力臺滿重的，可以麻煩有空的人來幫忙嗎？

還留在客廳的李維修跟宋一新也看到訊息，兩人皆望向范姜豪。

「我一個人應該也搬得動啦。」范姜豪笑道。

李維修搭上他的肩，「別逞強，那個臺子怎麼看都要兩個人搬吧。」

「我剛好明天下午不用打工，也想看看推力測試。」宋一新說。

結果到了隔天下午，火箭小組的人全到，連薛燕斌都過來了，譚雅筑也覺得很意外。

「那就大家一起來弄吧，你們先把測試臺架起來，我來準備燃料。」

范姜豪挽起袖子，跟在譚雅筑身旁要一起炒糖時，她卻頭也沒回地道：

「你去幫他們弄吧。」

「咦？可是——」

「我昨天過來把要用的硝糖都炒好、凝固好了，只剩下組裝上去而已。」

范姜豪應了一聲，沒再多想地加入苦力小組。

推力測試臺與到時火箭要發射的發射架不同，只需將火箭的推力系統固定在厚重的鐵板上，點火測試即可。發射架的話則需要簡易的拆裝設計，屆時要在校外發射測試時使用，還有角度、穩定度以及是否會阻礙發射等等考量。

「這不用搬去外面或去工廠測試嗎？還是要點火吧？」范姜豪問。

譚雅筑依舊沒有回頭，語調平淡地說：「今天要測試的一樣是小尺寸的，推力測試臺又那麼重，應該沒問題。」

「可是——」

「你如果擔心的話，就去拿水桶裝個水在旁邊備用吧。」她側過頭跟薛燕斌說：「豪豪，連之前我要切硝糖都叫我出去外面切。」

不過，她挑錯了抱怨兼開玩笑的對象，薛燕斌並未應和她的話，反而抱胸思索。

「如果能在外面測試當然比較好，但是你們學校不用申請嗎？這個測試臺也不小，還會冒火花……應該很引人注目吧？」

湯鈺齊用拳頭擊掌，「對耶，學校裡都不能放鞭炮了……。」

「總之，要今天測試的話就只能在實驗室裡做了吧。」譚雅筑終於轉過身來，目光始終沒在范姜豪身上停留，「我已經弄好囉，可以裝上去了。」

話都說到這份上了，范姜豪也沒強硬反對的理由，而且，他覺得譚雅筑今天心情特別不好，也特別針對他，應該是跟昨天的事有關吧。他想著，等下實驗結束後再私下跟她談談。

眾人把裝好燃料的小尺寸火箭推進器裝上測試臺固定，范姜豪跟李維修都各提了桶水備用，湯鈺齊跟辞燕斌架好手機準備攝影，宋一新沒被分配到工作，站在稍遠處好整以暇地觀看實驗。

「那要點燃囉，五、四、三……。」

譚雅筑習慣性地開始倒數時，范姜豪抽離地想起之前查過的火箭冷知識，原本要拿來跟譚雅筑聊天當話題的，看來之後也不會用到了。

據說，火箭發射前的倒數並非NASA原創，而是受一部一九二九的德國科幻電影《月球上的女人》（Frau imMond）所啟發。電影中倒數橋段為增加發射時的戲劇張力而設計的情節。NASA的專家認為此倒數設計十分科學，簡單準確且清楚表達了離發射的時間逐漸減少，可以讓工作人員集中注意力，依照事先設定的時間表執行倒數程序，還可以讓在家中觀看的民眾產生緊張的懸念。

可能是他主觀覺得實驗室氣氛不好的關係，今天的倒數特別讓他焦躁難耐，心中有股隱隱作祟的不安。

開始製作火箭後，范姜豪為了跟譚雅筑有話聊，看了很多太空相關的電影跟紀錄片，皆大歡喜結局及成功的案例當然占大多數。然而，令他最印象深刻的，卻是美國挑戰者號[1]的紀錄片，那是一起嚴重的太空船發射意外。

當這件日後被稱為「二〇一意外」，還變成C大環安教育課的範例事故發生時，范姜豪第一時間想到的事情是，在挑戰者號紀錄片中，參與發射決策的人員皆主張，事故會發生是源於決策程序缺陷，而這件事本來可以避免，太空船不會被炸掉，那些太空人不會犧牲。

「二、一，點燃。」

火花順著引信前進，抵達裝有硝糖的燃料筒後迅速產生化學反應，理應從筒尾噴出的那些動能，卻化為一場惡夢般的爆炸。

■

爆炸發生時，李維修在第一時間根本沒辦法反應。

眼前只看到一團火焰，隨即有許多細小的碎片彈開，緊接著是低沉的撞擊聲衝擊耳膜，應該是有什麼東西撞上了什麼東西。

茫然片刻之後，李維修想起小時候工廠失火的事件，那時的他連通知大人、打電話叫消防隊都不會，只自顧自地跑回家，龜縮在棉被裡，等待恐懼如被風吹過的煙霧般散去。

有過一次經驗後他現在知道了，逃避的事只會變成傷口裡的釘刺，永遠在傷口裡隱隱生痛，阻礙他的腳步，影響人生的任何決定。

這次不能再逃避了，總之先確認狀況，做自己能做的。

李維修的五感亦在此時恢復，眼睛有點辣，鼻子聞到燃燒味，雖然耳朵還嗡嗡作響，但還不算礙事。他站得離測試臺較遠，所以身體只是踉蹌一下並未跌倒，但手裡的水桶倒了，只剩不到半桶水。

眼前測試臺上還看得到些微火星跟大片煙霧，他立刻用那半桶水往那邊潑，隨著火星熄滅，聽到過熱金屬急速冷卻的嘶嘶作響聲，心中的大石也放了一半下來。他想著，感覺事情好像並沒有想像中那麼嚴重。

1 「挑戰者號」太空梭災難是在一九八六年一月二十八日發生的美國載人太空飛行專案重大致命事故。右側固態推進器的O型環因天冷失去彈性，密封不完全，導致高壓氣體洩漏，「挑戰者號」太空梭於起飛七十三秒後在高空一萬公尺解體，七名太空人全數遇難，NASA亦因此暫停太空任務兩年。

這時，離他最近的宋一新撐著地板站起，「咳咳，阿修！」

「你沒事吧？」

他揮了揮手，「我沒事，你快去看雅筑！」

李維修這才驚覺譚雅筑離測試臺最近，也是最危險的人。

他趕緊走向前，看到范姜豪扶著譚雅筑，兩人看起來都好好的，鬆了口氣的同時，也望向他們兩人呆然注視的地方。

小尺寸火箭推進器已不復原貌，看得出來它點燃後直接爆炸往前衝，撞向二〇一實驗室的牆壁，上方玻璃窗碎了一半，混凝土牆也撞出一個直徑約他的手臂那麼長的洞，深度看得到裡面的鋼筋。整個洞跟殘骸被水潑濕過，李維修心想應該是拿著另一桶水的范姜豪潑的。

他再環顧現場，雖然已經沒有火苗，為以防萬一，正想著要不要再去拿桶水進來時——

「你們沒事吧！」

機械系的流體力學教授拿著滅火器跑進來，他是個高齡六十歲的教授，平常上課講話速度偏慢，在學生間有樹懶教授稱號。

不過，樹懶教授今天卻化身脫兔，眾人都還沒來得及回應，教授就對事故現場一陣噴射，將二〇一實驗室裡的所有東西都變成白色，還一邊將他們趕出去。

「你們先出去，裡面太危險了！」

六個人到走廊後才發現旁邊機械系辦公室的人，甚至再過去正在教室上課的師生都被這場意外驚擾，走廊上擠滿了人。

系辦助理知道他們借了二〇一在做火箭，急忙拉著他們問發生了什麼事。

原本應該出組長譚雅筑回答，她也是負責推進系統的一員比較清楚，但是她還沒從意外的驚嚇中回過神，攙扶著她的范姜豪問她有沒有哪裡受傷好幾次，她都沒有回答，雙眼無神地縮緊身子，最後還靠在走廊牆邊緩緩蹲了下來。

李維修見狀挺身而出，「我們在做硝糖火箭推力實驗，不知道為什麼就爆開來了……。」

「怎麼可以在實驗室裡做那麼危險的實驗呢！」

「我們的劑量很少的，之前測試過也沒有問題——」

系辦助理截斷他的話道：「但點火就是危險啊，你們教授跟助教沒跟你們說嗎？」

李維修與其他人都心虛地低下頭來，他們自知是有些僥倖心態，可是，會炸成這樣實在不合理啊，究竟是哪裡出了問題？

流體力學教授把滅火器用完走出實驗室，跟系辦助理問了一樣的問題，再罵了一次他們。其他被打擾的教授們過來與流體力學教授討論，他們判斷狀況已經穩定，也沒有波及到二〇一實驗室之外與整幢建築物結構，便把學生趕回去上課。

由於譚雅筑的狀況看起來實在不太好，由系辦助理帶她去保健室觀察，其他人則留在實驗室收拾殘局並設法查明原由。

看著牆上那個大洞跟一屋子的狼藉，他們也不知道該怎麼辦才好。

「有人……去通知助教嗎？」范姜豪小聲問道。

「系辦好像有通知了，等下他就會過來看狀況。」

薛燕斌蹲在那個大洞旁邊，像個犯罪現場的鑑識人員般觀察許久，隨即想到他們有拍攝點燃的過程，只是手機不知道跑到哪裡去了。

「我的手機……。」

「對耶！不知道有沒有炸壞……」李維修驚呼，如果沒壞、影片完整的話，那等於是飛機上的黑盒子！

「我打打看好了！」

范姜豪說完便拿出手機按下撥通鍵，清亮單調的鈴聲響起，猶如黑夜中的北極星般帶給他們希望。

宋一新循聲在角落地板雜物後方找到薛燕斌的手機，幾個人緊張地看著他。

「還能用嗎？影片還在嗎？」

「手機都會響，應該能用吧。」

「以後可以宣傳A牌是爆炸後還可以用的手機了。」湯鈺齊苦中作樂地說。

薛燕斌接過手機後操作一下，冷靜地道：「還能用，影片還在，一直在錄。」

大家一起圍觀方才的影片後卻有點失望，影片中譚雅筑正常操作，推進器也好好地固定在測試臺上，其他都如他們體驗到的一樣。點燃後爆炸，鏡頭畫面一陣晃動，最後手機鏡頭朝下地掉在地上，唯一得到的新情報是畫面雖然是黑的，但錄到了流體力學教授邊滅火邊罵學生的聲音。

薛燕斌把影片拉回爆炸時間點，用慢兩倍的速度再看一次後，沉重地開口。

「應該是硝糖劑量錯了。」

他說出口的，亦是其他人心中想說，但不敢說出口的事。

硝糖劑量錯的話，那就是譚雅筑的失誤，她可能在第一時間也想到了，所以心情才會久久無法平復。

「不可能吧，怎麼會弄錯！」范姜豪率先否認，雖然他沒有參與昨天硝糖製作的過程，但是譚雅筑應該不會出錯吧。

「如果不是劑量錯的話，怎麼會炸成這樣？」薛燕斌指著牆上的大洞。

范姜豪一時也想不到其他原因，嚅囁道：「也許還有其他因素，不能就這樣判斷吧！」

湯鈺齊趕緊打圓場：「豪豪說得對，大家還沒查清楚前先別亂說吧。」

「而且，就算真的是硝糖劑量錯了，也不能全怪在組長身上吧，身為同一組的大家都有責任。」李維修說。

大家不置可否地低下頭，就在這時，助教跟吳教授匆匆趕到，快步走進二〇一實驗室。

「系辦通知我說二〇一爆炸，嚇死我了。你們都沒事吧？無代誌厚（沒事吧）？有沒有哪裡受傷？哪裡痛？」

跑著過來的吳教授滿頭大汗，第一時間先關心學生的安危而不是責罵，讓大家有點欣慰。

李維修向他們兩人解釋目前狀況，並說明組長譚雅筑人沒事，只是有點嚇到，現在在保健室。助教跟吳教授了解之後，也跟剛剛薛燕斌的動作一樣，蹲在那個大洞前研究許久。

「這麼大洞喔，害呀（糟了）。」吳教授搖頭道。

「應該要通報學校吧？」

「系辦應該會講吧，他們最會把事情推得一乾二淨。」

「課程會影響嗎？」

「不知道餒。」

兩人又交談了幾句後站起身，吳教授環視著他們，而他們只能像做錯事的小學生般不斷縮著身軀，希望自己能小到不見、小到消失。

忽地，吳教授咧嘴一笑，「做實驗哪有不失敗的，你們大家沒事就好。只是，失敗的原因我們還是要查清楚，不是要怪罪誰喔，而是要避免下次的失敗。」

大忙人吳教授待會還有事情，指示助教留下來善後便離開了。

助教先是看了他們的硝糖劑量表，也覺得應該沒有問題，除非是操作者調錯。

「組長那邊我會再找她問問，我們先收拾實驗室吧……這滅火器的粉還噴得到處都是。」

湯鈺齊說明流體力學教授方才的「英姿」，連助教都有點意外。

大家一起打掃爆炸後的二〇一實驗室，中間吃過晚餐後回來繼續奮戰，除了無法修復的牆上的洞之外，大部分的東西都沒有受到太大損害。不過，在晚餐的時候，助教仍憂心地透露出不安。

「我們之前在工廠也炸過一次，還炸壞了機器，所以才會跟工廠關係這麼差。

「系上其實不太支持吳教授的課，你們也知道，火箭在臺灣能實用的機會太低了。吳教授只好拚命跟政府還有校外拉些資源。」

「這次之後，不知道系上會有什麼懲處……？」

「不會處罰到學生啦，你們放心，你們平平安安，教授就很高興了。」

由於譚雅筑可能是整起爆炸的主因，再加上助教這一席話，大家的士氣低到不能再低落。

他們心上都破了一個像二〇一牆上那麼大的洞。

訪談V

記者聽見「爆炸」兩字就像是看到方糖的螞蟻，興奮地急衝上前咬下餌食。不過，在教授解釋二〇一實驗室爆炸的經過後，她體內的血清素卻迅速消退，恢復冷靜。

「其實這不算爆炸吧？只是個小意外。」記者輕笑，她剛剛快速搜尋了一下新聞，也沒找到當年的報導。

「現在回想起來，真的是個小意外，但是，對於還沒出社會、可能從小到大沒有什麼失敗經驗的臺灣學生們來說……」教授不好意思地輕咳幾聲，「我們學校至少算是臺灣前四名大學內，很多學生從小成績就很好、家境也不錯，可以巧妙地迴避很多失敗機會。」

「教授認為失敗是一種機會嗎？」

「如同我剛剛所說，失敗不是壞事。當然大家做事情不會追求失敗，但我覺得要意識到『這是有可能失敗』的事。特別是走航太方面的話，失敗更是家常便飯，不一定是發射失敗、合作溝通失敗、申請經費失敗、走不出自己心魔的失敗……都是有可能的。」

「那麼當年那次失敗帶給你們團隊很大的打擊嗎？」

「非常大，直接讓我們少了兩個成員。」

「兩個？」

「他們的中途退出都是合情合理的，反倒是繼續做下去的我們比較沒有正當性。」

「正當性？難道是指……？」

教授似乎發現自己差點講了什麼不該講的話，趕忙話鋒一轉。

「那次失敗經驗讓我學到了很多，特別重要的是，如果沒有強烈外力要求你去完成某件事情，但你依然想完成的話，那就是你可以長久持續做下去的事。」

解體 1

爆炸事件發生後，火箭小組除了盡量將二〇一實驗室恢復原狀外，沒有任何進度，甚至可以說是進度倒退，因為放在實驗室裡有些做好的成品受到波及無法使用。

除此之外，火箭小組的通訊軟體群組彷彿被靜音似的，最後一則訊息是當天晚上，范姜豪發訊問譚雅筑的狀況如何，已讀人數不算他自己也一直停留在四，表示她一直沒看訊息。

之後幾天，機械系的必修課上也沒看到譚雅筑的身影，他們詢問跟譚雅筑同宿的女同學，才得知她這幾大請假回家休息了。大家猶豫了半天，決定暫時不打擾組長，讓她好好休息。

火箭課的另一組成員得知意外後，來向他們詢問詳情。

「助教叫我們先停工，不要繼續做下去了，你們知道嗎？」

李維修、未一新與范姜豪三人互望，心裡的不安漸漸成形。

時間很快到了星期五火箭實作課，助教走進教室時腳步虛浮，這幾天也不好過，身形原本就單薄沒什麼存在感的他，現在變得更瘦弱，只要電扇開強一點就會被吹走的樣子。

他站在講臺上，先是嘆了口無聲的氣，隨後才緩緩開口。

「星期二在二〇一發生的事，大家應該都知道了，我這邊就只說重點。學校那邊指示這堂課的所有人要再補上『實驗場所環境安全衛生講習課程』。」

臺下頓時怨聲載道，助教舉起右手表示收到大家的抱怨了。

「對，就是你們大一上過的那個，好消息是可以看線上課補時數給我就行。還有另外一件比較重要的事情是，這門課的火箭實作被校方暫時停止了，所以我們從今天這堂課開始改為理論課程。」

助教此話一出引來臺下更多雜聲，有驚訝的、可惜的、鬆了口氣的、高興的、五味雜陳的，幾乎各種表情都能在此搜集全套。

李維修高舉右手請求發言，待助教點了點頭後開口。

「這是暫時的，還是到學期末都不能實作了？」

「校方那邊說是暫時的，不過大家也知道我們實作課的時間本來就不夠，能在學期末做完就很厲害了，」助教扶了扶眼鏡再道：「所以，這命令也等於是叫我們不用做的意思了。其他還有什麼問題嗎？」

當助教在回答其他人有關成績要改成考試還是繳報告之類的事情時，李維修難掩失望地癱在座位上，范姜豪跟薛燕斌也受到一定程度的打擊，默默不發一語。

「學校會這樣決定不太意外。」宋一新淡淡地道：「雖然意外不大，但還是出了意外。」

李維修煩躁地抓了抓頭，不得不同意對方的看法，「也是啦。」

「大家轉念想想，接下來改成理論課，又只要繳報告就能拿學分，不好嗎？」湯鈺齊笑著打圓場，卻沒人應和，他只好把目光投向宋一新尋求認同。

「忽然變成『涼課』當然是很好，但這種做事做一半的不爽快感也挺討厭的，我好不容易從這之中找到一點樂趣。」

「沒錯！」李維修聞言緊抓著宋一新的手臂，「漸入佳境的時候卻被阻止，不爽快啊！」

「但這也沒辦法啊，學校都禁止了。」湯鈺齊雙手一攤，「有時候就是要習慣這種事。」

「聽起來，學長好像很有心得。」

李維修調侃的話意外刺中湯鈺齊的弱處，但他畢竟虛長學弟們幾歲，打哈哈地帶了過去。

「是啊，大家都叫我半途而廢之王。」

「這也能稱王嗎？怎麼計算功績的？」宋一新異常認真地問。

「你如果想知道的話，我可以一件件數給你聽——」

湯鈺齊的垃圾話說到一半，臺上助教忽然朗聲的發言引起大家注意。

「二〇一實驗室會在明天關閉整修，如果有東西還留在那邊的話，今天要記得去拿，各組負責人要把鑰匙交還系辦。」

助教一宣布今天的課提早下課後，范姜豪就衝上去堵助教。

「助教，意外爆炸的原因你們認為是劑量調錯嗎？」

助教不置可否地看著他，「教授都說了，沒人受傷就好。」

「教授也說了，要查清楚失敗的原因，避免下次的失敗。」雖然，范姜豪想追究原因是因為另一個理由。

「可是，都不用實作了，你們也不會有下次失敗的機會了。」

助教說完後便留下愣在原地的范姜豪離開了。

■

提早下課後，他們一同到二〇一實驗室帶走遺留的物品。

李維修看著那些做到一半的火箭成品發愣，實在不知道該丟還是不該丟，費了心思縫製的降落傘，就像小時候認真做過的美術勞作品一樣，放著也沒有用，丟了又覺得心疼。

宋一新見李維修猶豫老半天，便一把抓過來，全都塞進黑色大垃圾袋裡，還覷了他一下。

「難道你要留著當傳家寶嗎？」

「也是啦，總不能自己偷偷做火箭吧——」李維修話說到一半，突然覺得自己好像提出了一個不錯的點子，雙眼倏地發亮，「對耶！為什麼不能自己做火箭？」

宋一新用招牌白眼瞪他，「因為學校禁止我們做，要自己做的話，沒錢、沒空間、沒時間。而且，你是真的做火箭做出興趣來了啊？」

「也不是像阿斌當成畢生志願那樣有興趣，就是覺得這件事——」

李維修這時才發現薛燕斌不在實驗室裡，環顧了室內一圈，就連學長也不知道跑哪去了。

「阿斌跟學長呢？」他問道。

「他們那邊好像沒有什麼東西要收拾的，剛剛就離開了。」范姜豪道。

「欸，要走怎麼也不講一聲啊，真不夠意思……。」

「我們也趕快收一收閃人吧。」

宋一新沒打算附和李維修天馬行空的想法，倒是一旁的范姜豪停下手來，直盯著炒糖的器具，再搭配剛剛李維修的話，心裡亦升起一股念頭。

「雖然我沒有很堅持想做火箭，但是……我覺得至少要再做一次實驗，確認是不是劑量有問題。」

李維修隨即認同地大力點頭，「沒錯！為了組長的名聲。」

「你也不覺得是她弄錯劑量嗎？」范姜豪驚呼。

李維修仰頭思索，「我覺得，她不像是那麼粗心大意的人，也知道這弄錯就很危險……。」

「但是，結果如何還是要實驗後才知道。」

宋一新見這兩人熱血衝腦，冷靜地勸說道：「已經不能用實驗室了，你們要在哪做？總不能在公寓做吧？」

「炒糖可以把加熱板拿回去，在頂樓那邊炒。」

「要點火測試的話就去宿舍後面的烤肉區，那邊空曠又沒有建築物。」

李維修跟范姜豪一搭一唱地試圖說服宋一新，他長嘆了口氣。

「這次應該不會出事吧？」

「我們會看完『實驗場所環境安全衛生講習課程』再做的。」李維修露齒一笑。

「最好那個有用，」宋一新嘴上雖抱怨著，卻也被這主意打動了一點，「如果只要做一次實驗就能得到真相的話……。」

「你也加入嗎？」兩人異口同聲地道。

宋一新還在猶豫，這個測試實驗其實是個雙面刃。

「但是，你們有沒有想過實驗不會如我們所願，這也有可能證明真的是劑量出了問題，到時，你們會跟教授和助教實話實說嗎？還有，你會跟譚雅筑說嗎？」

「我會。」

兩人詫異地看著范姜豪，他們皆以為范姜豪對譚雅筑有好感，可能會維護她到底。

他接著說：「不管結果是怎樣我都會講。」

「你不怕她因此更大受打擊嗎？」李維修問。

「如果實驗結果真是她出錯的話……也許會很難受。可是，我覺得如果是我，就算有可能是我出錯，還是想要知道到底是什麼引發的爆炸；我覺得，她應該也是這麼想的吧。」

李維修聽了這番話後，搭上范姜豪的肩，幾乎要把全身的重量壓在他身上，范姜豪因此發出哀叫聲。

「你是在帥幾點的啊！差點就要愛上你了。」

「你先從我身上下來再說啦！」

■

「薛燕斌！」

湯鈺齊在系館附近叫住剛離開的薛燕斌，他注意到薛燕斌從今天進教室、到剛剛悄悄離開二〇一實驗室都未發一語，實在是太奇怪，他便追了上來。

背著背包的薛燕斌緩緩轉身，即使看到湯鈺齊也沒作出任何表情。

「你、你……要回去了喔？」湯鈺齊一時之間反而不知道要問什麼，用扭曲不自然的表情硬是擠出一句廢話。

薛燕斌冷淡地點點頭，湯鈺齊本以為他會沉默地離開，沒想到對方抿了抿嘴脣後開口。

「我應該不會再來上課了。」

「咦？為什麼？」

他話說出口才發現自己又講了句廢話，薛燕斌跨校選修的目的就是為了實作火箭，如今這件事泡湯了，還特地過來上課的話對薛燕斌來說確實是浪費時間。

可是——

「因為沒辦法做火箭的關係嗎？你覺得來這邊沒有用了？」

薛燕斌誠實地說：「對。而且，這門課本來就跟我的學分沒關係。」

「咦？所以你其實算是旁聽生？」

「是，那時候外校學生要加簽得直接去找吳教授，吳教授知道我只是想參與實作後，叫我旁聽就好，說這樣也省麻煩。」他此時終於露出其他的表情，扯了下嘴角笑道：「現在確實省了不少麻煩。」

看著始終如一、忠於自我目標的薛燕斌，湯鈺齊的胸口有股難以形容的鬱悶，覺得他們好像就這麼被拋下了，但是薛燕斌並沒有變，的確，他沒必要陪著他們上課到最後。

「學長找我有什麼事嗎？」

恰巧李維修在這時打電話給湯鈺齊，問他跑哪去了要不要一起回家，還多嘴地快速講了一下他們剛剛三人決定要做的實驗。

「我在附近啦，等下就回二〇一了……嗯嗯，咦？喔，了解，我知道了。等等，我問一下燕斌。」湯鈺齊掛斷電話後，抬頭問薛燕斌，「他們說想要再做一次硝糖實驗，看是不是劑量出錯。你要跟我們一起做嗎？」

薛燕斌聞言搖了搖頭，「只是單純的硝糖實驗的話，我沒有興趣。」

「你不好奇爆炸的原因嗎？」

「有點好奇，不過應該八成跟劑量有關係吧。」

「那我們就一起再做一次看看啊。」

薛燕斌聳了聳肩，「就算弄清楚原因了，也不能再實作了啊。」

「你這個人……是不是只要跟你的目的無關，你就不想參與啊？」

「對啊。」

見對方回答得乾脆，湯鈺齊反而一句反駁的話也說不出來，就這樣話別薛燕斌，回到二〇一實驗室。

向其他三人說了薛燕斌之後不來上課，跟他聽到要再做實驗的反應之後，他們倒不是太過意外。

「他感覺就是這種人耶——」范姜豪道。

「可能就是要像他這樣，排除其他事情，只做跟目標相關的事，才會成功吧。」宋一新說。

「那我應該永遠都不會成功吧。」湯鈺齊悠悠地道。

「學長的話，只是沒有心想做吧？」李維修笑道：「你只要不半途而廢就會成功。」

「如果成功得像薛燕斌那樣的話，我寧可不要。」

「我懂我懂，阿斌不來join，太沒義氣了。」

「他確實也沒加入的道理啦。」宋一新幫薛燕斌說話，「他才認識我們沒多久，又不同校，而且就算沒他，我們還是能做實驗。」

「但他還是不夠意思。」李維修撇撇嘴。

「這我不否認。」宋一新笑著說。

四人決定要再做一次硝糖實驗之後，便把相關道具打包起來帶走。

裝了其他東西的黑色大垃圾袋有兩個，李維修借了推車過來，說自己推去垃圾場就好，要他們三人先拿東西回去。

目送三人離開後，李維修放心地推著推車往社團大樓的方向前進。

解體 2

週末，四人在公寓樓頂做了一次硝糖燃料，雖然沒辦法在二〇一實驗室實地進行，他們仍盡量保持控制變因，所使用的道具都是從二〇一實驗室拿過來的，包含加熱盤、鍋鏟、硝酸鉀、山梨醇等必備材料。

「這罐硝酸鉀是從二〇一拿過來的嗎？」范姜豪拿起硝酸鉀罐子覺得奇怪，跟平常使用的那罐重量與外觀都不太一樣。

「對啊，我看另一罐是空的就丟了，拿了旁邊這罐，怎麼了嗎？」

「沒事，那應該是雅筑開了新的吧。」

范姜豪已有多次製作硝糖的經驗，炒糖時架勢宛若大廚，一時之間頂樓糖香四溢，連隔壁的鄰居晒棉被時都詢問他們在做什麼，他們只能四兩撥千金地說在做「學校作業」。

隨後，他們順利地把糖炒好，裝上引信，凝固成形，帶去學校實驗。

因為二〇一事件的關係，四人擔心太高調會節外生枝，便選在天黑後偷偷摸摸地到宿舍區後方空地試燃。當然，所有的安全措施都做到頂級規格，李維修甚至不知道去哪裡弄來了一罐滅火器。

這次實驗沒有把硝糖裝進火箭燃料筒裡，也沒有裝在推力測試臺上，單純點燃硝糖測試它的威力如何。因為譚雅筑跟范姜豪之前做過一樣的實驗，如果今天的實驗結果跟他們曾做過的相同，就有可能是弄錯了劑量。若是不同，則表示在相同劑量下，有其他原因導致威力過強。

他們搬來一些石頭架高些，並用紅磚塊固定硝糖，還用石頭圍了兩、三圈，準備好水桶及滅火器，以及手機攝影，萬事周全後，范姜豪自願去點燃引信。

他不像譚雅筑一樣倒數計時，只簡單地朝後方招呼一聲便點燃，並立即跑到後方稍遠處。

讓大家振奮的一刻發生了，硝糖燒得無比旺盛，噴出的火焰驚人地高，並產生不少煙灰，還好附近並沒有其他人，不然一定會被關切。

范姜豪見狀竟有點興奮，他想起兒時參加夏令營曾升起的營火，當時是小朋友單純被巨大的營火火光的魅力吸引，但這次這個大火，卻是希望之火。

明明劑量一樣，卻跟他們之前做過的實驗不同，與二〇一事件的狀況相同，雖然還無法完全判定譚雅筑沒有過失，但至少她沒弄錯最重要的劑量。

宋一新用手摀著口鼻，避免煙霧直嗆鼻喉，他靠近李維修問道：「要滅掉了嗎？」

「應該快燒完了，再等一下。」

結果硝糖燒得比他們想像中的還久，潑完水熄滅後，紅磚塊跟附近一些石頭都被燒成黑色，空氣中殘留著燃燒後的味道與溫度，四人以此為中心圍成一圈，大家的臉上都被烤得有些燥熱。

「好了，我們成功把事情變得複雜了！」湯鈺齊拍了拍手看向其他三人，「應該可以確定不是劑量的問題，那會是什麼問題？」

「硝糖實驗很單純，劑量一樣，引信一樣，環境變因一樣，結果卻不一樣的話，那不是糖出錯，就是硝酸鉀出錯了。」宋一新歪頭道。

「那個……其實我有個假設，」范姜豪緩緩舉起右手，「硝酸鉀放太久會不會過期啊？」

他左思右想，唯一跟之前狀況不一樣的，就是譚雅筑開了一罐新的硝酸鉀，而他們這次也用那罐，他記得本來用的那罐是放在二〇一的鐵櫃裡的，也不知道放多久了……。

「原來硝酸鉀也有保存期限啊？」李維修問。

「就是不知道才問大家。」

翌日，他們決定把實驗結果告訴助教，雖然可能免不了會被罵，但至少有助於解開二〇一事件的原由。

沒想到助教對於真相的探索大過了他們又私下做實驗的追究，驚呼這可能是爆炸的原因。

「二〇一裡的那罐硝酸鉀從我有印象就放在那邊了，如果你們之前都用那罐硝酸鉀做，並計算劑量的話……不，還是要實驗看看才知道，得先去找一罐放了很久的硝酸鉀才行。」

助教詢問了在讀碩士班的化學系朋友，對方一聽原由就說：「這有什麼好實驗的，硝酸鉀放太久過期啦，氧化反應本來就比新開的弱。」

不過助教還是堅持要測試看看，化學系朋友這才勉為其難地找到一罐過期的硝酸鉀給他。他們各挖一勺加熱後測試，新的硝酸鉀反應又快又劇烈，結果證明了范姜豪的猜想。

「這下子找到原因了。」助教呼了口氣，也像是吐出了這段時間的悶氣。

李維修高興地道：「那我們可以繼續做火箭了嗎？」

助教聞言微愣，「這件事沒那麼簡單……。」

「對學校來說，發生意外是大事，不可能那麼快就收回成命。」宋一新幫助教道。

「可是都已經知道事發原因了——」

「學校也可以說是我們不當管理化學藥劑導致意外發生啊。」

李維修因無法反駁宋一新而煩躁地抓了抓頭，一旁的范姜豪倒還是很高興，抓著手機打了一長串訊息發在群組裡，說明他們已經找到意外原因了。

在他興奮地打字發訊息時，助教又帶來另一個惡耗。

「你們後來跟譚雅筑有聯絡嗎？」

「沒有，她好像請假回家了，助教，怎麼了嗎？」李維修問。

「因為她之前有問我參加國外火箭比賽的事……。」

李維修敏銳地接著對方的話說：「因為這次事故害她不能參加了嗎？」

對方猜中紅心，讓助教愣了一下，他嘆了口氣再度開口。

「那個比賽要有火箭製作經驗及試射影片或是學校推薦，意外發生後系辦他們拒絕推薦。」

范姜豪停下打字的手指停在空中，「怎麼會？」

「可是我們現在證明了不是她的錯啊！」李維修抗辯道。

助教搖頭，「跟譚雅筑沒關係，之後不管是誰要參加火箭比賽都不會得到推薦。」

「太奇怪了吧！」范姜豪大聲抗議。

宋一新倒很能理解似的，「學校就是這樣，多一事不如少一事。」

真相大白的喜悅隨即被惡耗覆蓋，一直到他們回家前，范姜豪在群組留下的訊息已讀人數還退步了，扣掉他自己停留在三。他們猜想是薛燕斌不再關心這個群組的關係。

范姜豪心想，簡直像是火箭發射倒數一樣，數字一直在減少，指向的目標卻不是令人期待的結果。

■

不用實作火箭後，公寓四人的作息回歸到大學生日常，上課、下課、吃飯、看棒球、猜拳看誰去買宵夜。
雖然先前也只是在這些日常之間夾了個「做火箭」的行程，雖然四人都沒說出來，但拿掉這個行程所帶來的空虛感，在他們每個人的心中都巨大非常。
這天，范姜豪不幸地在四人猜拳大賽中第四十次落敗，垂著肩正要走出門去買宵夜時，被宋一新喚住。
「豪豪，不然我去買好了。」
見他訝異地回頭，宋一新苦笑地補充道：「看你一副很難受的樣子。」
「有嗎？」范姜豪摸了摸臉頰，「沒關係啦，願賭服輸，我去買就好了。」
「豪豪才不是因為輸了才那個臉，他是因為——」
宋一新硬將范姜豪推出門，把李維修的聲音封在大門之後。
「那我們兩個一起去吧，排隊也比較有伴。」
兩人吹著十一月微涼的晚風走到那間位於巷口的鹽酥雞店，生意很好，一如既往地大排長龍，宋一新跟范姜豪說著他最近在研究的二戰冷知識，范姜豪有一搭沒一搭地應和著。
「二戰時期也是火箭技術發展最迅速的時候，當然是為了軍事用途，像是聲名大噪的Ｖ２火箭，它是一種長程彈道導彈，能執行三百公里的作戰距離並搭載一千公斤的炸藥彈頭。二戰之後，大家都知道，美國得到一大批德國火箭科學家，讓他們在後來美蘇冷戰的太空競賽中得以載人登月，算是在太空競賽中贏了。以前就知道這段歷史，不過最近再看更有感覺。」

「因為自己實作過火箭了？」范姜豪笑問。

宋一新老實地點頭，「其實真的還滿有趣的，而且可以想像在二戰的時候，他們研發火箭遇到的困難應該難上更多。」

「可能還曾有生命危險。」

「畢竟是研發軍火啊。」

之後兩人又聊了一下冷戰期間太空競賽話題，范姜豪聽了第一隻上太空的動物萊卡[1]的遭遇後耿耿於懷，宋一新則說，萊卡至少是因為科學發展犧牲，小蜜蜂和穆什卡[2]則是因為人類的仇恨而失去生命。

范姜豪每次都對於宋一新身為二戰軍武迷，卻同時又是個譴責戰爭的和平主義者感到認知混亂，而宋一新每次也都不厭其煩地解釋，喜歡軍事歷史、戰爭器械與戰術，跟喜歡戰爭是兩件完全不同的事。喜歡軍事的人將武器、戰術視為一種興趣愛好，並且去了解其技術與威力，

1 萊卡是一隻蘇聯太空犬，是史上最早進入太空的動物之一，也是第一隻進入地球軌道的動物。於一九五七年十一月三日被蘇聯以太空載具史普尼克二號送入太空，並在進入太空後僅數小時因中暑死亡。

2 小蜜蜂和穆什卡皆為蘇聯太空犬，一九六〇年十二月一日乘坐的史普尼克六號因飛行器回收時的電力異常導致軌道偏離。蘇聯為了不讓其他西方國家取得火箭，刻意將其爆破，導致兩隻太空犬殉職。

而且，正因為他們深知這些武器在戰爭上的可怕之處，才更努力地避免戰爭發生。

兩人邊聊著，隨著排隊的隊伍前進，前面只剩三組客人。

宋一新忽地笑道：「現在想想，當初譚雅筑還嗆我只想做對自己有利的事、只想當個平凡的工程師不覺得無聊嗎？」

「那你現在試過了，覺得如何？」

「認真算起來，還是浪費時間啊，」宋一新扳著手指道：「做了一堆無意義的事情，製造一堆垃圾，還發生爆炸，搞不好還會被學校列黑名單。」

「咦？我們是黑名單了嗎？」

「如果我是系辦助理的話，一定會記住這幾個學生的名字。」

「呃——所以你後悔跟我們修這門課嗎？」

他抿了抿嘴，面露複雜的表情，不像高興也不是難過。

「這很難形容，可能人生就是需要這樣的經驗，但是再給我一次機會選擇，我可能會拒絕……啊，就像之前聽我當過兵的堂哥講的一樣，『如果有人要花錢買我的當兵經驗我不會賣，但是叫我再當一次兵，我也死都不要』。」

「好像有點懂……又有點不太懂。」

「可能等我們當了兵就會更懂——」宋一新話說一半忽然頓住，指著對街站在飲料店前的女生，「那個……是不是譚雅筑啊？」

范姜豪倏地回望確認，確實是譚雅筑沒錯，讓他更確定的是，譚雅筑身邊還站著那晚跟她在一起的女生。

他的大腦還沒思考前，嘴巴跟腳就先行動了。

「新一，鹽酥雞拜託你買一下，我去找她！」

范姜豪話音方落，便趁著兩邊沒車，違規穿越馬路跑到飲料店去了。

■

「雅……組長！」

范姜豪叫住譚雅筑時，臨時煞車換了個叫法，連他自己也不知道為什麼，可能跟譚雅筑旁邊的女生比她還要早發現自己的出現有關係。

譚雅筑正喝著剛買的手搖飲料，小巧的嘴巴在詫異中鬆開了胖胖的粗吸管，隱約還看得到有一顆未入口的珍珠沿著管身滑落，就像是她的心情。

「妳還好嗎？妳回學校了嗎？妳有看群組裡的訊息嗎？我們都很擔心妳。」

范姜豪連珠砲似的講了一堆問題，聽在譚雅筑耳裡，這些話卻不像關心，反倒像是打在她身上的機關槍子彈。

譚雅筑被震得退了幾步後轉身想逃走，卻被她身旁的女生拉住了手。

兩人似乎正用眼神交談，譚雅筑像認輸般，不得不正對范姜豪的臉，但她的思考卻猶如網頁Loading似的停頓得比想像中還要久，最後才終於讀取完畢，緩緩開口。

「不……不要管我！」

這時譚雅筑甩開那個女生的手往前走了幾步，對方向范姜豪露出個尷尬的表情，隨即追上譚雅筑，兩人說了一段話後，終於達成協議似的返回范姜豪跟前。

「後面有個小公園，我們去那邊講吧。」

范姜豪跟在她們身後穿越幾個小巷，他才知道這邊有個小公園。

譚雅筑在長椅坐下，范姜豪就站在她旁邊，而那個女生則主動走到稍遠處使用公園裡的滑步器健身器材，不打擾他們。

「她是我女朋友。」譚雅筑劈頭就道。

范姜豪點了點頭，哪怕他再遲鈍，就那天晚上撞見的場景也猜得出兩人的關係。

「群組裡的訊息我都看到了。」

「咦？可是已讀數字沒有增加……啊，妳是用那個方法啊。」范姜豪這才想起之前看過的不顯示已讀卻可以看訊息的方法。

「那妳應該知道那是硝酸鉀過期的錯，不足妳調錯劑量的關係吧？」
譚雅筑堅定地說：「我一直都知道我沒有調錯劑量。」
然而，范姜豪聽了反而迷糊了，他一直都以為譚雅筑是害怕自己犯錯、是爆炸的始作俑者才請假休養，避不見面也不回訊。
「那、那……妳為什麼……？」
「我逃避的是另一件事，也許應該說是……。」
她的雙手交握，握得死緊，連關節處都泛白。
「我在逃避我自己。」
范姜豪的表情像個初生嬰孩般，對這世界茫然不解。
「我不懂。」
「豪豪你當然不懂啊，因為你是個好人，而我是個爛人。」她鬆開手後，看向不遠處那個踏滑步器的女生，「只是，像我這樣的爛人也有人願意接受我，不知道是哪裡得到的運氣。」
「不全是運氣吧，一定是妳有吸引別人的地方啊。」
「像是吸引你嗎？」
范姜豪微愣，不自在地搔搔頭，又抓了抓臉，支支吾吾地道：「很明顯嗎？」
「不只你啊，還有班上的那個誰跟誰誰誰——」

她臉不紅氣不喘地一連說了好幾個班上男同學的名字，把范姜豪嚇得不輕。

「雖然自己講好像很那個……但常常有男生對我表示好感，不過，現在只要他們沒有任何行動，我也會假裝沒發現。」

「我……也沒有任何行動啊。」范姜豪辯道。

「你有啊，而且是我設陷阱讓你跳的。還記得上學期結束前，我們在巷口的鹽酥雞店遇到的事嗎？」

他用力地點頭，那也是他第一次跟譚雅筑講那麼多話，也是初次得知火箭課程的事。

「我不是說火箭實作課差四個人選修嗎？結果你就去拉人來選課了。」

「但是……妳也沒逼我啊，是我自己自願的，其他人當然也是，我也沒逼他們。」

譚雅筑聽了大笑，還笑到直咳嗽，「你怎麼那麼天真可愛，你會選修火箭實作，跟我一點關係都沒有嗎？」

他漲紅著臉說：「當、當然還是有點關係，也是有點私心可以多認識妳一點之類的。」

「那不就對了？我利用了這點，達成我的目的。」

「那我也算是甘願被利用，也達到我的目的了。」他嚷嚷著道：「而且，我已經越來越搞不懂我們在討論什麼了啦……。」

「總之，根據這樣的基礎，導致了之後的結果。」

「妳是說爆炸意外嗎？」范姜豪怎麼也不覺得這兩件事情可以扯得上關係，但還是靜待對方繼續說明。

「那天在宿舍區被你看到之後，我一直很擔心害怕，可能是我把你想得太壞了，覺得你會因此報復我，到處跟別人講我的事情。」

「報復？為什麼？」

譚雅筑吊了吊白眼，「你不是為了我選修的嗎？看到我有女朋友不會生氣嗎？不覺得被我利用了，還浪費時間在我身上嗎？」

范姜豪堅定地搖頭，「我從來沒有這麼想過。」

「好吧，先不管你有沒有這麼想——我以為你會這麼想，後來整天提心吊膽，為了不想跟你單獨相處還自己把糖炒完。」

「就算我跟妳一起炒糖，我們也沒辦法避免爆炸發生吧？我們事先不知道過期會影響實驗結果的事……。」

「那麼，接下來這件事總可以避開了吧？你不是建議我要把測試臺拿出去測試，我那天有點故意跟你唱反調。其實，我隱約覺得你說的是對的，但就是不想照你說的做，結果就……。」

「這、這算是結果論吧，而且妳跟燕斌講得也有道理，測試臺那麼重——」

「你怎麼一直想幫我講話呢？你就那麼喜歡我嗎？」譚雅筑像是用盡全身力氣地嗆聲，整張臉都漲紅了，相較她的激動，范姜豪倒顯得非常平靜。

「不是，」他更為堅定地搖頭，「幫妳講話，是因為爆炸意外是整個小組成員的責任，不該由妳一個人承擔。而且，發現妳有女朋友後，我反而察覺自己其實不是喜歡妳。」

譚雅筑瞪大雙眼，「但你剛剛不是才說，會修這個課是想多認識我一點？」

「對啊，目的是一樣的，」范姜豪不好意思地看著地板，「這要從一個很無聊的大學必做的事情的清單開始說起，其中有一項是『交女朋友』，我就把妳當成目標。當然，後來做火箭跟妳比較熟了之後，覺得妳是個有趣的人，跟妳當朋友一定很棒。結果發現妳有女友後，我是有點意外，但也沒特別難過什麼的，只是覺得那個項目暫時達不成了。」

范姜豪說這整段話的時候，她幾乎是張口傻眼地聽完。

「你的意思是，我只是你的Check List項目，而你只是想為了交女朋友而交女朋友？」

譚雅筑想起之前范姜豪跟她聊過，他對什麼都沒特別有興趣，原來，對她也是。

「呃……嗯，對，怎麼聽起來有點糟啊？」

「是滿糟的，就算交了女朋友也會得到『渣男』的評價吧。以後別這樣了。」譚雅筑板起臉孔，像個老師般「教育」他。

「是……。」

「話說，那我們這不就算扯平了嗎？」她啞然失笑道。

「好像是耶。不過，我滿謝謝妳那時候有拉我選修火箭課。」

「為什麼？實作火箭應該不在大學必做的事情清單裡吧？」

「我以前都是做些大家必做的事情，沒想到這種不是大家必做的事意外地有趣。」

「那你對做火箭有產生特別的興趣了嗎？」

「還不知道耶，因為才做了一半……。」

「炸了一個那麼大的洞，學校應該不會讓我們再做了……。」

范姜豪無奈地道：「助教也這麼說。那妳知道妳想參加的比賽的事了嗎？」

「嗯，知道……」她斂了斂眼神，「就當我自作自受吧。」

「是學校太不近人情了，爆炸又不是妳的錯！」

「沒辦法，學校就是這樣，多一事不如少一事。」

范姜豪忽地笑出聲，「新一跟妳講了一模一樣的話耶。」

譚雅筑想起宋一新那張一板一眼的臉，又啞然失笑。

「新一應該笑我是個白痴吧，之前還嗆他……。」

「才沒有呢！他也覺得做火箭是個很棒的體驗，如果沒有妳，他永遠不會想要做吧。」

「真的嗎？」

「當然是真的，他應該還在那邊排隊吧，不然我們去找他！」

譚雅筑撇撇嘴，「才不要，我不想看到組裡的其他人。」

平常都不懂的范姜豪，在這時忽然懂她不想回應大家的心情。

「我真的好想讓你們完整體驗一次做火箭……」譚雅筑喃喃自語似的說。

范姜豪仰頭看天，「我也真的好想看我們的火箭升空喔。」

兩人因失落而沉默了一段時間後，譚雅筑倏地抬起頭。

「對了！檸檬蛋糕！你對我沒興趣的話，為什麼特地送檸檬蛋糕？」

「妳之前說妳沒吃過臺中的甜點啊，想說帶給妳吃吃看，那時候還不知道妳有女朋友，所以心裡也是想著要『完成清單』啦。」

譚雅筑「喔」了長長一聲，燦爛地朝他笑道：

「臺中的檸檬蛋糕明明就很甜啊。」

解體 3

「我回……唔？你們怎麼了？」

范姜豪一打開公寓大門，就看到三個人排排坐在沙發上，也沒看電視或滑手機，呆坐著等他回來，一聽見聲音，皆像機關人偶似的整齊轉頭，瞪大眼望向自己。

「你跟譚雅筑怎樣了？」李維修問。

「沒、沒事啊。」

剛剛在小公園話別前，因譚雅筑還沒準備好出櫃，故范姜豪向她們兩人說好，不會對外透露任何她們正在交往的事情。

「說沒事就是有事，女生都這樣。」李維修說。

宋一新白眼一翻，「又來了，性別歧視。」

「欸！我的意思是豪豪也跟女生一樣，沒事就是有事，所以男女平等，哪裡歧視啦？」李維修詭辯道。

「總之，譚雅筑她沒事，之後也會正常上課，就這樣！」

「就這樣？」李維修追問道：「那你的……檸檬蛋糕呢？」

「她有吃啊，說很甜。」范姜豪拿竹籤叉了個米血吃，邊嚼邊道：「對了，我要放棄那個大學必做事情的清單了，太蠢了。」

「真的是滿蠢的，為什麼要做別人規定的事情呢？我最討厭網路上那種介紹什麼必買必吃必玩的影片，偏偏點閱率又特別高。」宋一新抱怨道。

「人類就得做跟別人一樣的事情才會心安吧。」李維修道。

「這是演化留下來的從眾心理，走別人走過的路，就能避免災難。」宋一新說。

「不過，也是有像雅筑或燕斌那樣的人啊，」范姜豪反駁：「有跟別人不一樣的目標。」

「他們是演化裡的變異種，人類進步的原由。」

「講得我們這些隨波逐流的人都在拖垮人類似的。」湯鈺齊伸手叉向鹽酥雞，大口大口地吃起來，「雖然我就是隨波逐流的代表——」

「我們這種人也很重要啊，如果人類全部都跑去挑戰、去冒險的話，一不小心會全滅的。怎麼會歪樓聊到這裡……既然豪豪沒事，那我未雨綢繆買回來的這個應該就用不到了吧？」宋一新邊說邊從腳邊提起一袋啤酒。

范姜豪大笑開來，李維修則搶過那袋啤酒起鬨：「還是可以喝啊，我們上屋頂喝！」

沒人能拒絕這個提案。四人拿著宵夜跟啤酒還有椅子，走到頂樓喝酒不著邊際地聊天。

李維修啜飲著啤酒，看向仍放在頂樓的炒糖工具，「明明最想做火箭的不是我們，怎麼反而有種依依不捨的感覺，你們有那種感覺嗎？」

宋一新聳聳肩，「只有你有吧。」

李維修說著怎麼可能，邊向另兩位尋求認同。

「有……一點吧，畢竟突然就結束了。」范姜豪道。

「我是第一次不是『主動』半途而廢，感覺滿新鮮的。」湯鈺齊說。

李維修站起身走到三人面前，在夜空下張開雙手。

「說真的，我們來把火箭做完吧！」

三人雖然詫異，但不可否認地，心底好像也有那麼一絲心動。可是，只要考量到現實，那份心動就驟停了。

宋一新總是最先考量現實層面的那個人。

「你是被吳教授附身嗎？」

「新一，你別急著反駁我嘛。」他撇撇嘴，「我們組長不是說了，火箭就跟人生一樣，不去嘗試、不點燃引信發射，你就永遠不知道會不會成功。」

「發射了，然後呢？本來實作課程還可以得到學分，自己做的話能得到什麼？」宋一新繼續很有理地反對。

「人生一定得為了得到什麼才能做什麼嗎？」

「現在是進入哲學討論的階段了嗎？」宋一新皺眉說。

「廣義上來說，物理化學也是哲學的一部分啊。」

宋一新才想針對李維修的詭辯提出反駁時，就看到范姜豪舉起了手。

「這次我投阿修一票，我也想做完它。」

李維修像是看到隊友投進致勝的三分球，衝過去摟著他的肩。

「就知道你會挺我！」

「但我不是因為想要當人類進步派……而是，如果我們做完而且發射成功的話，是不是就能讓學校回心轉意，推薦雅筑參加比賽？」

「你……。」

「豪豪你真的很痴情耶。」

「我都被你感動了。」

三人的思考方向皆往「那個」直奔而去，礙於跟譚雅筑的約定，范姜豪也無法解釋，乾脆讓他們誤會下去，反正總有一天會真相大白吧。

「這個提案確實是有可能，照我們學校好大喜功的前科……」宋一新撫著下巴思索。

「等等，你的意思是，學校雖然不讓我們在課堂上做火箭，但我們真的私下做完發射成功的話又要算學校功勞的意思？」李維修說。

「學校就是這樣啊，你從小到大都讀過幾間了？」

湯鈺齊打斷兩人的拌嘴，「還是我們去問助教看看？私下要做也要助教跟教授幫忙吧？」

「喔？學長加一喔？」李維修用手肘推了推學長。

「我是沒特別堅持想做完，但要做的話可以算我一票，反正延畢仔閒著也是閒著。」湯鈺齊說。

「三比一，新一，就剩你了！」

「這是多數決嗎？都還沒問助教耶，」宋一新傻眼，「還有，你不先問譚雅筑跟薛燕斌嗎？只有我們四個人的話，連換個燈泡都做不到吧。」

李維修覺得宋一新這是哪壺不開提哪壺，大大地吐槽回去，「明明是你堅持要房東換的耶，不然我們二兩下就換好了。」

「擇日不如撞日，那就今天來換吧，」湯鈺齊咧嘴一笑，「我早就買好燈泡啦。」

湯鈺齊回房拿燈泡，宋一新跟李維修去拿椅子，長得最高的范姜豪負責站上去更換，公寓的樓梯間在那天終於重見光明。

「合力做好一件事的感覺很棒吧。」李維修瞥向宋一新。

「換燈泡是必須做的，火箭不是必須。」

「別這樣嘛，除了能幫到譚雅筑以外，說不定我們之中有人會因此走向了火箭研發的道路，到時候回頭看，這件事就是必須了。」

「不回答假設性問題。」

范姜豪打圓場說：「總之，我們先去問助教，還有譚雅筑跟薛燕斌的意願吧？」

■

「我不參加。」

他們先打電話給看似會一口答應的薛燕斌，未料卻是被一口回絕，四人圍在按下擴音的手機旁，像是聽到一生吃素的人忽然去買肯德基似的滿臉錯愕。

「為什麼？你不是想當航太工程師嗎？應該很想做火箭啊。」李維修問道。

「我是想當航太工程師，為了這個目標，我會做任何事，但不包含跟你們一起做火箭。」

范姜豪脫口而出：「難道是……因為我們太廢嗎？」

電話那頭的薛燕斌笑道：「要是覺得你們太廢的話，早在分組的時候我就放棄了。我放棄的理由是——時間不夠。」

「時間不夠？」四人異口同聲地覆述。

「你們現在才要從頭開始做，還得找場地找錢等等，等到真的做成了也都寒假了，那時候我要準備出國當交換學生，沒有太多的時間放在你們這裡。你們八成會說我可以做一半，但是對我來說，如果無法全程參與的話，不如一開始就拒絕。」

薛燕斌都把話講得這麼白了，四人當然也無法再說什麼，通話便草草結束了。

「薛燕斌這個人真的是太有個性了。」李維修說。

「我倒不討厭他這樣的人，知道自己要什麼，也知道自己不要什麼。」宋一新雙手抱胸道：「有時候要拒絕也是需要勇氣的。」

「蛤？你之前不是還嫌他熱血嗎？」

「有嗎？我是說吳教授太熱血吧。」

「你們別鬥嘴了啦，這樣我們不就少一個人了嗎。」范姜豪一邊卡進兩人之間勸說，另一邊也向湯鈺齊問道：「學長，你跟燕斌比較熟，能想辦法說服他嗎？」

湯鈺齊雖想反駁自己跟他一點也不熟，但仔細一想，確實現場沒人跟薛燕斌相處的時間超過他。

正因為他比較熟，也能理解薛燕斌。

湯鈺齊斬釘截鐵地搖頭，「放棄吧，他是個很有原則的人，說一不二。」

既然湯鈺齊都這麼說了，他們也只好放棄。

沒想到的是，接著詢問譚雅筑的時候也遇到困難，她還是沒回到學校上課，不接電話，傳訊也不回。

不過，她卻在某一天晚上，突然打電話給范姜豪，范姜豪接到她的來電，立刻興奮地告訴她關於他們的計畫，但是他保留了這是為譚雅筑而做的部分，他不希望譚雅筑感到壓力。

在他高興地說了好長一串後，才察覺譚雅筑連個「嗯」的應付聲都沒回。

「妳……還在嗎？」

「在。」

「妳是不是……對火箭沒興趣了？」對方表現得如此明顯，他再白目也該猜得出來。

「對不起。」

他聽見手機另一端傳來幾聲吸鼻子的聲音，不由自主地感到慌亂，還差點弄掉了手機。譚雅筑還好嗎？她在哭嗎？

「為、為什麼要說對不起？妳真的沒事嗎？」

她又吸了幾下鼻子，帶著哭腔道：「一切好像因我而起，可是，我卻沒辦法跟你們一起做到最後。聽到你們想自己做火箭我是滿開心的，但我好像……有點「ＰＴＳＤ」，就是，創傷後壓力症候群……。」

范姜豪只在電視電影裡聽過這個詞彙，沒想到會發生在認識的人身上。

「本來我以為跟你講開之後就會好了，結果……還是不行。我會害怕看到跟爆炸相關的東西，就連打開火箭小組的對話群組都辦不到，會逃避跟想吐……真的很對不起，我也不知道為什麼會這樣……以前從來沒有發生過……。」

聽譚雅筑真的啜泣了起來，已無法好好地組識語言，范姜豪雙手捧著手機不知如何是好時，譚雅筑的女朋友代替她接聽了電話。

「雅筑的狀況真的不太好，她真的好幾次努力想要回你們訊息，但就是做不到，就連看到『火箭』這兩個字整個人都害怕緊張。」

「竟然這麼嚴重……。」

「我覺得……可能是因為她從沒有失敗過的關係吧，她很聰明又一向自信滿滿，從以前到現在面對各種比賽困難挑戰也都可以取得好成績。」

范姜豪先前聽聞她們兩人認識很久了，她應該很了解譚雅筑。

對方續道：「但也因為這樣，她不知道怎麼處理現在的情緒，可能要再給她多一點時間好好地休養。」

1　PTSD，創傷後壓力症候群，是指人在經歷過情感、戰爭、交通事故或任何嚴重事故等創傷事件後產生的精神疾病，在接觸相關事物時會有精神或身體上的不適和緊張，會試圖避免接觸。

「我知道狀況了，那……可以請妳轉告她，不要太勉強自己，也不要覺得一切的起因都是她什麼的，她的影響力才沒那麼大呢！先把火箭什麼的丟到一旁，好好照顧好自己吧！」范姜豪故意用反諷語氣說。

對方語帶笑意地回道：「我會一字不漏跟她說的。」

■

關於譚雅筑受到意外後PTSD影響的事情，范姜豪也是避重就輕地跟其他三人說明，盡量不透露她的個人隱私。

「組長跟你的交情真的不一般耶，電話只打給你，有什麼內情也只跟你說。」李維修打趣地說。

范姜豪急著揮手澄清，「我跟她真的只是朋友，沒有在交往喔！」

「我什麼都沒說，你幹麼此地無銀三百兩啊？」

「我怕你到處亂講話啊……」如果因此造成譚雅筑的二度傷害那就不好了。

「欸！你覺得我是那種人嗎！」

「先打預防針嘛。」

宋一新強硬地打斷兩人的拌嘴，「譚雅筑……是不是這次因為意外失敗，就放棄了？」

這個問句直逼核心問題，范姜豪既不能承認也不想說謊否認，而他本來就不是急智的人，支吾了老半天反駁不了。

「看來是我猜中了？」宋一新扯了扯嘴角，「失敗本身不是錯誤，逃避才是錯誤啊。而且她如果真有心要走研發火箭這塊，失敗是家常便飯吧？」

「不，她不是逃避而是……」范姜豪想替譚雅筑解開誤會，但又不能說出真正的原因，急得他的腦袋都快生煙。

反倒是平常愛吐槽別人的李維修出來打圓場，他試圖緩和氣氛地說：「你是想說，她並不是逃避這件事，而是有些不可告人的理由。等到那些都解決了，她也許就能歸隊了？」

范姜豪點頭如搗蒜，還差點以為李維修竊聽了他跟譚雅筑的通話，不然怎麼能講得如此通曉內情、得體婉轉？

坐在旁邊一直沒出聲的湯鈺齊這時開口：「既然他們兩個人都不加入的話，就只剩我們四個，那是不是要重新考慮一下實作火箭這件事的可行性？」

「學長覺得我們四個人做不起來嗎？」李維修問。

「這不是很明顯嗎？我們都沒經驗，失敗機率很高。」

「就算發射失敗了，至少也是走過一輪。學長之前不是也說自己閒著也是閒著，就來陪我們消磨時間啊。」李維修積極勸說著，表面上雖然看不出來，但他擔心連湯鈺齊都退出的話，那就真的做不成了。

「你們真的想做？組長都不想做了耶，我們幫她可能也是幫了個空耶。」湯鈺齊問。

「我是提案的人，當然想。」李維修回道。

「我也想！而且我覺得這決不是幫倒忙！要是我們真的發射了，雅筑一定也會很高興。」范姜豪朗聲回答，在他得知譚雅筑深受二〇一一事件的PTSD所苦後，反而加強了想做火箭的動力。他沒來由地覺得，只要他們成功做完，不管有沒有順利發射上天，都能帶給譚雅筑康復的力量。

隨後，三人整齊劃一地看向宋一新。

李維修當時心裡想著，他先前就從沒答應過要加入，在譚雅筑跟薛燕斌確定退出後，恐怕更難說服他。

所以，當宋一新開口說出那句話的時候，大家都以為自己聽錯了。

「那就來做吧！」

解體 4

李維修洗澡前習慣在頂樓的晒衣空地，拿啞鈴做點運動，雖然只有短短幾分鐘、重量也不夠，可能不見得有什麼增肌效果，但他覺得流汗後再洗澡滿舒服的。

當他揮汗如雨地舉著啞鈴時，剛洗好澡的宋一新走上頂樓，把髒衣服放進洗衣機後啟動。平常他會回房間，算時間等衣服洗好再上來晒，今天卻走到頂樓女兒牆旁靠著滑手機。

做了十下側平舉後，李維修還是忍不住開口。

「找我？」他邊喘邊道。

「沒事啊，等洗衣服。」

李維修放下啞鈴，喘了幾口大氣，終於平復呼吸後才開口。

「你今天很怪，怎麼忽然就想做火箭了？」

「你才怪吧，為什麼那麼堅持要做？從頭到尾就你最堅定。」

「我……。」

李維修會堅持要做完火箭當然有原因，而且那個原因還跟宋一新有關。

他一直不知道要不要向宋一新坦白家具工廠火災的事情，每天看到宋一新，他的心情就搖擺不定，在說與不說之間反覆橫跳。倒是二〇一事件後，讓他堅定了起來，像是要重新修補以往的過錯，每個人都對這件事有責任，他想要好好地跟大家一起重新開始。

不過，他同時也清楚，把二〇一事件當成修正液蓋在以前的事情上面，試圖抹白一切也沒有用，他做過的事情依舊存在。

現在是個說出口的好時機嗎？宋一新會理解並原諒他嗎？還是他會收到最難過的後果？看來還是後者的機率大吧？

如果現在說出口，宋一新跟他絕交的話，火箭就絕對做不成了，也鐵定又會成為他人生中另一個過不去的坎、另一個心魔。

宋一新放下手機，朝他訕訕一笑。

「我啊，算是為了你的堅持才想做的吧。」

聽見宋一新的話，李維修彷彿是個剛出生的嬰孩，完全不能理解他話裡的意思，只能照著字面上的語句，換個立場重講一次。

「你算是為了我的堅持才想做的？」

「你平常不是都當社團的救火隊？難得需要被救，我就救你一次吧。」

沒聽見預期的譏嘲話語，他推了推眼鏡一望，愕然發現李維修像個剛被搶走珍愛玩具的小孩，一副要哭卻哭不出來的表情。

「喂！太感動也不用這樣吧？」

宋一新走到他面前試圖開個玩笑，但他不是風趣幽默的李維修，只得到讓對方更哭得慘的結果。

李維修整個人蹲了下來雙手抱頭發著抖，害他完全不知道怎麼辦，只能問個廢問題。

「呃……你還好嗎？」

他搖頭，卻整個身體都在晃動，宋一新以為他會失去重心倒在地上，便直覺地伸手扶著他的肩。

聽見宋一新連問了好幾句關懷的話，但李維修都無法回應，當他終於有辦法說話，他便知道就是此時此刻了。

還在猶豫著可能會被對方憎恨報復的時候，卻收到了溫暖無比的友情善意，他已經無法繼續隱瞞真相，繼續接受宋一新的寬慰了。

他緩緩抬起頭，宋一新不知何時也蹲了下來，與他平視。

「一新，我有件事要跟你說。」

看到對方恢復些正常，宋一新終於鬆了口氣，但李維修卻是叫他本名，而不是外號「新一」。

「你只要別像剛剛那樣嚇我，要說什麼都可以。」

李維修暗忖，接下來要說的事可能才會嚇到你。

他直接席地而坐，還深呼吸了幾次，他已經在腦中演練好幾百次，但是沒有一次能表現出最誠懇的歉意，或者應該說是他打從心底不覺得宋一新會原諒他。

「你還記中秋節豪豪不是說了他家附近家具工廠失火的事嗎？你說那是你爸的工廠。」

宋一新也跟著坐了下來，「我想應該是啦，也不是每天都有家具工廠被燒……怎麼突然講這個？」

「我老家在臺中，我跟豪豪讀同一間國中，也住得很近……。」

宋一新兩眼瞠視，心中有個預設答案正在成形，但他沒有開口，讓沉默代替發問。

「那一年中秋節我跟著鄰居到附近放鞭炮……我們只是覺得空地很大……不知道那家具工廠有易燃物，只以為它倒閉了很久……就有人提議要把沖天炮射進去……然後就失火了。」

李維修怕得全身發抖，直到最後他還是不敢承認自己就是把沖天炮射進去的那一個屁孩，他也不敢看宋一新的表情，只能不停地道歉。

「對不起……真的很對不起，我知道我現在說什麼都沒有用，任何什麼藉口都無法撇清我犯下的錯，我……我真的很對不起你。」

李維修把頭埋在雙膝間，心裡想著如果宋一新抄起旁邊的啞鈴，一記把他打死他也不會有任何怨言。

「你確定你講的事情跟豪豪講的家具工廠失火是同一間？」

「應該是……我有問他是哪一年。」

「失火後你怎麼了？」

「跑回家……躲起來。」

宋一新像警察辦案似的冷靜地詢問細節，對他而言更像是淩遲。

「那後來呢？」

「我爸媽都沒問我……好像也沒有人在找放鞭炮的人是誰……但我還是害怕了一陣子。」

「所以，你害我家過得那麼慘，害我不得不打工賺錢養自己？」

「對不起……我知道事情很嚴重，但我當時只是個小屁孩，我……對不起。」

「中秋節到現在都過多久了，你現在才跟我說？」

「對不起……我害怕你不會原諒我。」

宋一新默默地站起來，轉身欲走下樓，李維修用盡剩餘的力氣叫住他。

「一新……我真的很抱歉，如果有什麼我可以做的事、可以補償你的事，我都會去做！」

李維修渾身顫抖地等著宋一新的回應。過了段可怕的沉默期後，對方終於出聲。

「我印象很深刻，大一剛搬進宿舍的時候，我爸媽都要工作，我一個人帶著行李搭火車上來，沒買到對號座，站了好久、好累。好不容易到宿舍安頓好之後，你也來了，你全家人都來幫你搬家，看你爸媽的穿著就知道你家過得很好，你的東西都很高級、衣服都是叫得出名字的牌子、電腦是新買的。你爸媽還嫌宿舍太小，問你要不要另外在外面找房子住，你說學長傳授經驗，大一住校才不會被排擠，你們看起來好幸福、好快樂。我一直在想如果我家沒出事，大概也會像你一樣吧。可是，那時候我並不嫉妒你，畢竟每個人的人生本來就不同……。」

宋一新停頓了幾秒，用一種含著怨懟、恨意、痛苦……幾乎集結了世上所有負面情緒的眼神看著李維修。

「結果，你現在跟我說……我會過得這麼慘是你造成的，你叫我怎麼原諒你？你能原諒你自己嗎？」

■

在這段期間，湯鈺齊有件小事瞞著大家。

在薛燕斌拒絕再次加入火箭小組之後，湯鈺齊嘴上雖然說對方就是這樣的人，很有原則，怎麼邀也沒用，然而另一方面，自己卻還是抱著一絲絲希望，再次與他接觸，試圖說服對方。

他打了通電話給薛燕斌，覺得對方只要還會「浪費時間」接起，他們就還有機會。

「學長，有什麼事嗎？」意外地薛燕斌立刻接起了電話，也仍禮貌性地叫他學長。

「我是想再確認一下……你真的不加入嗎？」

「理由我上次講了，很實際的問題，時間不夠。」

「沒辦法全程參與也沒關係，我們也不在意，你隨時要退出都可以，或是你只想選你有興趣的製程加入也ＯＫ喔。」湯鈺齊的語氣輕鬆愉快，盡可能地展現「我們是個和藹友善的團體」，即使明知薛燕斌不會被這些打動。

「為什麼要做到這種程度也希望我加入？」

「就……覺得多一個人是一個人啊，多零點五或零點一個人也是多嘛。」

湯鈺齊聽見對方用力地呼氣，默默期待著這是打動他、讓他猶豫的信號。

「但我不喜歡這樣。」

「你不喜歡的是哪點啊？我們真的都可以配合的。」

湯鈺齊說著說著，內心卻冒出另一個人指責自己，你未免也太過卑微了吧。但那個人又立刻分裂成另一個人反駁，如果只要低聲下氣幾秒對方就會答應的話，為什麼不做呢？前者則再度說道，就是知道做了對方也不會答應啊，你又不是第一天認識薛燕斌。

薛燕斌彷彿是要印證內心分裂的自己的猜想，隨即開口。

「我不喜歡自己沒辦法全力、認真投入一件事，不喜歡做到一半中途而廢，不喜歡沒有拚盡全力去做。」

「可是，這次意外不就證明了，在這世界上事情總不能如你所願啊，計畫就是會中途停止，實驗也會遇到失敗。」湯鈺齊沒說出口的是，難道你以為自己能這樣一路平步青雲當上NASA航太工程師嗎？而且，真的當上的話……。

「這些我都知道，但是，至少在我可以選擇的時候，我也沒把握自己一心二用可以把事情都做好，我會選擇可以做到底的路。」

「你這樣把雞蛋都放在同個籃子裡，也賭太大了吧，不覺得風險很高嗎？」

「很多人都跟我這樣講，」他笑道，「那也無所謂，就算最終失敗了，至少我真的拋棄一切去努力過，用盡了全力，沒有遺憾地失敗。」

「為什麼……為什麼你可以這樣？」

「因為我個性就是這樣。」

「難道你就沒想過……」湯鈺齊語氣變得深沉，「達成目標、實現夢想之後的事嗎？」

電話那頭的薛燕斌亦察覺他的異樣，「學長，這是什麼意思？」

被對方一問，湯鈺齊才忽地驚醒，像用瓶蓋把快要從罐子裡冒出的東西壓回去似的，他手忙腳亂地回覆。

「沒、沒什麼啦，那我知道了，好啦，就不逼你啦，拜拜。」

掛斷電話後，湯鈺齊鬆了口氣，卻也發現自己與薛燕斌長久相處以來，一直都把對方看成是以前的自己。

薛燕斌就像那時候的他，不怕失敗，願意承受後果，孤注一擲。

湯鈺齊用旁觀者的角度看著他，也像是看到當年的自己究竟為了達成目標，犧牲掉多少東西、造成多少人的困擾。

以結果論來說，他覺得太不值得了。

他遲遲不用自己的例子勸說薛燕斌，講得好聽是不想影響對方，但他不否認也有著想看好戲的邪惡心態。

然而現在，他懷疑自己是害怕薛燕斌的回答，害怕他說出一個完美的解答，進而證明自己當年就只是沒那麼愛自己的夢想。

或是，證明了那根本不是自己的夢想。

訪談VI

「前面教授提到失敗的經驗很重要，在學生時期也曾有過大失敗，甚至有兩位成員退出；但是，要從失敗中站起來其實是很困難的，關於這點教授有沒有想跟我們分享的經驗呢？」訪談仍繼續著，記者瞄了眼訪綱，很努力地拉回主線。

「不是有句話說『幸福的家庭都是相似的，不幸的家庭各有各的不幸』嗎？雖然我從沒看過那本小說，但我覺得成功跟失敗也是一樣的。」教授啜了口咖啡續道，「成功的畫面只有一個，失敗卻有成千上萬個例子，就像是走路跌倒，有些人只是跳了一下，有人摔個四腳朝天，還有人嚴重到送醫。每個人的狀態不一樣、甚至每次的狀態不一樣，也沒有一個通用的站起來的方法。所以，分享我個人的例子可能沒有什麼助益，但我覺得心態跟朋友很重要。」

「心態健康正向的話就能再站起來？」

「沒錯。朋友的話，則是能拉你一把，或是跟你一起跌倒。」

記者被教授一本正經講笑話逗笑了，「知道有人跟我一樣慘，確實會比較好受一點。」

「不過我也覺得，人不用一直堅持在同一條路上，在這條路爬不起來的話，就換一條吧，或是先做些別的事，讓心態轉變後再回來看害你跌倒的坑，可能會有不同的方法跨過去。學生時代常常會因為眼界太小，錯把失敗看得很大，又或是以為達成了某個目標人生就可以從此幸福快樂……。」

「但學生因為接觸到的人事物不多，眼界小也是理所當然的啊。」

「妳說得對，所以我們這些有經驗的大人得常常提醒他們這件事，不要讓他們趴在地上太久，有些學生可以自己站起來，有些還是需要別人拉一把。」

「教授以前是屬於哪一種呢？」

「我應該算是——」

修復 1

范姜豪覺得這一整個禮拜除了他以外的其他三人都很奇怪。

首先是李維修，從星期一蹺課到星期五，晝伏夜出，無視范姜豪的關心訊息，只叫他幫忙買餐點放冰箱，凌晨才偷偷下來吃。

范姜豪問另兩人李維修發生了什麼事，宋一新表情僵硬地說不知道，湯鈺齊則說每個人都有不想見到人類的時期吧。

宋一新是整個禮拜都在忙打工，雖然他平常也都在打工，但是至少會抽空跟他們吃飯、打個屁什麼的，本週卻是兩點一線，不是打工就是回來自己吃飯睡覺，也不太理人。

湯鈺齊則是成天心不在焉，范姜豪跟他講話時，常常不知道他的思緒飄到哪裡去，回應也牛頭不對馬嘴。

他也不是不能理解人就是突然有低潮的時候，但是，大家不是要重做火箭嗎？現在不就要緊鑼密鼓進行了嗎？連助教都還沒去問耶，怎麼就一起擺爛了？

星期六早上，范姜豪不小心太早起，幫大家買了早餐，自己吃完後邊滑手機邊思考這個問題時，宋一新穿著整齊地走出房間。

「新一，我有買早餐喔，有多買你的份，你吃蛋餅跟豆漿吧，要吃嗎？」

宋一新點了點頭拿走早餐，「謝謝，我路上吃，再轉帳給你。」

「你要出門喔？」范姜豪叫住正要開大門的宋一新。

「家教。怎麼了？」

范姜豪把到嘴邊的問句吞回肚裡，「沒事，你快去吧。」

宋一新離開沒多久湯鈺齊也起床了，睡眼惺忪地吃著早餐，范姜豪跟他提起今天想要整理接下來要重做火箭的東西，之前聽李維修說他偷偷把那幾袋垃圾袋拿回來藏在頂樓。

湯鈺齊依然雞同鴨講地回道：「你心情很煩躁的時候會做什麼事？」

范姜豪雖然覺得這天外飛來的問句莫名其妙，但仍乖乖回答。

「打電動吧。」

「打膩了。」

「睡覺。」

「睡不著。」

「運動？」

「好像可以……我來試試。」

隨後湯鈺齊嗑掉飯糰就換件衣服出去運動了，留下傻眼的范姜豪。

他想起表妹說女生宿舍裡，大家住久了會互相影響女性荷爾蒙，經期會漸漸趨近相同，就連經前症候群發作的時間也差不多。

難道男生也有類似的症狀嗎？那為什麼只有他不受影響呢？

■

「老師，題目做完了喔。」

宋一新快速批改後，點了點頭，「那休息五分鐘吧。」

郭太太一如往常地從監視器看到他們開始休息，隨即敲門進入。今天的點心是他們家出國帶回的外國甜點跟飲料，沒等學生嫌她煩，郭太太就自行告退了，這倒讓宋一新有點意外。

學生看見他詫異的表情，便逕自解釋道：「我跟我媽在冷戰啦。」

宋一新雖然對有錢人家的家事沒興趣，但為了這份工作的和諧，還是問了一下。

「怎麼了？你上次考試有進步，應該還可以吧？」

「不是考試的問題啦，」學生滿嘴甜點邊吃邊道：「是最近剛做好我第一部影片，上傳不到一天就被我爸的幕僚看到，說會有不好的影響建議下架。你也知道我爸覺得我媽唯一的工作就是管我，連這個也做不好，她就被罵了，然後就來罵我……。」

這倒勾起宋一新的好奇心，「影片內容是什麼？」

學生講完甜點也吃完了，直接躺在地板上抱怨，「就我在法國跟堂哥一起拍的影片啦，很無聊，拿臺灣零食給外國人試吃什麼的，別人都拍過一百次了吧，不過我們想說拍來練習，後來也沒什麼人看啊，才不到一百次觀看。幕僚說我在影片裡講了歧視性的話，如果以後被人挖出來我爸會被政敵攻擊什麼的……我只是想做自己想做的事情啊！」

宋一新這才發現，看似坐擁一切、生在上流社會的學生其實也沒有選擇的權利。

其實他也知道，李維修雖家境富裕，但父母已離婚，他也有自己的家庭問題，不算是如同童話故事般的那麼幸福。

那天得知真相後，宋一新太過震驚，也在那個當下才認知到，原來自己一直把李維修當成大學裡最好的朋友，他怎麼可以做出這種事，即使那是發生在兩人尚未認識的過去，也不可以！他氣得無法思考，把自己的不幸一股腦兒全怪罪在李維修身上。

現在冷靜回想，這對李維修並不公平。

「每個人都有自己的人生課題跟難關，我沒辦法給你什麼建議，這只能自己找答案。」

學生揉了揉泛紅的眼眶，「老師，那你的難關是什麼？」

宋一新愣了一下，隨後露出苦笑。

「我的難關可能是……我從頭到尾都搞錯了我的難關是什麼。」

因為休息時間閒聊太久，宋一新主動加時，走出郭宅時已經錯過他平常搭的那班公車。當他摸黑站在寫著豪景山莊的站牌下用手機查公車時，恰巧一通意料之外的電話打過來，讓他後來是坐計程車下山的。

「一新，肚子會不會餓？」

正在開車的計程車司機是宋一新的爸爸，他事業失敗後為了還債，做過許多工作，後來覺得開計程車對他來說比較容易賺到更多錢，便一直開到現在了。

平常他都在臺北開車，過年也沒怎麼休息，今天剛好跑長途到這附近，便打電話問兒子有沒有空見個面。

「學生媽媽有請我吃點心，但要再吃個東西也可以。」

「好啊，我還沒吃晚餐，這附近我比較不熟，等下你報路。」

「好，那你先沿這條開下山。」

兩人的對話就此句點，過往父子皆忙碌的關係沒有什麼相處時間，突然的獨處機會讓兩人都有些侷促。

宋一新坐在助手席，為了排解沉默，努力想找話題時，卻看到爸爸掛在後視鏡下方的吊飾。那是一個小巧的櫃子，手工製作，可能還用上了檜木的邊角料，隨著汽車搖晃而散發出淡淡清新的木質香氣。

他想起爸爸以前還經營家具工廠時，辦公桌上總放著好幾個小小的家具模型，那是爸爸在製作正常尺寸前，手工做來確認的小道具，也是他兒時的小玩具。

爸爸眼角餘光發現他在注意那個小櫃子，便苦笑道：「以前留下來的啦，捨不得丟，想說掛著當裝飾，還有客人覺得很可愛，問我哪裡買的。」

「爸，你會後悔嗎？」

像是突然有人對他使用了哈姆立克急救法，他不得不把這個問句吐出，想止也止不住。

爸爸的瞳孔瞬間睜大，卻又在轉了個山路彎之後眼神變得黯淡。

「我最後悔的事，就是把你們拖下水……只有我一個人的話，受什麼苦都還好。」

宋一新聞言，覺得心裡那些如灰塵般層層累積的怨懟，像是被雞毛撢子輕輕刷了過去，雖然不算乾淨如鏡，但也清掉了大半積灰。

比起藉口或是事後寬慰的話，他更滿意爸爸坦白。

爸爸是有夢想的人，無論是時光倒流或是讓他穿越回去，他的個性如此，他還是會去做；而他也有自己一個小小的夢想，不管怎樣，他也可以去做啊。

宋一新笑著開口：「我們最近在學校做火箭喔。」

「什麼？火箭？是那個火箭的火箭？」天外飛來的火箭話題讓爸爸有點語無倫次。

「對啊，就是那個會飛上天的火箭。」

用火箭開啟的話題延續到父子二人吃完了路邊攤的四神湯還在聊，宋一新幫爸爸科普二戰冷知識，爸爸則分享自己在軍中防空砲兵指揮部的往事。

最後，爸爸開車送他到住處巷口，臨走前神神祕祕地從後車廂裡拿出一個紙袋。

遞給宋一新時，爸爸苦笑道：「你妹要我做給你的，說什麼恭喜一千訂閱，我也搞不懂，就照她給的圖請朋友用雷射雕的，你看得懂嗎？」

紙袋裡是塊木製的獎牌，一切設計仿造Youtube的十萬訂閱銀色獎牌，只是這個上面寫的是一千訂閱。

宋一新完全能想像到自己那個古靈精怪妹妹向爸爸下訂單時的模樣。

爸爸見兒了表情複雜，擔心地問：「做錯了嗎？」

他搖搖頭，難得笑得開懷，「做得很好，我很喜歡。」

修復 2

湯鈺齊平常最討厭跑步這種無聊的運動，比打籃球還乏味，只是毫無目標地一直往前跑，就算給自己設了跑十圈之類的目標，達成後也不如球類運動得分的爽快感。

然而，現在他卻頂著大太陽一個人像白痴一樣在操場跑步，主要也是因為他沒招了。

跟薛燕斌講完那通電話後，他又被往事的亡靈擄獲，不管是認真地要重啟製作火箭計畫，還是擺爛打電動或是睡覺什麼的，他總甩不開過去的陰霾。

所以今早才會死馬當活馬醫似的聽取范姜豪的意見運動一下，至於為什麼是跑步？為了不讓自己在準備道具的時候放棄，跑步的話只要有腳就能跑了。

湯鈺齊跑到第五圈，確實暫時忘了煩惱，但那是因為自己側腹痛到不行，差一點就要放棄時，體內似乎分泌了什麼物質，他迎來了跑者高潮[1]，突然覺得自己可以這樣跑到天荒地老……直到他被路過的體育老師跑過來叫停。

「同學，你正中午跑步會中暑喔！休息一下吧！」

停下腳步的湯鈺齊原形畢露，他累得癱軟在長椅上，近十分鐘後才有力氣拿起手機，結果竟然看到薛燕斌傳來訊息。

燕斌：學長今天有空嗎？我有東西要拿給你。

湯鈺齊一時之間不知如何反應，方才因運動而擺脫的東西，像水蛭一樣無聲無息地爬了上來，若是跟薛燕斌見了面，那水蛭大概會一口咬住自己直到血都吸乾了才鬆口吧。

鈺齊：什麼東西？

燕斌：我之前整理的一些資料跟程式，如果你們要繼續做火箭的話，應該會有點幫助。

鈺齊：不能用傳的嗎？

燕斌：檔案有點大，剛好我到附近想說直接拿給你。

1 跑者高潮：又稱跑者嗨，Runner's High是一種在長時間有氧運動（如跑步）過程中出現的愉悅感、欣快感或心靈上的放鬆狀態。這種現象主要發生在持續的中等到高強度運動後，尤其是長跑過程中，並且通常被描述為一種超越生理疲勞的心理愉悅感。跑者高潮的成因尚未完全被科學家理解，但通常與內啡肽（Endorphins）或內源性大麻素（Endocannabinoids）釋放有關。

湯鈺齊還想著要用什麼理由回絕，或是請薛燕斌放在哪裡他再去拿，對方又傳了一句。

燕斌：等下約「多油」好嗎？我想吃炒飯。

這個訊息看似簡單，卻直接讓湯鈺齊腦袋核爆，冒出一朵巨大的蕈狀雲。

那個天天吃學餐也不膩、進食只為維持人體活動機能的薛燕斌竟然主動說要吃「多油」的炒飯！

因為太過震驚，湯鈺齊一時手滑，竟然丟出一個ＯＫ的貼圖，而對方隨即也回以相同的貼圖，又讓他震驚了一次，這還是他第一次看到薛燕斌用貼圖。

湯鈺齊頂著運動完渾身汗溼的臭味，不得不去赴這個約。

抵達「多油」時，薛燕斌已經站在店門口等待，額上還有幾顆汗珠，讓湯鈺齊不禁懷疑他剛剛是不是就站在那邊晒著太陽傳訊息給自己。

兩人打了聲招呼後一前一後走進店裡，跟上次一樣點了蝦仁炒飯與貢丸湯，在餐點還沒上桌前，薛燕斌就拿出一個名片型的ＵＳＢ隨身碟遞給湯鈺齊，隨身碟上還印著Ｔ大某某年校慶紀念品。

「我都放在裡面，你看了應該就知道，隨身碟不用還給我沒關係。」

湯鈺齊道謝後收下隨身碟，剛好炒飯也上桌了，兩人默默地認真用餐，心中都似有話想說，還在盤算怎麼開口，等到吃個半飽時，兩人很有默契地同時說話。

「學長——」

「你——」

他們相識而笑，湯鈺齊便道：「你先說吧。」

「我想問學長，上次在電話裡說的話是什麼意思？」

「什麼話？」他裝傻。

「你問我有沒有想過實現夢想後的事。」

「喔——那你有想過嗎？」

「沒有。」

薛燕斌真的很喜歡這裡的炒飯，多扒了幾口後才繼續說：「因為，不會實現啊。」

湯鈺齊聽了嘴巴大張，還有幾顆未嚼的飯粒落下，愣了幾秒才回神。

「什麼？為什麼不會實現？你的一切犧牲一切努力不就是為了實現夢想嗎？」他挺身大聲嚷嚷，臉上的眼鏡震得上下搖晃，連隔壁桌的路人都紛紛轉頭看他們。

薛燕斌不解地望著他，「學長，你冷靜點，這是我的事，又不是你的事，為什麼要這麼激動呢？」

「呃，我……替你擔心不行嗎？」

對方聞言燦爛一笑，「每次跟你講話都覺得……你好像比我自己更關心我的夢想。」

「我只是好奇啦，所以到底為什麼不會實現？」

「就算當上了航太工程師，我一定又會冒出其他夢想啊，比如加入某個太空發射的專案、做出更有效率的火箭……。」

湯鈺齊想起了對方曾經說過，比起練習的乏味，他更無法忍受沒有夢想的空虛人生。

「難怪你選擇這個方向，宇宙無限大——」

「所以，我的夢想不會有盡頭。」

在這一瞬間，湯鈺齊覺得自己錯得離譜，怎麼會把薛燕斌當成另一個自己？薛燕斌不在意自己為了目標而犧牲的其他事物，他連無趣的努力都可以忍受，更根本性的不同點是，薛燕斌期待的、追求的並不是越過終點線後的事，他熱愛的、他投注全力的，就是有夢想的自己。

「學長？」見湯鈺齊久久沒有回應，薛燕斌喚了一聲。

湯鈺齊終於抬起頭，見到那張始終如一，自信滿滿的臉，忽然想要整他一下。

「你知道，我們四個人對你的第一印象是什麼嗎？」

就算對其他人間事務毫無興趣的薛燕斌，多少也對別人怎麼談論自己有些好奇。

「是什麼？」

「我們超想狠狠揍你一拳呢。」

最後當然沒有任何人被揍，湯鈺齊還騎機車載薛燕斌回T大，薛燕斌臨走前也祝他們火箭製作順利，並成功發射。

湯鈺齊回到住處爬樓梯時，心一橫地上網搜尋某年奧數比賽的新聞。照片裡的他拿著金牌靦腆微笑，記者寫道，金牌得主湯鈺齊同學表示小學時被恩師啟發，從此喜歡上數學，目標就是拿到奧數比賽冠軍，能實現夢想，他非常開心。

他坐在三樓往四樓的階梯上，打開心中那個陳封已久的箱子。

拿到金牌後，他最想做的事就是回母校探望康老師。康老師看到他來訪也很高興，還帶他去看穿堂的布告欄，他的事蹟被掛在「傑出校友」那一欄。

開心敘舊之餘，康老師還帶他去找小學弟妹們，他們眼神閃閃發光地仰望著他，問了好多關於奧數的問題，他也不吝分享，跟大家度過愉快的下午。

原本應該是這樣的。

「他們都是對數學有興趣、很有天分的孩子，希望他們以後也可以像你一樣拿金牌呢！」

臨去前，康老師這句話卻讓他熱烈的心情降到冰點，他想起當年老師也是這樣說自己的，你很有天分一定可以拿金牌。

他回望了教室一眼，他在那裡做過許多數學題，被老師罵過也大哭過，被老師稱讚過也笑過。康老師繼續在那裡教育有數學天分的孩子，而越過金牌終點線的自己，在熱烈掌聲漸弱後，面對一片空白。

達成目標的他感到無窮的失落，忽然不知道自己在追求什麼了。

他喜歡數學嗎？他真的想要這塊金牌嗎？這真的是他的夢想嗎？

為什麼沒有人跟他說完成夢想後會變成這樣？

金牌光環隨著時間散去，人們也不再聚焦於他，更有人酸他是小時了了的資優生，終將面臨平庸，而他也自甘平庸。

他沒辦法像薛燕斌那樣，完成一個夢想後再找下一個，只要不停下來就不會胡思亂想。

不過，跟薛燕斌交流後，他卻重拾了一點點想做什麼的動力，還有以前熱愛數學的心情。

看到數學難題時狂熱一頭栽入、廢寢忘食，解開數學題目時的充盈愉悅，可以抵銷努力的一切。

他曾經是那麼熱中過，卻在達成目標時忘了這些。

他錯把目標從數學，變成金牌——如果能早點想通這個，也許那時候就能繼續下去了。

修復3

——還會餓，還能傳訊息叫人買東西，還有動力爬下床、打開冰箱找食物，他顯然還不夠憂鬱呢。

李維修坐在頂樓地板上，吃著冷掉的火雞肉飯，邊想著自己今天怎麼還沒接受天懲死掉，突然心臟病發或是被地震壓死都可以。

那天跟宋一新坦白後，這是他自從小提琴比賽以來第二次這麼後悔一件事，雖然這兩件事認真算起來還有些相關。

如果不是因為他努力練習，得到了第一名，小睦也不會崩潰，他也不會跑去亂射沖天炮，害宋家的家具工廠火災。

「不要努力就好了……」他喃喃自語地道。努力道歉也沒得到好結果，倒不如像之前一樣，四處玩耍，什麼事都沾一點，不要付出全力，就不會得到這麼痛苦的後果。

吃完飯後他暫時把空盒往旁邊丟，直接就躺在頂樓的地板上，反正好像兩天沒洗澡了，不差這一點髒。他曾看過一個日本恐怖漫畫，人被融化的牆壁吃掉之類的，他現在不禁想著如果自己就這樣跟地板融為一體就好了，毫無怨言地受人踏踩，還比當個廢人有用。

不過，就算躺得再久，他也不會變成地板，當個廢人還是會無聊。

他拿出手機、戴上無線耳機，想在影音網站上隨意看個廢片，卻在播放清單裡看到宋一新的軍武頻道。

宋一新是個軍武宅，某次聊天不小心透露自己在做影片，但又死活不願意透露頻道名稱，是他用各種網路搜尋技巧偷偷找到的。

以網路影片來說，內容太過認真反而很無聊，但因為認識宋一新本人，覺得有點可惜。他時不時會點開來看一下，增加點閱率。

不過，今天看到這個頻道，他反而有了完全不一樣的想法。要是宋一新不為了經濟煩惱的話，是不是可以做更多他喜歡的事，更有時間更新上片，又或著……他可以不用來念機械系？

而這一切都是因為……他連忙按了旁邊毫不相關的影片，再想下去，他怕自己會忍不住跳下去，而這裡是五樓還不夠高，死不了還會給父母添麻煩。

隨意亂看幾個影片後，影音網站ＡＩ竟然再次推播古典音樂給他，他從來沒在這個網站上搜尋過古典音樂，可能這網站跟他的音樂播放ＡＰＰ有著某種關連性，現代人在網路上真是一點隱私都沒有，而且，ＡＩ十分精準地推播了吳睦雲拿到世界級青少年小提琴大獎的影片。

若是平常的李維修，一定毫不猶豫地按下關閉，並順手點「以後不要再推薦這類影片給我」，但今天的他是自暴自棄的廢人李維修，活該承受這些世界對他的冷血殘忍，如果現在他身上有個正在流血的傷口，他也會用力戳爆它。

他讓影片自動播放，小提琴聲瞬間充斥腦內，他近十年沒聽過小睦的琴音了，除了技巧明顯提升了好幾個層次的高超與情感澎湃之外，還是保有他以前最喜歡的部分。

本以為自己還能更慘的，卻意外地被琴聲治癒了。

其實他之前就從媽媽那邊得知，小睦後來從低潮中復活了，也接連拿下一些獎項，可以說是媽媽教過的學生裡最傑出的一位。

他真心佩服小睦，經歷過那次後還能全力以赴，不怕失敗，不像他總是一直逃避。

比賽的影片播完後，影音網站自動播放相關的影片，是吳睦雲得獎後的訪問，他也沒關掉，就繼續看。

「睦雲，大家都說你是天才型的演奏者，你覺得自己是天才嗎？」

這什麼爛問題，誰會在接受訪問時說自己是天才？他邊聽邊吐槽著。

「我怎麼可能是天才，就算是天才，也是要苦練的……。」

與琴音相反，長大後的小睦變得很斯文沉穩，聲音也完全不同，若是走在路上遇到，他大概認不出來吧。

「但我遇過真正的天才。」

「喔？是誰呢？」

「是小時候跟我一起練琴的朋友，他比我晚一年練琴，不過視譜很快，對各種曲子的掌握都很好，那時候我花了大半年準備比賽的曲子，他才準備一個月吧，就拿到第一名了。」

「哇，這麼厲害？那他還在拉琴嗎？」

「他後來就不練了，所以我才說就算是天才，也要一直苦練。放棄就什麼都沒了。」

「音樂路上真的很辛苦，中途放棄的人也很多。那睦雲你有沒有想過放棄呢？」

「剛剛說的，我的朋友拿第一名的那次，我真很想放棄，沒想到卻是他先放棄，讓我覺得很可惜。」

「他放棄拉琴了，所以你沒辦法再跟他比賽、沒辦法贏過他了嗎？」

「不是的，因為他放棄了，所以我沒辦法再跟他一起練習、一起準備比賽了。我真的很喜歡跟他一起拉琴。」

看著吳睦雲對著鏡頭露出惋惜的表情，李維修已淚流滿面。

他最懷念的不是得第一名的榮光，也是跟小睦一起拉琴的時光。

當李維修哭到覺得自己脫水，下樓去廚房倒點水來喝的時候，正巧遇到剛被爸爸送回來的宋一新，兩人狹路相逢特別尷尬。

李維修覺得對方一定不想看到自己，便低著頭縮著身子，想悄悄地繞過宋一新溜回房間。

不過，宋一新可沒有那麼簡單要放過他。

「你要逃去哪？」

李維修聽到嚇得連手裡的水壺都滑掉了，戲劇性地滾到宋一新腳邊，他還撿起來遞還給李維修。

「謝謝……」李維修仍死盯著地板，彷彿地上有幅名畫，讓人移不開眼。

「你有空嗎？我有話跟你說，去樓上？」

李維修無法拒絕地跟在宋一新身後，兩人走到頂樓，都想起那天坦白的場景，李維修覺得自己的胃袋正被拳擊手當沙包毆打。

「我那天講得太過分了，對不起。」

「呃，我……嗄？你說什麼？」李維修不敢相信自己聽到的是字面上的意思。

「我說害你哭到現在，我真的很抱歉。」宋一新笑道。

「什麼哭……喔！這不是啦！」李維修用手胡亂抹了抹臉。

「原來不是啊，我太自以為是了嗎？」

「也不完全不算……等等，新一你是被盜帳號嗎？」他認識的宋一新不是這麼油腔滑調的人啊！

「我只是解開封印而已。」宋一新一本正經地說：「說真的，上次我太過頭了。」

「不，是我活該……。」

「不要這樣講，沒有人活該承受一切過錯。」宋一新走到女兒牆邊靠著，「其實我爸那時候早就破產、負債累累了，火災只是最後一根稻草。我不該把一切怪罪在你身上。」

「就算只是最後的稻草，那也是我的錯啊！」李維修大喊，恨不得對方能把自己牢牢釘在十字架上。

宋一新見狀卻輕鬆地聳肩，「你這麼想承擔的話……好吧，你的錯。」

「沒錯，是我的錯。我真的……不知道能做什麼補償你。」

「如果你真的想要補償的話，確實有一件你能辦得到的事。」

「什麼事？」

「一起做火箭啊。」

「什麼？」李維修萬分不解，「搞什麼？怎麼變成是你想做火箭了。」

「我從來就沒說我不想做。」

「蛤？」李維修頓時一股悶氣湧上，「每次都是你第一個反對耶。」

「我只是提出現實考量！只是說要做的話，大家都會講。」

「士氣一開始就被打壓的話，就什麼都做不成啦！」

「不考慮實際的因素才什麼都做不成好嗎？」

對話突然變吵鬧荒謬，讓兩人之間的鬱悶氣氛緩和了下來，他們也忍不住笑開。

「搞什麼啦……話題變得好奇怪。」

「你才在搞什麼，」宋一新推了推眼鏡，「就那麼難受嗎？你該不會一整個禮拜都這副德性吧？」

李維修這次沒有反駁，用掌心揉著眼睛，「你真的想做火箭喔？」

宋一新轉了個身，手肘靠在女兒牆上，「如果可以一起做一件大事，留下深刻回憶，就能蓋掉不好的回憶了吧。」

見他沉默不語，宋一新只好接著說。

「而且我的頻道一直沒人看，錄下做火箭和發射過程，搞不好可以騙騙流量。」

「可是你的頻道跟火箭又沒關係——」李維修撇撇嘴。

「你果然有在偷看。」

「那是網站自動推播的啦！」

宋一新不置可否地賞給他一記招牌白眼，但李維修被熟悉的白眼瞪得好快樂，笑得像個白痴似的。

「那就一起來做火箭吧！」

李維修舉起握拳的右手，宋一新也用握拳的左手輕敲了一下。

「豪豪，你也睡太晚了吧？」

本是適合蹺課的星期一早上，范姜豪卻被一串急促的敲門聲吵醒，當他頂著亂髮與沒穿好的短褲開門時，直到上禮拜還像三條鹹魚的三人，忽然像被打了什麼正能量興奮劑，穿戴整齊地站在他房門口，嘴裡還嚷嚷著接下來的各種計畫。

「我們要早點去學校找助教，你要去嗎？」

「找完助教還要去找場地。」

「不趕快行動的話，一定做不完。」

范姜豪雙手撐在兩邊門框旁，身為四人中最高壯的他，難得顯現出威壓感。

「你們三個……生理期過了喔？」

被三人瘋狂吐槽了十分鐘後，缺了兩個人的火箭小組總算動了起來。

重組 1

助教聽了他們要做火箭的事，厚厚的眼鏡從鼻梁滑至鼻尖，雙眼瞪得比後方他養在研究室裡的凸眼金魚眼珠還要大。

「你們要自己做火箭？」他緩緩把眼鏡推回原處，「為什麼？」

「就是想把它做完，試著發射看看，都做了一半，不堅持到最後太可惜了。」李維修說。

「而且也想說，如果我們真的做好了發射成功，學校是不是能收回禁令——」

「可是……。」

見助教欲言又止，李維修搶著解除他的疑慮。

「要花錢的材料其實之前都買了也報銷完了，後面花的應該不多，發射架應該可以用之前放在二〇一裡舊的那個再改良吧？時間的話，我們都是課後做，也打算做不完就利用寒假做。現在比較麻煩的問題反而是卡在沒有場地可以做，不可能在我們住的地方做，工廠應該也沒辦法借了吧？」

助教輕敲著電腦桌，「如果是場地的話，教授好像借得到。」

四人異口同聲地道：「真的嗎！」

「我們之前做火箭的時候也跟工廠不合，後來就搬去那個地方做完……只是要問一下教授他那個朋友還能不能借我們，教授現在有課，待會會過來研究室Meeting，看你們要不要等一下直接問他。」

當大家懷抱著助教給的一絲希望時，像是走完了楣運，正是觸底反彈的運勢上升期，助教又給了個好消息。

「既然你們要繼續做的話，那要不要問一下另一組，做好的東西可不可以給你們用，我記得那個家裡做腳踏車的同學，他爸爸幫他們把火箭本體做完了，後來知道不用實作還來問我怎麼辦呢。」

李維修當下就傳訊給那位同學，也很快收到回應。

「你們還想繼續做喔？也太熱血了吧！好哇，都給你們，我還在想要怎麼處理掉那個大型垃圾火箭殼咧！」

他看到訊息後比了個拉弓的勝利姿勢，另外三人都鬆了口氣。

「太好了，這樣就不用煩惱我們原本玻纖要怎麼切的問題了！」湯鈺齊道。

「不但不用煩惱，還升級成碳纖！」范姜豪想，要是譚雅筑在這邊，應該會很興奮吧。

「發生什麼事了，怎麼這麼熱鬧？」

剛上完課的吳教授探頭進來研究室，看到他們幾個大學部的學生有點意外，因為只看過一、兩次，教授也不認得他們是火箭實作課的學生。

「教授，是這樣的——」

助教站起身來向教授說明事情原委，教授越聽眼神越為發亮，他高興地拍著離他最近的范姜豪的肩。

「你們還想繼續做嗎？金厚、金厚（太好了、太好了），學校那邊講不聽，也不讓我們的課繼續做。場地的事，沒問題！我來搞定！」

吳教授親切地拉著他們東聊西扯，直到其他研究生們都坐定位，頻頻暗示教授該開始Meeting了，教授才依依不捨地結束話題。

「現在像你們這樣的學生真的很少，每個人來上大學也不知道要做什麼……不然就是只想畢業後去台積電當工程師，都沒有這種熱情，想領薪水賺錢孝敬父母也沒什麼不對啦，只是人生短短，沒有什麼追求不就沒意思了嗎？

「看你們就算跟上課成績都沒關係了也想把火箭做完，我真的很高興，之後遇到什麼困難儘管跟我講，我們來一起解決！這次一定要去試射！等到你們試射的時候，一定很感動的！」

當四人離開吳教授的研究室時，心裡都還想著他剛剛說的那些話，有點認同，也有點想反駁，還有引發更多疑惑的地方。

「其實，」宋一新頓了一下，環視其他三人後開口，「我們也沒那麼熱血吧？」

「沒有宏大夢想，只想當個工程師錯了嗎？」范姜豪笑道：「我畢業後可能還是只想當個普通的上班族吧。」

湯鈺齊呼了一口長長的氣，「我沒想那麼多，我現在就只是想做完它而已。」

「你們別想太多啦，我們做的事情在別人眼中就是滿熱血的啊。既然都要做了，就不用在意別人怎麼想，做到完就對了。」李維修指著天空道：「我很期待試射的那天喔。」

三人互望了一眼，不約而同地道：「最熱血的人就是你啦。」

■

教授的朋友是鐵工廠老闆，說是剛好工寮裡有空間，附近很空曠、沒有民宅、很安全，可以借他們使用。

四人雙載騎著兩臺摩托車，照著教授給的地址輸入進手機後導航，越騎離市區越遠，越騎越往山中。在途中一個岔路時，導航指向滿是由石頭與泥巴，還有前天下雨積水的下坡產業道路，他們覺得不太對勁，便停下來研究。

「看起來是這條沒錯，只是——」宋一新望向下方約三十度的斜坡，「等一下會不會爬不上來啊？」

「摩托車可能要用推的。」李維修仍不停滑手機確認，「我是怕導航出錯，我爸以前就完全相信導航，開到沒路可開，還叫道路救援來拖車⋯⋯。」

「不過，教授有說工廠是在滿偏僻的地方，應該沒錯吧？」范姜豪道。

四人在原地討論著先讓兩個人下去探路，看看工廠是不是在下面，以免全部卡住上不來時，後方忽然有輛小發財車駛近，朝他們輕按了下喇叭。

「你們是吳教授的學生吧？」車主拉下車窗露齒一笑，嘴裡的大金牙特別顯眼。

他們點頭稱是後，車主什麼也沒解釋，就叫他們跟上。

順著產業道路，跟小發財車一路往下，其實只要再兩個蜿蜒的陡坡就能抵達鐵工廠了，在長滿雜草的林地中心，有兩處鐵皮搭蓋的建築物，旁邊還有一個小池塘。

車主下車後自我介紹姓王，是這裡的老闆，也是吳教授的小學同學，穿同一條褲子、偷過同一顆西瓜長大的那種交情。

「真的沒想到他現在還在肖想要做火箭什麼的，都已經當上教授了還在搞東搞西，他小時候最喜歡拆東西做東西，有一次我跟他差點把家裡炸出個洞，被老北（老爸）吊起來打耶。」

四人面面相覷後，皆會心一笑。

「不過也是滿佩服他的啦，說要做就做到底，還養出你們這些徒子徒孫。」王老闆打開鐵門，裡面雖然有些機械器材，但好像很久沒使用的樣子，「我的工廠現在搬到其他地方，這裡就空著了，你們可以隨便用啦，水電都還有，欸！別把房子炸掉就好。」

他們把機車上的火箭器材拿下來，王老闆疑惑地道：「東西這麼少喔？」

「機車能載的量不多……」李維修尷尬地說。

「不早說，約個時間我用發財車幫你們載一趟吧！」

此時，四個人仰望王老闆，都覺得他背後有道神聖的光芒。

等到跟王老闆約時間載器材、把一切安頓好之後，已經過了一個禮拜多了，四人現在騎來山上工寮已熟門熟路，單趟只需二十分鐘就能抵達。

「這個地方場地大，又沒人管，怎麼吵都沒關係，還有很多工具可以用——」

「什麼都好，就只有一個缺點。」

「這缺點太致命了，不是十二月冬天了嗎——」

「為什麼蚊子這麼多！」

工廠位處植被茂密的山中，附近又有水塘，理所當然地是各種蚊蟲繁衍的樂園，他們只得一邊製作火箭，一邊努力與小黑蚊對抗。

這天他們在山中工廠要做推力測試，亦即上次在二〇一一做過的實驗，只是上次是小尺寸火箭推進器，但這次直接用等比例尺寸推進器，火力將會更加強大。

四個人表面上不說，但心情上皆戰戰惶惶地，曾經失敗過一次的經驗就像結痂的傷疤，雖然底下的傷口好了，但醜陋的結痂仍提醒著那時候的回憶。

他們把推力測試臺搬到工廠後門，剛好噴射口可以正對著小塘，以防各種萬一。

接著，將火箭推進器組裝在推力測試臺上，由兩人固定好之後，再由另兩個人確認，而後架好手機攝影，最後，其他人員往後退，由范姜豪負責點燃引信。

他輕撫著胸口，深吸口氣，不去想過去的經驗或是未來的結果，專注當下。

——沒問題的。

「五、四、三、二、一，點燃。」

當火箭推進器尾部冒出白煙後，緊接而來的是一聲如雷轟頂，比那時二〇一一爆炸發出的聲音還要懾人。但大家並不害怕，燃燒艙還好好地固定在臺上，穩住了軍心，緊接著尾部噴射出美麗的金黃色火焰，伴隨著化學燃料燃燒的嘶嘶聲與特殊氣味，富含力量的衝擊一次爆發，噴射聲響在山林裡迴蕩。

眾人怔怔地看著這場金光四射的科學表演，皆幻想著如果這時沒有固定住它、把它往天空發射，一定能飛得又高又遠吧。科學的力量、人類的力量、他們的力量，竟然從零開始做出這樣的東西，一股無以名狀的成就感油然而生。

燃料全數燒盡後，他們慎重地等了幾分鐘，確定沒有任何問題後才鬆了口大氣，心有靈犀地大笑開來。

「原來你們也會怕喔？」李維修笑道。

「我還以為只有自己怕。」實驗順利完成後，范姜豪這才感到口乾舌燥，連忙喝了口水。

「畢竟才剛發生事情沒多久……」宋一新擦了擦額頭上的汗水，「說不怕是騙人的吧。」

湯鈺齊也扶著板凳坐下，「剛剛發射的時候我還以為自己的心臟停了。」

「我也是！」范姜豪興奮地道：「沒想到威力這麼猛耶！好酷喔！」

「能這麼近看到火箭點燃真的……是種神奇的體驗。」宋一新用廢紙扇著自己燥熱的雙頰，如果附近有游泳池，他絕對會毫不考慮地跳進去。

「所以，這樣算是成功了吧？」李維修並非原本推力組的成員，其實搞不懂怎樣算成功或失敗，但至少他們今天沒把工廠炸掉。

「當然成功啊，大成功！」范姜豪身體力行地擺了個人體的「大」字，「原本是計算玻璃纖維的重量，現在箭身換成碳纖，在推力不變的情況下搞不好可以飛得更高，飛越卡門線也不是問題！」

「想太多，飛到卡門線之前就會被我們國防部先打下來好嗎？」宋一新沒好氣地說。

「原來我們國防部有在工作喔？」李維修問。

「當然有啊！現在管很嚴的，什麼無人機那種都不能亂飛，到時要試射的時候應該也得先申請。」

「跟誰申請啊？國防部嗎？還是要在上面畫國旗，證明我們是友軍？」

宋一新連白眼都懶得翻，「到時再問助教吧。」

「不知道為什麼，好想趕快做完試射喔。」湯鈺齊道。

其他三人也都點頭同意，只是其他部分的進度卻不如推力系統，而且少了譚雅筑跟薛燕斌還是很傷，缺乏有經驗的人，他們只能在黑暗中邊摸索邊前進。

「學長你要加油啊，航電系統不是還怪怪的？」

一說到這個，湯鈺齊整張臉就都垮了下來，原本他跟薛燕斌一起做的時候，進度算是超前，接著只要把航電系統跟通訊系統整合後裝在火箭體上即可。

但就是這個整合的過程出問題，航電系統跟通訊系統像是貓跟狗一樣，放在一起就打架，產生電磁干擾，讓兩方都無法順利傳導作業。就算看完薛燕斌給他的隨身碟法寶，他還是搞不懂發生了什麼事。

「你上次不是說要用錫箔紙把天線包起來？也不行嗎？」宋一新問。

湯鈺齊無奈搖頭，「我只證明了，用錫箔紙包頭可以防腦波攻擊是個都市傳說。」

「那怎麼辦，要求外援嗎？」范姜豪問。

「還不用啦，我這禮拜先把東西一個個拆開來，看到底是哪裡有bug。」

湯鈺齊心裡默默想著，現在這裡卡關就求援的話，那後面整合完成後還有個大難關該怎麼辦？要測試它在高速移動物體上的通訊能力，不過這很難實地測試。

國內地表上速度最接近火箭發射的是高鐵，時速可達三百公里，然而，帶著系統坐高鐵測試的話，內部車廂很穩定又沒意義；但是，總不能把系統綁在行駛高鐵外測試吧？就算他願意，高鐵也不願意啊！

「怎麼聽起來很土法煉鋼啊？」李維修用舌頭嘖嘖了幾聲，「人類都上太空了，還研發了贏過人類圍棋的ＡＩ人工智慧[1]，應該要有更有效率的方法啊！」

被這些問題困擾好幾天的湯鈺齊聽見李維修的風涼話，難得態度強硬地槓了回去：「最沒資格嘴我的就是你們降落傘組吧？這次是第幾次縫降落傘啦？什麼時候要拿去屋頂測試？你們應該要有更有效率的方法啊——」

李維修難得被嗆得說不出話來，想向同組的宋一新求救，沒想到對方卻早已不在原地，還擅自拿走他的摩托車鑰匙下山買吃的去了。

至少，回來的時候有記得買他們的份。

在解決其他系統的進度之前，另一個振奮團隊心情的東西到了。

那個家裡做腳踏車的同學的爸爸送佛送上西，把碳纖維製成的箭身，亦即要裝載推力系統的壓力容器送到了這個山上的工廠。

四人千謝萬謝、幾乎把同學的爸爸當神明拜謝完之後，他們圍在碳纖維箭身周圍，它的外表是個黑色的圓柱體，被層層的碳纖維纏繞。

「剛剛伯伯說一臺碳纖維纏繞機要好幾千萬耶……」范姜豪讚嘆道：「我們是不是該去做腳踏車啊，可能比當台積電工程師賺錢。」

「腳踏車應該是寡占市場吧，與其另開公司，不如去給伯伯當員工比較快。」湯鈺齊道。

李維修賊賊地笑開，「待遇應該真的不錯，我剛剛看到伯伯的手錶是勞力士耶。」

「老闆有錢又不代表給員工的待遇好。」宋一新反駁。

---

1 AlphaGo是於二〇一四年開始由英國倫敦Google DeepMind開發的人工智慧圍棋軟體。二〇一七年五月二十三至二十七日在烏鎮圍棋峰會上，AlphaGo和世界第一棋士柯潔比試、並配合八段棋士協同作戰與對決五位頂尖九段棋士等五場比賽，取得三比零全勝的戰績，團隊戰與組隊戰也全勝。目前，最終版本AlphaZero擁有更加強大的學習能力，可自我學習，在二十一天達到勝過中國頂尖棋士柯潔的Alpha Go Master的水準。

「至少老闆沒錢，就一定沒更多錢發給員工吧？」

湯鈺齊打斷兩人的每日拌嘴任務，「話說，我越看越覺得它很像一種餅乾。」

「學長！我知道你講哪一種！」范姜豪激動地認同，「用海苔捲起來的那種日本餅乾？它是不是就叫海苔捲啊？」

「我們的火箭不是還沒取名嗎？那就叫它『海苔捲一號』吧。」湯鈺齊笑道。

「蛤？」

「拜託不要！」

「感覺出師未捷……。」

即使被否決，不知為何他們還是常用「海苔捲」稱呼這根價格不菲的黑色圓柱體。在海苔捲存在感的加持下，其他部分的進度也略有進展，但時間接近期末考，除了湯鈺齊以外的三人不得不暫緩火箭作業，以準備考試為優先。

湯鈺齊便常一個人待在山上的工廠，有時候還會直接睡過夜，用堪比他在暑假沉迷於電玩的態度做火箭。

期末考結束後的下午，三人立刻衝回山上工廠，看到堆滿飲料與泡麵包裝的垃圾桶、桌上散亂的筆記、停留在程式運算畫面的電腦螢幕，跟一包放在主機上的特大號綠色乖乖[2]，約略能想像得出來學長這幾天的生活。

「早知道就放臺相機在這裡拍攝了。」錯失了精采鏡頭，宋一新覺得有點可惜。

「你是說像高速攝影那樣嗎？」范姜豪興奮地道：「那很酷耶！」

「最酷的應該是會看到學長連續好幾個小時都坐在螢幕前工作。」

「喂，你們不先確認學長死活嗎？風涼話講得真開心喔，」李維修搖著趴在桌上熟睡的湯鈺齊，「學長、學長，你還好嗎？」

湯鈺齊花了三分鐘才重開機完畢，他睡眼惺忪地回看三人，露出慵懶的笑容。

「我終於找到bug……把兩個系統整合好了……接下來……就是測試……移動時的通訊……。」

湯鈺齊彷彿在交代遺言，用盡最後一絲力氣把話說完，隨即又倒頭睡去，三人哭笑不得。

「看不出來學長對火箭這麼拚耶。」范姜豪體貼地把學長的外套拿過來披在他身上。

「他不是拚火箭這件事，而是不想輸給薛燕斌吧？」李維修活像在拍藥用貼布廣告，誇張

2　在機械設備旁擺放零食乖乖，為臺灣的一項特殊文化。認同這項文化的人認為透過取該零食名稱「乖乖」之意，擺放後能「讓設備乖乖運作」。這項文化的規則大約包含：零食乖乖不能過期與隨便移動（除了快過期需進行更換）、外包裝必須是綠色（若黃色甚至是放紅色可能會有反效果）、無論再餓都絕不能將這些乖乖打開來吃。受到這項文化影響，乖乖成為可以破例帶進機房的食物，並廣泛被擺放於工廠生產線、電腦主機、機房、加護病房、資料中心、提款機、警消單位、售票機和人造衛星模型的上方或內部。

地聳了聳肩。

「不想輸給薛燕斌？」范姜豪困惑地眨了眨眼，「他們在比什麼嗎？」

「也不是在比什麼，就覺得學長很……在意他？」李維修說完自己都覺得怪怪的，此地無銀三百兩地描得更黑，「不是你對譚雅筑的那種『在意』喔。」

「就跟你說我跟雅筑只是朋友——」

范姜豪的無力反駁還沒說完，宋一新便插話道：「我難得懂阿修在說什麼，就覺得學長把他拿來跟自己比較吧。」

「所以，他們是要比什麼啊？」

「具體很難形容，這是一種感覺，一種Feeling。」李維修說。

「太玄了吧。」

「很像是『如果我以前做了怎樣的選擇，今天就會變得像他一樣』？」宋一新說。

李維修大力拍了拍手，「對對對，新一你真是比喻之神耶。」

「但學長跟薛燕斌從個性到成長過程完全不同啊……。」

三人熱烈地討論了好一陣子，早早就被吵醒的湯鈺齊終於聽不下去了。

「你們……可以不要在本人面前聊這些嗎？」

范姜豪見他醒了，還白目地問道：「學長，你真的在跟薛燕斌比啊？」

「並沒有……」湯鈺齊苦笑道：「他那麼厲害，我哪比得上。」

「學長！你在我們心中才是最強的！」

「對啊，學長超棒，超挺！」

「學長是我們的精神領袖！Respect!」

三人莫名抓著他一同上演起熱血友情劇，湯鈺齊開始懷疑他們四個人是不是埋首做火箭做太久，跟社會脫節，連腦子也變得怪怪的。

「我只是……想跟自己比吧。」

薛燕斌的存在讓他終於想通了什麼，也不得不正視自己，既然過去無法改變、無法回頭，就試著改變現在吧。但是他還在延畢，也不想提早找工作，能全心投入的，就只有這個跟學分、跟工作、跟他的未來一點關係也沒有的火箭了。

「這樣心態才是對的。」李維修用手指擦了擦鼻翼，「今天比昨天有點進度就好了！」

眾人皆點頭同意，然而，這天稍晚的降落傘測試時，李維修弄破了降落傘，今天比起昨天的進度還倒退了一大步。

重組 2

開始寒假的前幾天，助教忽然打電話給李維修，說想看看他們現在的進度如何，方不方便過去工廠。

四人雖一口答應，心裡卻有種被突擊檢查似的緊張，還不自覺地開始收拾散亂的場地。

助教即使以前來過，還是騎摩托車迷了一下路。當他大概了解各個系統的進度狀況後，推了推眼鏡笑著開口。

「跟我猜想得差不多，就算你們不回家過年，整個寒假都留在這裡，應該也做不完。」

雖然知道這是事實，但被助教當場說出來，四人還是負隅頑抗地想反駁。

「不會吧，助教，我們這幾天都做得很順耶，航電系統ＯＫ了，降落系統這禮拜開始放假後應該能做完，最後再把它們組在一起就好啦。」

「就是組在一起的時候會有很多問題要解決啊……」助教以過來人之姿提醒道。

「那就——到時再解決嘛！關關難過關關過，對吧？」李維修樂觀地看向組員們尋求認同，其他三人也只能點頭。

「那我就講一個，發射架你們打算怎麼辦？」

四人專注在製作火箭本體上，對於其他配件還沒想太多。

「發射架不是可以用之前二〇一留下來的嗎？」李維修指著放在角落的鐵架問。

助教抽了抽嘴角，一副「年輕人就是太天真了」的表情，他走到那個鐵架旁，單手就可以拎起它。

「這是我們最早測試用的，鋁條切一切組裝起來，那時候做的火箭也小，不會倒就可以了。光看就知道這個沒辦法撐起你們的火箭吧？」

經助教提醒，他們這才驚覺火箭比發射架還要大上許多，就像成人的衣服套上小孩衣架似的，硬是要放上去的話，就算碳纖再輕盈，發射架也會應聲從3D變成2D。

「所以，你們還得預留時間做發射架，照你們火箭預計完成的尺寸跟重量，大概得是這個的三倍大喔，而且還是要預留測試的時間。不要小看發射架啊，角度、承重、穩定度，都會影響火箭發射，你們也不想要火箭完成後，結果敗在發射架上吧？」

「那……大不了就做到下學期繼續做？」李維修唯唯諾諾地說。

助教搖了搖頭，「我就是要來跟你們說，不能延期的事。」

「蛤？為什麼？」四人異口同聲地道。

「你們上次不是跟教授說想要寒假做完嗎？教授也興沖沖地叫我去申請試射場地，今天許可下來了，剛好就在寒假最後一天。」
四人面面相覷，不知道該怎麼辦的時候，看到助教晃了晃手機。
「我想你們大概也不想要延期吧，就先替你們問救兵了。」
原來助教早就詢問了修同一門火箭課的另一組同學，看看寒假能不能支援他們做發射架，火箭與發射架基本上可以分開來做，不需要太多合作討論時間，這對中途加入的人來說也比較方便。
最後，有兩個同學說可以幫忙，再加上發射架是「可再利用的道具」，以後要發射其他火箭也用得到，研究室可以出資製作。助教帶來了危機，卻也化解了危機。
助教離開後，鬆了口氣的李維修才敢吐槽：「助教有好消息要先說啊，這是演哪齣啊，差點嚇死我。」
「這次能做到試射成功真的是各方幫忙啊。」宋一新將雙手合十感謝道。
「還真的跟阿修講的一樣，關關難過關關過——對了，助教剛剛叫我們記得掛上的這袋東西是什麼？」范姜豪一邊打開剛剛助教留下的那一袋東西，裡面是一塊塊看起來用廢棄邊角材料做的鐵牌，上面寫著——
「發射御守？」
「分節御守？」

「回收御守？」

「怎麼沒有航電御守……」湯鈺齊翻了翻那些鐵牌，沒看到自己負責的航電，有點失望。

「可能因為有綠色乖乖就夠了吧？」范姜彖笑道：「所以這要掛在火箭上嗎？助教還真迷信耶。」

「做好一切準備，卻還是不知道能不能成功的話，最後當然就只能求神了。」宋一新邊說著邊把這些御守掛在所屬的地方。

「不過，要發射的時候還是要拿下來吧？」

「是啊，不然會影響配重。」

「沒跟著飛上天的話，那這御守還有用嗎？」

「迷信與科學都要兼備啊。」

■

進入寒假後，眾人全力投入，就連宋一新也減少了打工，說是火鍋店老闆竟然寒假不開店，而家教學生一家又出國玩了，李維修不知道這話是真是假，但很高興他能跟大家一起製作。

接下來的時間猶如火箭倒數般進展飛快且毫無延後的退路，他們逐步把火箭各節組裝起來，高超過五公尺。最後，在原本單純巨大的圓柱體裝上3D列印而成的鼻錐，已然是個火箭的模樣，讓眾人心中充滿成就感。

火箭發射日的前一週，四人幾乎住在工廠裡挑燈夜戰。工廠一角放著幾箱零食、飲料及泡麵，就算下山的路忽然斷了，也夠他們在這裡生活幾週。

發射前四天，助教開著借來的小貨車，載兩名同學跟發射架來到工廠，進行發射前的組裝測試。

那兩個同學看到火箭「本箭」很興奮，四處東摸摸西看看。

「真佩服你們最後能把火箭做出來。」

「本來以為做個發射架有什麼難的，結果快搞死我們。」他們先參考網路其他同類型同大小的火箭發射架設計、修改，想做出好架設又符合仰角及穩定性的發射架。畫完3D圖後，直到分析模擬都很順利，沒想到問題出在最後一步。

拿給助教介紹的工廠實作時，被現場經驗豐富的師傅東挑西撿，指出很多錯誤，都是他們設計時沒想到的。

「結果來來回回改了好幾次。」

「現在這個最終版本，還是這禮拜才剛做好的，熱騰騰的咧。」

「那我們趕快來試著架上去看看吧！」范姜豪興奮地道。

包含助教，現場七個人在工廠外空地先把發射架架起，發射架設計成三腳支撐式，細長的架體看起來有點危險，但李維修試著推了推，卻意外地穩固。

「比看起來穩耶？」

「那當然，要是發射的時候倒掉、發射失敗，我們不被你們揍死才怪。」同學笑道。

「沒錯，」李維修笑裡藏刀地說：「到時要是倒了我一定會揍你們。」

「別講得這麼認真好嗎……。」

緊接著他們把火箭抬出，小心翼翼地固定在發射架先擺成水平狀的桁架上，接著再利用槓桿原理，將桁架緩緩打斜升起。

這晚的天氣萬里無雲，恰巧是十五滿月高掛天空，外表漆成橘紅色的火箭矗立，像是隨時要升空飛向宇宙、插旗月球似的，給人無限幻想。

眾人看著這宛若電影的場景，耳邊都幻聽到了知名電影《太空漫遊二〇〇一》開頭音樂，在磅礴的管弦樂曲中，無不百感交集，紛紛拿出手機以各種角度拍攝照片。范姜豪把照片傳給了譚雅筑，李維修傳給了哥哥，宋一新拍了各種角度打算當作之後影片的素材使用，湯鈺齊的手在傳送鍵上游移一陣，最後還是沒傳給薛燕斌。

「太酷了啦！」

「我們太棒了！」

「還沒幹過這樣的大事！」

他們像嗑了藥似的把發射架當成露營的營火，直繞著它打轉，手舞足蹈，不亦樂乎，像是小孩子第一次自己從無到有，做了一個單純屬於自己的創作品般興奮。

不過，再怎麼熱鬧的宴會也有結束的時候，更何況是一群理工男生組成的群體，沒有酒精或其他因素催化的情況下，找回理智跟撿回羞恥心的速度都比一般男生快一點點。

「好啦，差不多該放下來啦，總不能放一個晚上吧，還是會倒的。」

助教指揮著大家把火箭放下，然而，卻在這時候桁架卡得死死的，怎麼用力扳它都不會動。眾人輪流施力，都快把桁架掰壞了它還是無動於衷。

「停停停，」助教見狀連忙要范姜豪停手，「蠻力弄壞的話整個倒下來怎麼辦，到時連火箭都弄壞了。」

范姜豪舉手作投降狀，「助教，那怎麼辦？也不能這樣放著吧。」

助教跟另兩位同學拿著設計圖研究一陣子後，要其他人去找找看有沒有梯子，可能得爬上去看看才知道發生什麼事。

還好工廠裡什麼都有，他們立即搬出一個鐵梯。不過，火箭本身就超過五公尺，再加上發射架的高度近五公尺，比一層樓高，晚上作業還得一手拿著燈，有點危險。

那兩個同學要在下面看設計圖指揮，李維修便自告奮勇舉手。

「我爬上去看看吧。」

宋一新等三人負責穩住鐵梯，李維修爬上去照著底下的指示檢查，查個老半天卻也沒查出什麼毛病。而且，方才還涼爽的夜風有逐漸增強的趨勢，工廠的鐵皮屋頂被吹得喀喀作響。

「阿修，你小心點。」湯鈺齊提醒道。

「我還行啦！」

李維修雖然不怕高，卻也擔心待會兒要是來陣怪風的話，就算發射架被吹倒也不意外，急著想找出問題，但他畢竟不是製作發射架的人，在上面實在看不出個所以然。

「我拍幾張照片給你們看一下喔。」

他靈機一動地拍了幾張照片，把手機往下遞給范姜豪，讓他給那兩位同學檢查，不一會兒就發現了錯誤。

「啊！我知道了！這裡凸出來卡住了啦！」

同學指著照片某處，與設計圖對照確實有些凸出。

「應該是加工誤差吧。」助教嘆道：「但這一點點凸出不試著架設也不會知道。」

「喂——所以我現在要幹麼？」李維修在上頭喊道。

「工廠裡面有沒有挫刀或砂紙？」助教轉頭問宋一新，「只能在上面把它磨平了。」

結果，李維修在上面待了快一小時，用盡了滴水穿石的耐心，把那塊凸出磨平後，桁架終於能順利轉回水平。當大家把火箭完完整整地恭送回工廠原位時，已經快半夜三點了。

「媽啊，累死了……」李維修癱倒在他平常小寐的躺椅上，三魂七魄像去了一半。

助教拍拍他的肩，「辛苦大家了，還好在這邊就發現那個失誤，要是在發射現場才發現，根本沒辦法架梯子處理……」

雖然桁架是否能順利轉動跟火箭發射無關，但這個發射架是要收回實驗室再使用的，也還是得讓它能順利運作。

「為什麼沒辦法架梯子啊？」好奇寶寶范姜豪再次發問。

助教詫異回頭，「咦？我還沒跟你們說這次借的發射場地在哪裡嗎？」

發射

「嗚哇，還好有穿雨鞋來，不然普通鞋子要怎麼走啊——」范姜豪哀哀叫著。

「昨晚有個碩班學長忘了買雨鞋，還說要拿兩個臉盆代替，不知道有沒有卡關。」湯鈺齊頻頻回望，但沒看到那個學長。

「這種溼地真的沒辦法架梯子耶。」李維修皺著眉道。

「從來沒想過會在蚵田旁邊發射火箭……。」

宋一新看向一旁的蚵農，剛好有幾個蚵農也好奇地看向他們，像平行線般永遠不會有交集的兩種類別工作，相互觀察對方在做什麼。

時間飛快到了試射火箭這天，地點在C縣海邊某溼地進行，不但事前經過許多公文往來，還往上呈報至國防部，聽說學校還差點出手讓他們不能試射，所幸最後吳教授剛好有篇論文上了國際期刊，學校才勉強賣他面子。

除了人的問題之外，天氣的問題也很重要。

試射當天的天氣就算不是大晴天，也得是個無風的陰天，下雨天會直接取消試射，人造的東西畢竟無法跟老天硬幹，取消後又要重新申請，國防部跟學校會不會再放行也是個未知數。除此之外，他們只能趁著退潮時進行，要是到時組裝時間拖太久，遇上快漲潮也得取消試射。

人類都能上太空了，卻無法控制氣象，他們四人只能祈禱、做祈晴娃娃、叫班上幾個晴男來工廠繞繞。

可能這些不科學的方法還是管用，預定發射當日是萬里無雲的晴天，一切照計畫進行。

吳教授的研究生們也都來幫忙兼觀摩，溼地地形泥濘難行，到處是蚵殼跟小螃蟹，助教早在出發前就提醒大家要穿輕便衣物跟雨鞋，但也是有人選擇其他作法，像那位拿著臉盆代用的學長，正在隊伍的後頭想辦法滑行前進。

因為得搬大型火箭與發射架跟其他較重的器材，他們前幾日就來這邊向蚵農商借可以載貨的採蚵車，吳教授與助教理所當然地駕駛車子輕鬆前進，成為眾人羨慕的存在。

預定試射點在離岸約一公里處，眾人抵達後分工進行組裝，以他們四人跟負責發射架的兩個同學為主要工作人員，其他研究生學長姐則在一旁協助幫忙。

因發射前各種事情繁瑣，他們在事前就制定了標準ＳＯＰ，由李維修擔任總指揮，其他人照ＳＯＰ流程執行，最後經由他一一確認再執行下一階段。

架設發射架、將火箭放在桁架上、測試航電系統、測試與地面的通訊、測試推力系統……最後一步是連結火箭與發射架唯一連結的地方——接收點火指令的電線。

之前因安全問題，都沒測試到這最後一步，雖然是簡單的一小步，但范姜豪在接線時，手指還是不由自主地發抖。

「可以嗎？」宋一新問道。

被夥伴這麼一問，范姜豪反而穩定了下來，接好線回道：「沒問題！」

一切準備完畢，李維修也全部都確認一次後向教授報告。

教授點了點頭，隨即朗聲跟大家說：「成功或失敗都不是最重要的，重要的是大家安全平安、沒破壞場地。那安全起見，大家再往後退個五十公尺吧！」

眾人繼續腳踏著泥濘往後退時，湯鈺齊細聲道：「教授這是在說我們之前二〇一的事？」

李維修吐槽道：「這個場地要破壞也很難吧？」

「火箭掉下來燒到蚵田應該算喔。」宋一新淡淡地說。

「不可能飛那麼遠啦！」范姜豪驚呼，他們都已經刻意離蚵田一公里以上了。

「要是真的飛那麼遠，也許可以變成教授下一篇論文。」湯鈺齊笑道。

待大家都退到安全範圍外之後，發射架與火箭孤獨地矗立在溼地上，任憑海風吹拂也挺直身軀毫不擺動，發射架組的兩人見狀滿意地點著頭。

教授見全員到齊，便向李維修說：「準備好就可以發射了。」

李維修重重地點了頭，看向一路走來的三個夥伴，明明只是個自己一開始也沒什麼興趣的火箭製作，中間歷經了那麼多事，就算成功或失敗對他的人生也不會有任何影響，但心中仍是百感交集。

——不，也許還是有影響吧，光走到這一步就影響巨大了。

「阿修，在等什麼啊？」宋一新覷了他一眼。

「你在緊張嗎？」湯鈺齊問。

「還是我來喊？」范姜豪說。

最後剩他們四個人製作時，李維修算是實質上的組長，當然不會放棄這個機會，當機立斷地開口。

「發射倒數，五、四、三、二、一，點火！」

火箭尾部冒出火花與白煙，巨大的氣流甚至把發射架立足的溼地泥巴吹成了個淺凹洞；當火箭飛向天空時，遠在數十公尺外的他們都能感受到微微的震波，它帶著一條白色的尾巴迤邐上升，實質地離開了地球表面。

就像電影一樣，這個空間瞬間消音，除了火箭以外的東西全都霧化，他們的視野彷彿能脫離肉體，從空中往下、由各種角度俯瞰火箭冉冉上升的英姿。

那可能是他們到目前為止的人生中，看過最美麗的景色。

然而，還在地球表面的他們沒有太多時間可以感動，原本緊張興奮的心情在火箭發射後接踵而來的各種忙碌下盪然無存。

負責航電與通訊的湯鈺齊在火箭順利升空五秒後就知道這次試射可能會失敗，通訊資料回傳零碎，最終回傳了一個定位資料後，就此失去聯絡。

第一節火箭在燃料耗盡後脫節，降落傘有順利打開，於可視範圍內順利回收。第二節因失去通訊，且降落傘未順利打開，未在可視範圍內且未回傳定位，眾人分散搜尋，最後由蚵農發現協助回收。

在漲潮前忙著收拾完各種殘局，他們伴著海邊的夕陽走在回程的路上，雖然結果算是失敗，心情倒也沒那麼沮喪。

「總算做完了！」李維修不顧眾人目光地高舉雙手歡呼。

「雖然失敗，但也終於做完了……」宋一新拖著腳步，他只想回去好好大睡一覺。

「失敗也沒關係啊，跟教授講的一樣，找出原因就好了。」范姜豪道。

李維修幽幽地道：「我已經暫時什麼都不想思考了。」

「我們要向學長學習啊，他已經在找原因了！」范姜豪指著旁邊捧著筆電邊喃喃自語地找bug的湯鈺齊。

「不該收不到訊號啊……。」

「學長，回去再研究吧，你萬一跌倒筆電會插進泥巴裡喔。」宋一新提醒道。

「怎麼會收不到呢……？啊啊啊——」

在湯鈺齊的驚呼聲中，宋一新捧住他的筆電、范姜豪扶著他的肩膀、李維修撈起他的背包，四人呈現搞笑漫畫裡的怪異姿勢。

雖然火箭發射失敗了，但今天他們至少有件事成功了。

■

「妳確定是這間嗎？」

「民享街右轉第二條巷子最底的公寓五樓……啊，上面有頂樓加蓋，應該是這間沒錯。」

兩個女生，一個提著一大袋香噴噴的垃圾速食，另一個提著色彩繽紛的手搖飲料，站在有頂樓加蓋的公寓門口。

「他還是沒回訊息嗎？還是要打電話看看？」

「我剛剛就打了，沒接。」

其中一個女生打開手機，與范姜豪的通訊畫面停留在她傳的訊息上，未讀。她則忍不住又點開了上面范姜豪稍早傳來的火箭發射影片。

「妳一定很希望自己也在那邊吧？」

「我將來會在那邊的，不過……也有可能在更厲害的地方！」

另一個女生看著她恢復成自信滿滿的模樣，欣慰地一笑。

她們站在樓下等了十分鐘，剛好有住戶回公寓，詢問她們要不要一起進門。

「妳們要找幾樓啊？」

「我們來找同學，他們好像住五樓。」

住戶聞言眉笑眼開，「喔！那我的房客啦，直接上來吧。」

她們跟在房東身後，見他手裡拎著個塑膠袋，裡面裝著一顆燈泡。

「四個C大的男生嘛，很乖啦，房租都很準時給不會欠餃，我來幫他們換燈泡的。」

三人走到四樓往五樓的樓梯間時，頂上的燈泡亮得就像是新買的。

「咦？換好了啊？」

房東站在底下還疑惑著，她們便越過他，逕直走向五樓門口。按了電鈴沒回應，還在梯間的房東說電鈴壞很久了，打電話吧。

兩人打了電話還是沒人接，其中一人輕轉大門竟然沒鎖，兩人好奇地打開往裡面一望，皆會心一笑。

客廳裡的雜物亂放，全身髒兮兮的四人倒在沙發上，褲管跟衣服都沾到泥巴，即使如此，他們仍睡得東倒西歪，像是天塌下來都不會醒似的。

「簡直像經歷了一場大戰。」

「像戰士一樣努力奮戰過一回呢。」

「你們機械系都這麼熱血嗎？」

「我不喜歡用『熱血』一概而論，他們每個人可能都有不同的動機吧。」

有人的動機很簡單，只是想在Check List上打勾，有的則是享受團體活動的感覺，也有單純的好奇，想在既定的人生道路上繞條不近不遠的小路，還有想要試試自己能不能不論成功或失敗地，從頭到尾做一件事。

「不管讓他們做到最後的動機是什麼，我覺得他們都不會後悔做這件事吧。」

「為什麼？妳不是說他們試射失敗了嗎？」

「可是，妳不覺得他們臉上的表情很滿足嗎？」

訪談VII

「很謝謝您今天跟我分享這麼多，那最後想請湯教授給我們雜誌的讀者一段話。」

湯鈺齊聞言突然想起什麼走回書桌打開筆電，喃喃自語，「我記得教務處有給我一些資料，說訪問的時候要講，招生用的……。」

記者有點尷尬地看著湯鈺齊找了半天，最後才等到他放棄似的闔上筆電。

「算了，用我自己的話來講應該也可以吧？」

記者笑著頷首，並把手機像電視記者採訪一樣，遞到湯鈺齊前方錄音，讓他不由自主地正經八百起來。

「我希望人們不管有夢想或是沒有夢想，盡可能地去嘗試各種可能性、保持韌性、提高容錯率，因為成功是萬中選一的偶然，失敗才是常態，但是不怕失敗、不斷地從失敗站起才有可能成功。

「雖然大家常說，努力不一定會成功，不努力一定很輕鬆，可是努力，可以讓你得到網路影音娛樂永遠無法給你的東西，那是一輩子的寶藏，使你的人生不會空乏虛無。」

湯鈺齊望向後方那張在蚵田旁的火箭照片，心中似有所感，深吸口氣後再次開口：

「只是坐在那邊用想的話，一切全是問題，只有『做』才會有答案。而且，火箭一定要點燃，才知道會不會發射成功。」

尾聲

「湯教授！你好慢喔！約在這裡就是為了你方便耶。」

湯鈺齊方踏入「多油」，就聽到李維修的抱怨聲，同坐在席上的還有范姜豪跟宋一新，桌上已擺滿飯菜，而且都吃了一半以上。

「抱歉、抱歉，有雜誌記者來採訪耽誤了一下，這頓就算我的吧！」

宋一新搖搖頭，「怎麼可能讓你請這攤小的。」

「對啊，等下當然要續攤！」范姜豪朗聲說。

吳教授原本以為這四個在沒有任何學分、成績壓力下，仍堅持要把火箭做完的學生，必定能成為他火箭研究室的新生力軍，結果卻事與願違。最後，四個人中只有湯鈺齊進了他的研究室，還順著他的道路前進，成為C大新設立的航太工程學系教授。

「續攤是一定要的，」湯鈺齊在宋一新與范姜豪之間坐下，「豪豪也是難得回來，這次去哪裡？」

「我昨天剛從古巴飛回來。」

「哇！我從來沒想過要去的國家耶。」

「我也沒有啊，但去了之後才發現很有趣耶。」

范姜豪覺得火箭很有趣，但也稱不上喜歡，那好像也不是他想要的東西，但是因為這次的經驗，讓他覺得人生要多方嘗試。他畢業後雖然順利在中小企業找到業務的工作，卻也不甘於此，常利用假日出國遊歷，最後終於找到興趣，成為旅遊公司的企劃，世界各地四處飛。

「那下次約一團你帶我們去啊，我對古巴這國家也很感興趣。」宋一新說。

「你是對古巴的軍火有興趣吧？」李維修照常調侃。

「不行嗎？不然我的頻道都沒哏了。」

宋一新在當年做完火箭後回歸他日常穩定的生活，每天忙碌於打工及學業，畢業後也順利地成為半導體工程師，兩點一線地勤奮工作。唯一有一點不同的是，他沒放棄他小小的二戰歷史及軍武頻道，持續更新中。

「就說你可以轉型來拍我們公司啊。」李維修拍著他的肩說，「大家都對新創公司從零到獨角獸很感興趣吧。」

宋一新亦照常白他一眼，「我看是從零到零吧。」

李維修是讓吳教授跟助教最意外的一個，身為組長的他坦然說，做完火箭後就明白自己對火箭完全沒興趣。也因為這次經驗，他確定了自己喜歡的可能是團體合作的感覺，不管做什麼都好。他在畢業後換了很多種工作，最後自己創業弄了個企劃活動公司，但不到一年倒閉，現在又弄了一個跟SDGs[1]有關的公司，可是實際上在做什麼，就跟其他新創公司一樣，也沒人徹底了解。

「說起來還是學長最有出息了，大教授！是不是又有火箭要試射了？」范姜豪說。

「別這麼說，我每天找錢管研究生寫論文，煩都煩死了。」

湯鈺齊是唯一一個進入吳教授研究室的人，他在延畢期間準備研究所考試成了碩士生，之後還繼續攻讀博士。鮮少人知道，他的起心動念，只是想找出那天試射失敗的bug而已，而在研發火箭這條路上，他遇到了更多失敗，失敗對他來說已是家常便飯，卻也因此看不到終點線，繼續努力奔跑著。

「最有出息的不是薛燕斌跟譚雅筑嗎？」宋一新反駁，「一個真的成了美國航太工程師，一個轉行去做心理治療的軟體，我上次還在雜誌上看到譚雅筑跟她伴侶的合照。」

「他們兩個不一樣啦，」李維修揮揮手，「非人類不在討論範圍內。」

「原來如此，我早就懷疑薛燕斌很久了。」湯鈺齊笑道。

1　SDGs是Sustainable Development Goals（聯合國永續發展目標）的縮寫，指的是聯合國於二〇一五年提出的十七項全球性目標，用於指導全世界共同應對當前及未來的經濟、社會和環境挑戰。這些目標旨在於二〇三〇年之前促進可持續發展，消除貧困、不平等，並保護地球的自然資源。

「他們都是蜥蜴人吧？」

范姜豪無厘頭地說著他們兩人是蜥蜴人的證據，大家開心地笑開。

四人即使人生的際遇與選擇不同，偶爾還是會碰面吃飯或是用通訊軟體聊天、講些垃圾話，就像以前住在那幢公寓時一樣。

「現在想想，那時候發射火箭成功的機率根本超低啊！比從小打棒球的人成為職棒選手的機率還低！」李維修笑著說。

宋一新吐槽：「你現在才發現嗎？你那個降落傘根本亂縫的吧，打得開才有鬼。」

「第一節明明就有開！」

「那只是運氣好，該去簽樂透。」

「我倒覺得我們那次算滿成功的，後來研究室有更慘的：直接在發射架上爆炸的、射到軍事用地被國防部關切的——」湯鈺齊雲淡風輕地細數。

「不過，」范姜豪看著三人頓了一下，「就算我們事前知道成功機率很低，也還是會把火箭做完吧。」

「這跟成不成功一點關係也沒有。」

「雖然不喜歡回答假設性問題，但不管重來幾次，我還是會做一樣的選擇吧。」

「欸！薛燕斌那傢伙打電話給我。」湯鈺齊忽然叫道。

「他不是在美國嗎？」宋一新問。

「學長你跟他那麼要好喔？」范姜豪說。

李維修急道：「你快接起來啊！」

湯鈺齊按下接通鍵，沒想到卻是視訊，但畫面中不見薛燕斌，反而是一處實驗火箭正要升空的景象。

薛燕斌沒說話，只傳來現場陣陣英文交談聲。

四人互望了一眼，似乎能心領神會這通越洋視訊電話的意思，緊接著，畫面裡傳來英文倒數發射聲。

他們也一同出聲倒數。

「五、四、三、二、一，發射！」

——終

後記

「你要不要來寫關於火箭的小說？」

編輯老王丟給我這個問句時，我的心情就跟開頭被譚雅筑邀請選修火箭課的范姜豪一樣，驚訝、疑惑：火箭？以結果論來看，我很感謝老王邀請我這個先前對火箭一無所知的人撰寫這部作品，同時也很感謝當時沒有因為未知而拒絕參與、挑戰的自己，誠如主角四人。

寫這部作品的時候，我想要探討的是「夢想」，但又不想寫得太熱血而偏離了現實狀況。像少年漫畫或電影主角一樣，為了夢想勇往直衝，成功之前絕不放棄的人，在現實生活中畢竟是少之又少的天選之人，又或是成功之後美化了努力的過程，小看了運氣、家世背景、國籍、時代等因素，把成功全歸因於「努力」太簡單，也對很努力卻沒有達到自己目標的人不公平。

因此，我選了四個大學生作為主角，他們之中有人沒有夢想，有人害怕挑戰夢想，有人因經濟因素不敢夢想，還有人甚至已經達成過夢想，他們對於夢想的看法完全不相同，而歷經了這段製作火箭的小旅程後，使他們的人生也發生了一點點改變。個人覺得，大學到出社會前幾年這段日子，是最容易對夢想幻滅的時刻。不過，倒也不是人就非得有夢想，而且還一定要去實現它不可，我覺得是台灣的學生不知道自己想要什麼東西。

就我自身經驗看來，學生們讀書考試一直被趕著鴨子上架，對於嘗試各種領域的機會太少，又因為機會少可能會害怕失敗、可能會選擇安穩的道路走。但是，學生時期是試錯的最佳時機，付出的代價相對少，也比較容易被原諒。個人觀察，年輕族群的夢想或想做的事總是太狹隘或是純利益導向（我以前也是這樣），但這並不完全是他們的錯，也許是社會整體氛圍，又或是學校家庭封閉……各種複雜的因素交雜而成。

撰寫本書，對我來說就是一個全新領域的挑戰，雖然在踏進去之前，我不知道會發生什麼事，也不知道自己會不會喜歡這個題材，可是只要機會出現在自己面前的時候，直覺是沒有危險且不討厭的，我覺得都值得試試看。畢竟，火箭在發射以前，沒有人知道它會不會升空。而寫完本書的我，以自身經驗告訴大家，中途會一定發生很多事情，也會想要放棄，也有可能失望絕望，但是，挑戰是值得的。

最後，特別感謝文化部青年創作補助給予冷門題材機會，感謝老王邀請我，謝謝浩剛幫忙牽線，謝謝ＡＲＲＣ的成員們協助訪談田調，謝謝魏世昕教授專業審訂，謝謝出版部編輯們細心校對，謝謝鏡文學願意出版此書。謝謝親愛的朋友與家人，在我數度想要放棄的時候鼓勵我吐槽我！

謝謝正在閱讀本書的您，並期待與您相會於下一個全新的故事。

特別感謝：

文化部、ＡＲＲＣ前瞻火箭研究中心魏世昕教授、ＡＲＲＣ前瞻火箭研究中心周子豪老師、ＡＲＲＣ前瞻火箭研究中心鄭宇傑先生、ＡＲＲＣ前瞻火箭研究中心專題生林育瑄同學、老王、嚴文廷記者、浩剛

鏡小說

079

這不是火箭科學，是青春啊

作　　者：Ami 亞海
責任編輯：陳孟姝
特約編輯：張立雯
責任企劃：藍偉貞
整合行銷：何文君

執行總編輯：張惠菁
副 總 編 輯：陳信宏
總　編　輯：董成瑜
發　行　人：裴　偉

審　　定：魏世昕
裝幀設計：蕭旭芳
內頁排版：宸遠彩藝

出　　版：鏡文學股份有限公司
114066 臺北市內湖區堤頂大道一段 365 號 7 樓
電　　話：02-6633-3500
傳　　真：02-6633-3544
讀者服務信箱：MF.Publication@mirrorfiction.com

總 經 銷：大和書報圖書股份有限公司
248020 新北市新莊區五工五路 2 號
電　　話：02-8990-2588
傳　　真：02-2299-7900

印　　刷：漾格科技股份有限公司
出版日期：2025 年 1 月　初版一刷
I S B N：978-626-7440-59-9
定　　價：490 元

國家圖書館出版品預行編目 (CIP) 資料

這不是火箭科學,是青春啊/Ami亞海著. --
臺北市 : 鏡文學股份有限公司, 2025.01
面 ; 14.8×21 公分 . -- (MF ; 79)
ISBN 978-626-7440-59-9(平裝)

863.57　　113018878